LE

PIRATE NOIR

PAR

CHARLES EXPILLY.

Quand vient le repentir, l'expiation commence.

C'était vers la fin du siècle dernier, un soir du mois de janvier; au dehors, le froid était excessif. Une brume épaisse sortant de la Tamise s'était répandue dans les divers quartiers de Londres et avait fini par envelopper la ville entière dans son manteau de vapeurs. Une pluie fine, pénétrante s'infiltrait doucement à travers ce rideau de brouillards glacés et concourait encore à redoubler l'inclémence de la température.

L'obscurité était complète; c'était en vain qu'on avait allumé les nombreux réverbères destinés à éclairer la voie publique; c'était en vain que les riches marchands de la cité avaient suspendu force fanaux à la devanture somptueuse de leurs boutiques, pour appeler l'attention des passans. La pluie mouillait la mèche des flambeaux; la brume, étreignant les lanternes de toutes parts, en interceptait la lumière, et les rares promeneurs attardés, les commis et les négocians, que leurs affaires tenaient encore dans la rue, ne pouvaient voir distinctement à trois pas devant eux.

C'étaient une nuit et un temps propices pour les voleurs et les amoureux, qui, dans leur genre, sont aussi des voleurs.

Pendant que les uns et les autres, bravant le froid et la pluie, se glissent, sous un ciel sans étoiles, à la conquête du bien d'autrui, nous introduirons nos lecteurs dans un appartement de la rue Jeffreys.

Le style, c'est l'homme, a dit Buffon, et Cicéron avant lui, et bien d'autres, sans doute, avant l'orateur romain.

La mise, c'est l'homme, a prétendu à son tour un de nos plus spirituels écrivains, en faisant une variante à cette formule généralement adoptée.

Nous ajouterons, nous, un corollaire à la proposition du célèbre naturaliste.

Si le style, c'est l'homme, il y a une grande ressemblance entre le style et l'intérieur d'une maison, le choix, la distribution, l'arrangement de chaque objet servant à la parer.

Une page écrite, l'ameublement d'une chambre sont des miroirs fidèles qu'on peut toujours consulter avec succès. Nous apercevons également dans ces deux choses si différentes à tous égards, et à un degré aussi prononcé, un reflet exact de l'esprit, du cœur, du caractère de la personne qui a écrit cette page, de celle qui doit vivre dans le milieu préparé par elle et pour elle.

Cette assertion ne frise point le paradoxe, quoique peut-être elle en ait l'air. La physionomie d'une chambre et la physionomie de celui qui l'habite présentent entre elles des rapports, des relations, des analogies, des similitudes qu'un observateur reconnaît facilement et au premier coup-d'œil; un meuble, sa forme, la place qu'il occupe trahissent une disposition d'esprit particulière. Les livres qui composent une bibliothèque, l'abandon ou le culte dont ils sont l'objet, la matière qu'ils traitent, suffisent pour descendre jusqu'au fond de la pensée de leur propriétaire.

Et les tableaux qui tapissent les murailles d'un appartement, ne nous apprennent-ils rien, eux aussi?

Les scènes qu'ils représentent, le genre, la manière du peintre qui les a dessinées, ne peuvent-ils pas nous révéler sûrement les goûts, les penchans, les vices, les vertus de celui qui les possède?

Quant à nous, nous avouons, nous déclarons hautement, sans prétendre pour cela être doué de plus de finesse, de tact, de pénétration que le commun des mortels, nous déclarons que l'humeur, les prédilections, les antipathies d'un individu, l'être physique et moral de ce même individu, et jusqu'aux bizarreries de son caractère, jusqu'à son âge, nous sont aussitôt connus, dès que nous avons respiré l'atmosphère dans laquelle il doit vivre, dès que nous possédons le secret des conditions nécessaires à son existence.

Et ce résultat obtenu par nous est des plus simples, car il est des plus logiques.

Trouverez-vous un médailler chez une femme de théâtre, ou chez un homme léger et superficiel qui court les ruelles et les coulisses?

Une panoplie chez un botaniste ou un philosophe?

Une Flore chez un fabricant de soude ou de potasse?

Des cravaches et des éperons chez un chanoine ou un savant?

Du rouge, des sachets odorans et des flacons d'essence chez un numismate ou un mathématicien?

Non, assurément.

Mais les hommes spéciaux ne sont pas les seuls, pensez-y bien, à laisser sur leur passage, à imprimer partout, et jusque sur les murs qui abritent leur existence occupée, des traces non équivoques de leur passion dominante.

Tous nous trahissons, par quelque point, et à notre insu, le secret de notre pensée intime.

Aujourd'hui les mœurs du peuple sont, à peu de chose près dans tous les pays civilisés, identiquement les mêmes. Un des grands, des immenses bienfaits de l'éducation commune, a été de faire disparaître, en sapant par la base tous les préjugés ridicules, les inégalités qui existaient dans les différentes conditions. Personnes et choses ont dû se soumettre au même niveau; on a vendu les habits brodés et galonnés au fripier du coin, en même temps qu'un arrêté municipal forçait les tourelles et les pignons orgueilleux de s'humilier jusqu'aux proportions symétriques des maisons voisines. A dater de ce jour, les saillies se sont arrondies, les formes diverses des objets se sont effacés devant le nivellement produit par la *civilisation*. Il n'y a donc plus aujourd'hui de couleurs proprement dites dans notre monde social; il n'y reste plus que de légères nuances qu'un observateur aurait peine à saisir.

Cela est vrai, nous en convenons volontiers, et nous étendrons même le bénéfice de cette concession, pour peu que l'on y tienne, jusqu'à l'époque à laquelle nous reporte ce récit.

Et cependant, cette fusion des races et des idées n'avait pas eu lieu encore ; et cependant, cette uniformité de ton dans l'aspect que présentait la société, n'existait pas alors, non plus que cette direction unique vers les intérêts matériels, imprimée à notre siècle.

L'état social présentait alors à sa surface, et jusque dans ses fondemens, de puissantes individualités, des nuances éclatantes, des couleurs tranchées.

Mais qu'importe? il s'agit de savoir si, à toutes les époques du monde, dans tous les pays, civilisés ou non, hier comme aujourd'hui, et aujourd'hui comme demain, les hommes habillés de la même manière ou diversement costumés, parlant une langue commune ou différente, distancés par les préjugés de naissance, ou égaux devant la loi, si ces hommes ont eu, ont et auront entre eux des points de répulsion faciles à saisir. La nature n'a eu qu'un seul et même moule pour former nos corps ; l'être moral en a demandé autant qu'il existe d'hommes sur la terre. Deux citoyens dans un état, deux frères dans une famille, pourront offrir aux regards une ressemblance frappante par les traits du visage, mais ils différeront essentiellement par le caractère, l'esprit, le cœur, la manière de raisonner et de sentir. Des deux ménechmes, l'un deviendra un mathématicien distingué, un savant célèbre, un industriel renommé, un homme pratique, en un mot; l'autre ne vivra que par l'imagination ; ce sera un poète, un peintre, un musicien, un rêveur enfin

La couclusion de ce qui précède est facile à tirer.

Puisque nous différons par les passions, par les penchans, par l'aptitude de l'esprit, par les goûts, notre style, si nous écrivons, notre mise, notre intérieur, doivent porter nécessairement l'empreinte de notre manière différente de percevoir les objets, de comprendre la vie.

Un fat et un savant n'auront pas le même style en écrivant, mais aussi leur costume et leur intérieur ne sauraient se ressembler en rien. Le boudoir d'une coquette et d'une prude, le salon d'une femme du monde et d'une bonne mère de famille, la chambre à coucher d'une épouse et d'une pudique jeune fille, celle d'une dévote et d'une actrice, devront aussi nécessairement refléter le caractère distinctif de ces divers personnages, autant que leur toilette, autant que leur langage, autant que leurs écrits, tout, chez ces individus, trahira des habitudes, des préoccupation, des mœurs différentes ; tout, pour l'observateur admis dans le sanctuaire servira d'indices certains qu'il pourra interpréter hardiment à l'avantage ou au désavantage de celui qui l'habite.

Passons maintenant de la théorie à la pratique, pour prouver l'excellence de notre système. Notre expérience nous servira de guide, et nous allons deviner, rien qu'à l'inspection de son appartement, la position, l'âge, le caractère de l'individu dont nous voulons nous occuper.

L'ameublement réunit les deux conditions jugées indispensables, en Angleterre, pour jouir d'un bien-être parfait ; il est, tout à la fois, d'une élégance et d'une confortabilité remarquables. Des tapis, vraies moquettes, sont étendus sur le parquet; ils amortissent le bruit des pas, tout en combattant efficacement l'humidité et le froid; toutes les portes et aussi les fenêtres sont bordées de bourrelets de laine qui interceptent au passage le moindre courant d'air qui arrive du dehors. Le lit, creusé en bateau et encadré dans des draperies d'une éclatante blancheur; les fauteuils qui disparaissent sous leurs amples chemises de Perse; le bureau couvert d'un drap bleu qu'on brosse avec soin chaque matin; les tables, les guéridons cachés sous des tapis splendides de damas, tout cela est du plus bel acajou, et sort des magasins les plus en renom.

Jetez un coup d'œil maintenant sur les consoles et le marbre des cheminées; quel encombrement heureux, quel amas intelligent de vases précieux, de porcelaines, de laques de Chine, d'objets curieux et rares, rapportés des points les plus opposés du globe par des capitaines au long cours.

Il est facile de deviner que le propriétaire de toutes ces richesses exotiques et indigènes doit nécessairement appartenir à la classe aisée, sinon opulente de la société.

Mais nous parierions à coup sûr que cet homme est le plus rangé, le plns méthodique, le plus méticuleux de tous les mortels; voyez comme chaque chose est à sa place: les fauteuils disposés sur une ligne irréprochablement droite et éloignés également du mur; les livres, tous superbement reliés, tous serrés dans les rayons, les uns contre les autres, tous offrant, à chacun des étages de la bibliothèque, un prolongement horizontal aussi parfait que celui présenté par une compagnie de vieux grenadiers à la manœuvre; la pendule, posée en face de la glace, juste au milieu de la cheminée, à la même distance des deux extrémités et maintenue dans une perpendiculaire exacte par une cale invisible tant elle est taillée et mise avec art.

Cet homme est garçon, bien certainement; mais il n'a pas encore dépassé la quarantaine; sa gouvernante est d'un âge respectable, si nous comprenons bien le langage des objets qui frappent nos regards.

D'abord, la propreté qui règne en ces lieux est exquise; cela ne saurait être autrement. Les quatre tableaux suspendus à la muraille nous apprennent, à eux seuls, ce que nous devons penser du caractère de celui qui les possède; le premier représente une marine dessinée d'après un maître hollandais, Abraham Storck, sans doute; car l'Océan est calme; le vaisseau file doucement son nœud, nulle tempête n'est à craindre pour lui; il doit arriver heureusement à sa destination, ainsi que tous ceux créés par le pinceau de l'artiste amsterdamois, vers la fin du dix-septième siècle.

Le second nous offre un joli cottage, situé sur la pente d'une colline fleurie: cette habitation est pourvue de tous les avantages qui rentrent dans la vie confortable des gentlemen; on devine que rien n'y manque, soit au dehors, soit au dedans, pour en rendre le séjour agréable. La charmante position qu'elle occupe, la riante perspective qui s'ouvre devant elle; l'air tiède qu'on respire sur le coteau voisin, tout, jusqu'aux pommiers toujours verts qui forment l'avenue, jusqu'au ciel d'azur qui descend complaisamment sur la terrasse; tout vous révèle ce mystère d'une existence paresseuse et isolée, d'un bonheur paisible, égal, uniforme.

Le pendant de ce tableau est une hutte habitée par des paysans irlandais; une famille entière composée de trois hommes, le père et les deux fils, de deux femmes, la mère et la fille; elle est accroupie autour d'un foyer enfumé. Ces pauvres gens font mal à voir, tant leur air, leur attitude, leurs regards expriment une souffrance imméritée. Leur figure est d'une maigreur extrême, leur teint est blême, hâve et maladif; quelques lambeaux d'une étoffe de laine, roulée autour des reins, laissent apercevoir des corps malingres et souffreteux, des membres chétifs et sans vigueur. Ces malheureuses créatures mordent avec avidité sur des pommes de terre à moitié cuites qu'elles tirent d'un vase écorné.

Le dénûment de cette cabane, ouverte à tous les vents, ressort plus triste, plus déplorable, plus affreux, à côté du joli cottage qui le touche.

La misère des paysans irlandais offre un contraste plus douloureux avec le sort privilégié du gentleman à qui appartient la riante habitation de la colline.

Pourquoi avoir placé si près l'un de l'autre deux tableaux si différens ? Il en est des choses comme des personnes... Parmi elles, il se trouve aussi des accouplemens impossibles. Le voisinage de la hutte et du cottage nous paraît une bizarrerie étrange : plus encore, une anomalie, une monstruosité. L'idée de ce rapprochement témoigne, suivant nous, chez celui qui l'a conçue, d'une froide insensibilité, d'une âme inaccessible aux douces émotions, d'un raffinement cruel, réprouvé tout à la fois par le bon goût et la morale.

Le quatrième tableau représente une scène d'histoire : c'est Artaxercès cherchant à séduire Hippocrate.

Nous avons beau chercher, nous ne découvrons pas un de ces portraits mignons qu'on conserve précieusement, et dont on essuie la poussière, chaque matin, avec une larme dans les yeux. Hélas ! non... Point de ces gentilles miniatures qui sont toute une histoire. Parmi ces curiosités exotiques qui sont classées avec une symétrie, avec un ordre parfaits, point de ces objets de fantaisie qui plaisent tant aux femmes, et qui trahissent leur présence ou leur passage. Dans ces vases élégans et précieux, point de fleurs indiscrètes dont le parfum répande de tièdes émanations d'amour; rien qui parle au cœur; en un mot, rien qui annonce de tendres préoccupations, de doux penchans, des regrets, des souvenirs.

Partout, au contraire, dans l'ensemble comme dans les détails, une pensée fixe, constante, unique, un besoin de confortabilité qui s'allie fort bien avec les jouissances de la vanité, une sollicitude froide et glacée, un ordre, un choix, un arrangement qui flattent les yeux en procurant toutes les aises, toutes les commodités de la vie ; en somme, un égoïsme mathématiquement organisé, un bonheur étroit, mesquin, prosaïque, vulgaire, si l'on peut appeler bonheur une satisfaction qu'on éprouve tout seul, dans un isolement absolu ; une satisfaction acquise par des moyens artificiels et qui a sa source dans le coffre-fort, au lieu de l'avoir dans le cœur.

Tel était, en effet, le caractère de Griffith Walker, vieux garçon de trente-huit ans, dont nous venons de peindre l'intérieur.

Griffith est assis devant un bon feu de charbon de terre. A ses pieds est couché un chien basset, le seul être au monde, nous ne dirons pas qu'il aime, mais pour lequel il n'a pas un cœur de bronze. A sa droite, nous voyons un homme d'une cinquantaine d'années environ, dont l'air digne et sévère, le maintien grave et composé, révèlent des pensées sérieuses, des fonctions importantes : c'est le notaire de M. Walker. M. Shrewsbigh vient d'apporter à son client une somme de cinquante mille livres qu'il avait placée il y a trois ans, et dont le remboursement s'est effectué dans ses mains.

Mais la conversation de ces deux hommes roule sur un sujet beaucoup plus intéressant que celui des cinquante mille livres.

— Je vois avec peine que c'est un parti pris et arrêté chez vous de ne point nous marier, monsieur Walker, disait le notaire; tant pis, vraiment, car je m'intéresse beaucoup à une jeune personne qui vous conviendrait sous tous les rapports, et qui remplirait le vide qui existe nécessairement dans votre existence isolée.

— Erreur ! mon cher notaire, erreur que cette idée ; mon existence est heureuse, et je ne veux pas y apporter le moindre changement, répondait Griffith.

— Cependant vous êtes seul ; vous devez avoir des momens d'ennui, et une femme éloignerait, par sa gentillesse et son affection, toute pensée soucieuse ou chagrine; vous vous sentiriez revivre, M. Walker, si vous vous voyiez entouré des soins d'une compagne fidèle et dévouée.

— C'est là votre opinion, monsieur Shrewsbigh, mais ce n'est pas la mienne. Une femme est un être éminemment léger et superficiel, foncièrement capricieux et tyrannique. J'aime avant tout ma liberté et mon indépendance. Or, si je me mariais, il faudrait renoncer à tout cela. Voilà pourquoi je veux rester garçon.

Cette sortie contre les femmes en général fit pousser un soupir à M. Shrewsbigh. Dans le portrait tracé par M. Walker, de la plus belle moitié du genre humain, le digne notaire venait de reconnaître celui de sa coquette et despotique épouse. Il répondit cependant aussitôt :

— Vous êtes injuste, monsieur Walker, dans votre appréciation du caractère des femmes. Quelques unes méritent, en effet, tout le mal que vous pensez d'elles, mais toutes ne se ressemblent pas. Riche comme vous l'êtes, isolé du monde et vivant à l'écart, une jeune et spirituelle compagne, comme celle dont je vous parlais tout à l'heure, égaierait votre retraite et vous rendrait l'existence doublement fortunée.

— Ne me parlez pas d'une jeune femme ! monsieur Shrewsbigh, s'écria M. Walker en levant les yeux et les bras au ciel. Huit jours après notre union, il me faudrait la voir courir les bals, les soirées, les fêtes et les représentations théâtrales. Si je n'accédais pas à ses désirs, si j'élevais la voix pour lui rappeler qu'une épouse se doit à son mari, elle m'appellerait jaloux, grognon, tyran; elle dirait partout, à sa mère, à ses amies, à qui voudrait l'entendre, que je n'ai pas de cœur, que sa mort me réjouirait; elle réussirait à me donner une réputation détestable, et un beau matin, c'est-à-dire un vilain matin, j'apprendrais que ma femme me préfère quelque gentleman musqué, frisé, joli parleur. — Foin de cette position ridicule !

— Vous n'auriez aucune de ces déceptions à craindre, si vous épousiez la jeune miss à laquelle je m'intéresse. Modeste autant que sage, elle se complairait à n'avoir d'autre volonté que la vôtre. Mais ce que je désirerais avant tout, ce serait de vous voir renoncer à cette idée fixe et exagérée que les femmes sont toutes des démons. Puisque celles qui sont jeunes vous inspirent une antipathie si profonde, choisissez une compagne d'un âge mûr. Une veuve de trente ans conviendrait parfaitement à un homme de trente-huit.

— Une veuve ! Dieu m'en garde ! ce serait une comparaison de tous les jours, de toutes les heures, de tous les instans, entre son ancien et son nouvel époux, comparaison qui ne resterait pas à l'avantage du dernier. Le mort possédait toutes les qualités, toutes les vertus qui me manquent; il était prévenant, affectueux, discret, empressé, et je suis, moi, grognon, froid, bourru, égoïste. Dieu me préserve d'épouser une veuve! une veuve parfaite me ferait mourir à petit feu, lentement, à coups d'épingles; que serait-ce, si elle était coquette! si l'âge lui avait laissé des prétentions ridicules?

— Assurez alors le bonheur d'une jeune personne honnête, appartenant à une famille de gens probes et vertueux que la fortune n'a pas favorisés; ce sera vous attacher la jeune miss par les liens sacrés de la reconnaissance. En accomplissant une bonne action, vous seul en retirerez le plus grand bénéfice.

— Miséricorde ! qu'osez-vous me conseiller là ! s'écria vivement l'égoïste; moi épouser une fille pauvre, plutôt me jeter dans la Tamise! Voyons, raisonnons un peu : Qu'est-ce que la reconnaissance ? Un mot creux, et rien de plus ; un mot qui produit son effet pendant les six premiers mois ; au bout de ce temps, mistriss a oublié sa condition première pour jouir follement du sort magnifique que je lui ai fait. Jalouse des femmes qu'elle fréquente, elle ne rêve qu'aux moyens de les éclipser, de les effacer par l'éclat et l'élégance de ses toilettes. De plus, elle introduit dans ma maison ses frères, ses sœurs, son père, sa mère, ses cousins, ses cousines, et jusqu'au chien de son oncle, et jusqu'au chat de son parrain. Tout cela devra boire, manger, s'habiller à mes dépens. Les robes de mistriss, ces robes, qui me reviendront à moi jusqu'à cinq, huit, dix couronnes, elles serviront à parer sa jeune sœur, ou la fille de sa tante ou la poupée de sa charmante nièce. Ma garderobe à moi ne sera pas à l'abri de cette profanation. J'aurai le désagrément de voir mes vêtemens de fêtes et des dimanches couvrir la nudité de ma nouvelle et nombreuse famille; ma maison ressemblera en tous points à une ville prise d'assaut. Si je suis assez faible pour me taire, ma ruine est assurée; si j'essaie de mettre un terme à ce gaspillage, si je prétends rester maître chez moi, adieu mon repos, ma tranquillité, le bonheur que je m'étais promis. Tout cela aura suivi la même route que mes bank-notes, les robes de ma femme et mes habits. Mes protestations obtiendront pour résultat la transformation de mon logis en un champ de bataille permanent; mon intérieur, en un enfer plus terrible, plus hideux que celui du Dante. La compagne que je m'étais choisie pour embellir mes jours en aura hâté la fin. L'ange se sera changé en démon.

— Ah ça! mais ce n'est pas seulement de l'antipathie que vous nourrissez pour toutes les femmes, c'est de la haine, une haine furieuse, dit le notaire en souriant.

— Ce n'est ni l'un ni l'autre; j'aime ma liberté, voilà tout.

— Et vos écus!

— Et mes écus aussi; mais mon indépendance avant tout. Et, tenez, vous rappelez-vous la petite gouvernante que j'avais à mon service, il y a trois mois?

— Betzy?

— Précisément. Ecoutez cet aveu: Betzy était une gouvernante fidèle et dévouée, entre toutes; elle remplissait ses devoirs avec un zèle, une exactitude qui lui méritaient tous mes éloges; mais Betzy avait vingt-deux ans, et, de plus, elle était d'une coquetterie rare. Un soir, je me suis surpris à remarquer qu'elle possédait des yeux bien pétillans, que son sourire était bien malin; je me suis rappelé aussitôt qu'un de mes camarades de collége, vieux garçon comme moi, avait fini par épouser sa gouvernante, et que ce fait n'était pas sans exemple parmi les célibataires les plus endurcis.

— Eh bien?

— Eh bien! dès que cette idée a eu traversé mon esprit, j'ai frissonné, j'ai pâli, et le lendemain Betzy recevait son congé. Vous voyez bien, mon cher notaire, que la liberté est pour moi le plus précieux de tous les trésors, et que j'ai en horreur tout ce qui pourrait y porter l'atteinte même la plus légère.

Dans ce moment, le basset poussa un grognement prolongé qui attira sur lui l'attention de M. Shrewsbigh.

— Mais, si je ne me trompe, dit celui-ci, voilà un animal qui appartenait à Betzy. Serait-ce qu'en renvoyant la jolie gouvernante dont les yeux et le sourire vous paraissaient si dangereux, vous avez voulu garder un objet qui vous rappelât son souvenir.

— Fi donc! M. Shrewsbigh. Comment pouvez-vous penser cela? Tom trouve ici une nourriture abondante; il se plaît dans ma maison; il y est resté malgré le départ de son ancienne maîtresse, et moi je ne l'ai pas forcé de la suivre, voilà tout. Un chien est quelquefois d'un utile secours, monsieur Shrewsbigh, et puisqu'on me laisse celui-ci, je le garde.

— Fort bien: me voilà convaincu maintenant que rien ne saurait vaincre l'horreur indicible que vous nourrissez pour le sexe tout entier. Je renonce au projet de vous déterminer à épouser ma protégée. Vous ne pourriez faire le bonheur de Lucy, et Lucy, elle, ne parviendrait pas, je le crains, à assurer le vôtre. Il n'en sera plus question. Au revoir, monsieur Walker et bonne nuit.

Après le départ du notaire, Griffith s'approcha plus près du feu encore, et donna un autre cours à ses pensées. Le coude appuyé sur un élégant guéridon, le corps enfoncé dans un vaste fauteuil, bientôt le vieux garçon fut plongé dans un état de béatitude dont rien n'aurait pu le distraire. De temps à autre, cependant, Griffith, sans se déranger de sa position, se contentait d'avancer la main et de verser dans une fort jolie tasse en porcelaine du vrai souchong provenant des magasins de la compagnie des Indes. Il buvait alors à petites gorgées la liqueur chinoise fortifiée par quelques gouttes d'un vieux rhum de la Jamaïque. La tasse vidée, il reprenait son immobilité première. Ses yeux gris, à moitié ouverts, un certain balancement de la tête, un léger mouvement des lèvres, indiquaient seuls qu'il ne dormait pas encore.

La voix d'un watchman retentit en ce moment sous les fenêtres du vieux garçon. Les accens du garde de nuit tirèrent Griffith de son recueillement profond; il se retourna dans son fauteuil, appuya ses pieds sur les chenets et poussa un soupir qui n'avait rien d'inquiétant.

— Qu'on est heureux! murmura-t-il en embrassant sa chambre entière d'un regard satisfait, qu'on est heureux de se trouver assis en face d'un feu bien nourri, dans un appartement chauffé sans relâche pendant toute la journée, et de ne ressentir en rien le froid qui règne au dehors! Sais-je s'il fait froid seulement, si la pluie n'a cessé de tomber depuis ce matin, si le brouillard qui s'élève de la Tamise est épais et glacé? Ce pauvre watchman! il est enveloppé dans son manteau à cette heure; il grelotte en parcourant les rues; il tremble de tous ses membres, tandis que moi, le corps caché dans une robe de chambre de soie, les pieds enfoncés dans des pantoufles fourrées, je me dorlote sans penser à rien qu'au moyen d'augmenter la somme de mes jouissances!

Cette réflexion n'est peut-être guère charitable, reprit le vieux garçon en se versant une nouvelle tasse de thé; mais basth! poursuivit-il aussitôt en manière de palliatif, il est heureux, lui aussi, à sa guise; il n'a pas d'ambition, point de soucis, point de mécomptes. Il est vrai que ce bonheur me sourit peu, ajouta Griffith en débouchant le flacon de rhum, et qu'à tout prendre, s'il avait à choisir, le watchman échangerait volontiers son sort contre le mien.

Après un silence de quelques instans :

— Que diable! tout le monde ne peut pas être riche! Ce bien-être que je possède, je l'ai gagné à force de privations, moi! à force de travail, je puis donc en jouir sans regrets et sans remords. Ces cinquante mille livres que M. Shrewbigh vient de m'apporter ne sont-elles pas le fruit de seize ans d'économies? Je les avais placées avantageusement, il est vrai, à 7 1|2 pour 100; c'était joli! mais je ne suis pas fâché de les savoir chez moi de nouveau : elles y resteront, ma foi, jusqu'à ce qu'une bonne occasion se présente encore. Cette somme ne me gêne pas, tant s'en faut..., et, à tout bien considérer, je préfère l'avoir en portefeuille; les affaires commerciales sont chanceuses aujourd'hui, et je ne risque pas de me faire banqueroute moi-même.

Ce disant, il se dirigea vers le secrétaire. Un ressort secret qu'il poussa avec le doigt fit ouvrir un tiroir. C'était là qu'étaient cachées les banck-notes Griffith les considéra avec la même satisfaction qu'éprouve une mère en contemplant les traits chéris de son enfant; il prit les billets, les examine l'un après l'autre et les remit enfin dans le portefeuille.

— C'est bien beau cependant, dit-il en souriant, d'avoir cinquante mille livres qui vous appartiennent! cinquante mille livres qui ne doivent rien à personne, et dont on peut disposer à son gré! Décidément, il y en a de plus malheureux que moi; oh oui! il y en a..... quelques uns... beaucoup dans les Trois-Royaumes.

Un quart d'heure après, le vieux garçon tirait le cordon d'une sonnette et une gouvernante de soixante ans environ se rendait à l'appel de son maître.

Mistress Puddingham, qui était au fait des habitudes de Griffith, apportait une ample bassinoire de cuivre, qu'elle passa à plusieurs reprises sous les couvertures du vieux garçon. Sa besogne faite, elle souhaita une bonne nuit à son maître et se retira. Tom resta couché sur le tapis, au coin de la cheminée.

Griffith éteignit les lumières et entra dans un lit aussi moëlleux que pouvait l'être celui de la maîtresse du roi George. La sensualité de l'égoïste éprouva alors une double satisfaction, résultant tout à la fois de l'impression agréable produite sur tout son être par le contact caressant de la fine toile de Hollande et de l'ensevelissement rempli de charmes de ses membres paresseux dans les profondeurs d'une laine complaisante.

— Smindirite n'était pas mieux couché que moi, murmura-t-il, et mes triples matelas pourraient bien soutenir la comparaison avec le lit de roses du sybarite.

Après cette réflexion, Griffith essaya de dormir. Mais le somme ne se hâte pas de fermer les paupières d'un homme qui possède chez lui cinquante mille livres. Le vieux garçon se retournait fréquemment dans sa couche. A la fin, cependant, il parvint à s'assoupir ; mais des paroles décousues qui s'échappaient de ses lèvres entr'ouvertes annonçaient que sa pensée veillait encore.

— Oui, Betzy était une jolie petite gouvernante, murmurait Griffith ; trop jolie même... sa coquetterie commençait déjà à faire une certaine impression sur moi... Cinquante mille livres ! c'est une belle somme..... Mais j'ai bien fait de la renvoyer et de prendre mistress Puddingham..... Celle-là n'est guère dangereuse... J'attendrai qu'il se présente un placement avantageux... Ah ! et la jeune miss que j'ai rencontrée jeudi dernier à Hyde-Park, elle est bien séduisante aussi ; sa figure me plaît ; son œil langoureux et sa démarche harmonieuse me poursuivent sans cesse depuis notre rencontre... Bah ! les voleurs ne sont pas à craindre ; j'ai de bonnes serrures à mes portes, et mes fenêtres sont solidement fermées.

Il achevait à peine ces mots, qu'un bruit sourd, comme le grincement d'une lime sur du fer, frappa ses oreilles et le fit tressaillir. Au même instant Tom, qui était à moitié endormi, secoua vivement la tête et poussa un grognement étouffé.

— Qu'ai-je entendu ? s'écria Griffith en se mettant sur son séant. Je parlais de voleurs, je crois ; est-ce que... Mais non, non, ce n'est rien je rêvais, voilà tout.

Le silence se rétablit encore, et le vieux garçon reprit sa position horizontale ; mais son esprit recommença à vagabonder.

— Certainement que la jeune miss est fort bien; je la préférerais même à Betzy, quoique Betzy ne soit pas à dédaigner. Mais les femmes, les femmes ne valent rien pour un homme comme moi ; je ne voudrais pas épouser Betzy, et la jeune miss a l'air trop noble pour...

Un bruit plus distinct que celui de tout à l'heure troubla de nouveau le monologue de Griffith. Cette fois, le basset se mit à pousser plusieurs jappemens sonores ; il s'élança, les oreilles relevées, le museau en l'air, vers le lit de son maître.

— Mais, je ne me trompe pas !... s'écria le vieux garçon. Ce bruit... ces jappemens de Tom... Mais, plus rien... je n'entends plus rien. Le chien se tait aussi. Seraient-ce des voleurs.... oh ! non, les watchmen exercent dans cette rue une surveillance rassurante pour les paisibles citadins. C'est la pluie qui fouettait les vitres. Ce que c'est que d'avoir chez soi cinquante mille livres !

Au moment où Griffith reposait sa tête brûlante sur l'oreiller, Tom se précipita vers la fenêtre en jappant avec furie. L'oreille fine du basset venait de distinguer un grincement aigu, comme celui d'un diamant promené sur du verre. Le fidèle animal, qui flairait un danger, se dressait sur ses pattes de derrière, appuyait celles de devant contre la fenêtre, quittait son poste pour revenir auprès de son maître, donnait enfin tous les signes d'une frayeur extrême. L'instinct de Tom ne le trompait jamais. Aussi, pour Griffith, qui le savait, le doute, cette fois, devenait impossible. Pendant que le basset continuait ses avertissemens significatifs, une sueur froide inondait le visage du vieux garçon ; le sang se glaçait dans ses veines ; il voulut parler, mais la voix expira sur ses lèvres.

Avant que M. Walker soit revenu de sa terreur, un coup violent est donné à la fenêtre ; l'espagnolette tourne sur elle-même, et... le vieux garçon saute à bas de son lit. Bien loin d'imiter la couardise de son maître, Tom n'en jappait que plus fort.

Un corps étranger, que Griffith heurta, ne lui permit plus de douter de son malheur.

— Au voleur ! au voleur ! murmura-t-il aussitôt, mais d'une voix étouffée et en cherchant à fuir.

Ses efforts furent vains ; une main de fer lui serrait le poignet et ne lui permetait pas de faire un pas en arrière.

— N'ayez pas peur, lui dit une voix inconnue; ce n'est pas un malfaiteur, mais bien un ami, qui se trouve présentement chez vous. Allumez une bougie, imposez silence à ce damné chien , et vous connaîtrez alors le motif de cette visite singulière.

Le ton résolu, mais surtout la vigueur peu commune de celui qui lui serrait le poignet , produisirent une forte impression sur l'esprit de M. Walker. Il obéit à l'ordre qui lui avait été donné, sans souffler mot.

Un flambeau fut allumé et posé sur le guéridon. Le basset reçut quelques admonitions très significatives , et, de plus un reste de pâté que M. Walker alla chercher à son intention. L'animal emporta son lopin sous un fauteuil, et s'il cessa de japper pendant qu'il s'acharnait contre le veau froid qui lui était abandonné, il ne discontinua pas un certain grognement peu amical, qu'il exécutait tout en attachant sur l'étranger un regard menaçant.

M. Walker osa alors considérer des pieds à la tête ce personnage, qui se tenait debout devant lui.

C'était un homme d'une trentaine d'années environ, fort et musclé comme un taureau. Ses membres, bien proportionnés à l'élévation de sa taille, attestaient une organisation de fer. Ses mains étaient larges et brunies, comme celles d'un individu habitué à des travaux grossiers ; mais il y avait une telle expression d'énergie dans les lignes qui traversaient son visage, on lisait tant d'intelligence dans le regard qui s'échappait d'une ardente prunelle, que cet homme, pour un observateur exercé, n'était pas ce qu'il paraissait être.

Griffith l'examinait attentivement, sans pouvoir surmonter la frayeur qui s'était emparée de ses esprits.

— Je comprends, dit enfin l'inconnu, que mon aspect, ma présence chez vous, à cette heure, la manière dont j'ai pénétré ici, ne doivent pas vous inspirer une grande confiance. Rassurez-vous, cependant ; je vous le répète et je vous jure que vous n'avez rien à craindre de moi. Je ne suis pas un malfaiteur, et le désir seul de vous être utile m'amène dans votre demeure.

A cette déclaration, Griffith tourna vers l'étranger son regard qui n'avait rien perdu de son expression effarée, mais il ne proféra pas un mot. Il attendait une explication plus complete.

— Je viens vous rendre un service, un grand service, reprit l'inconnu.

— Un grand service ! répéta le vieux garçon, en cherchant à comprendre.

— Vous vous appelez Griffith Walker, n'est-il pas vrai ?

— C'est bien là mon nom.

— Et vous avez touché, aujourd'hui même, cinquante mille livres poursuivit le personnage.

— Moi ! cinquante mille livres! s'écria piteusement Griffith... Qui vous a dit... qui a pu vous dire?... Jamais je n'ai possédé une somme aussi forte !

— La défiance vous empêche d'en conveuir. Soit ! gardez votre secret; je veux vous donner la preuve, cependant, que je n'ai pas de coupable pensée en vous adressant cette question, et que je ne suis guidé que par votre intérêt seul, en accomplissant cette démarche. Ecoutez : je me trouvais tout à l'heure à la taverne du Lion-d'Or, buvant tranquillement un pot d'ale et fumant une pipe. A la table voisine étaient réunis quatre personnages à mine suspecte, et sentant d'une lieue Newgate ou Botany-Bay. Ces gens paraissaient absorbés par le sujet dont ils s'entretenaient à voix basse. Je cherchais fort peu à m'enquérir de ce qui les préoccupait, lorsque quelques mots de leur conversation ont frappé mon attention.

— Je vous dis qu'il est riche, murmurait l'un d'eux, quoique d'une avarice extrême... (Pardon, monsieur, de vous répéter les paroles textuelles de cet homme.) Il jouit d'une fortune considérable; je le sais, moi, qui ai géré pendant la vie de son père les forges qu'il possédait dans les principauté de Galles. Foi de Williams, Griffith Walker est dans une position plus brillante qu'il ne paraît l'être.

— Est-il vrai, demanda l'étranger au vieux garçon, que votre père ait eu pour gérant autrefois un nommé Williams Thompson?

— Cela est très exact, répondit Griffith, que le récit de l'inconnu commençait à intéresser vivement. Mais ce Williams, qui est un effronté coquin, avait trouvé le moyen d'amasser aux dépens de mon père une fortune assez ronde : comment se fait-il qu'il soit vu aujourd'hui en société de gens que leurs mœurs et leurs habitudes devaient tenir éloignés pour toujours d'un homme de sa classe?

— Williams est, dites-vous, un effronté coquin, qui a su conquérir, à force de rapines et de malversations une assez belle position. Eh bien ! Williams devait avoir des goûts dépravés et des passions impétueuses. Pour les satisfaire, il a dû sacrifier la fortune volée à votre père ; et ses richesses, déloyalement amassées, sont restées au fond des tripots et des mauvais lieux dont il était un des habitués les plus fervens.

— Il faut qu'il en soit ainsi ; mais continuez, je vous prie.

— Aujourd'hui même, reprit Williams, Griffith a dû toucher des banck-notes pour une valeur de cinquante mille livres.

— Cinquante mille livres ! répétèrent ses compagnons en le dévorant du regard.

— Cinquante mille livres ! reprit Williams. Or, c'est là une belle somme, qu'en pensez-vous ? et qui, au pouvoir de lurons comme nous, nous permettrait, pendant un certain temps, de mener joyeuse vie.

— Quel est ton projet? demanda un de la bande.

— Mon projet ! il est bien simple. Griffith occupe ici près, rue Jeffreys, une maison isolée; le secrétaire qui renferme ses billets et ses papiers précieux est au premier, dans un appartement qui donne sur une cour séparée de la voie publique par une grille qu'il est facile de franchir. Deux d'entre vous resteront dans la rue pour faire sentinelle et pour nous avertir si quelque danger nous menace. Pendant que vous ferez bonne garde, Francis et moi placerons une échelle sous les fenêtres de Griffith ; nous sommes armés jusqu'aux dents ; Francis a toujours sur lui ses pinces et ses instrumens, il se chargera de forcer les volets. Quant à moi, je ne me sépare jamais de mon diamant, il me servira pour couper la vitre. Vous comprenez le reste. L'avare Griffith n'a pour tout domestique qu'un basset peu redoutable et une vieille servante. L'opération est sûre. Dans une heure, les banck-notes sont à nous !

Les complices de Williams ont fortement approuvé le projet de leur chef; ils sont sortis pour le mettre à exécution, et je les ai suivis, moi, pour m'y opposer. Chacun des malfaiteurs était à son poste, lorsque je me suis dirigé vers votre demeure. Le bruit que j'ai fait en m'approchant les a alarmés ; les sentinelles ont fait le signal convenu entre eux lorsqu'un danger les menace. Williams et Francis, qui se trouvaient dans la cour, ont fui par la grille dont ils avaient crocheté la serrure ; mais ils ont laissé l'échelle qui devait favoriser leur ascension. J'en ai profité pour m'introduire chez vous. Voyez, dit-il en conduisant Griffith vers la fenêtre, le volet a déjà été arraché, la vitre était coupée, je n'ai eu que la peine de la faire voler en éclats pour pouvoir faire jouer l'espagnolette. Maintenant vous voilà prévenu. Les malfaiteurs ne renonceront pas à leur expédition ; ils se sont éloignés momentanément, mais ils vont revenir, je présume. Quel parti voulez-vous prendre? me voilà à vos ordres, prêt à agir comme vous l'entendrez.

— Vous êtes un ange du ciel! s'écria Griffith en saisissant la main de l'inconnu, qu'il serra dans les siennes. Je ne veux rien vous cacher; oui, il est vrai, je possède cinquante mille livres renfermés dans ce secrétaire ; les informations de Williams sont exactes autant que précises; comment donc a-t-il été instruit de ce remboursement? s'écria-t-il en levant les yeux au plafond, comme pour y chercher la solution de ce problème qui l'embarrassait.

— Qu'importe la manière dont il s'y est pris. Ses informations sont exactes, dites-vous; vous avez les cinquante mille livres; l'important, l'essentiel, est de ne pas les laisser tomber au pouvoir de ces coquins. Voyons, décidez-vous. Les momens sont précieux.

— Je vais éveiller mistress Puddingham, et l'envoyer chercher la garde.

— Et s'ils arrivent avant que les soldats n'aient accouru à son appel, le poste est assez loin d'ici, vous le savez; il ne faut pas que Williams ait le temps de faire son coup.

— Mon Dieu! mon Dieu! que devenir alors ?

— Voyons, du calme et de la réflexion; voilà de quoi tenir tête aux deux coquins, dit l'inconnu en tirant de sa poche une paire de pistolets de combat ; il s'agit de savoir maintenant si c'est vous qui en ferez usage, ou si vous me laisserez ce soin.

— Diable ! ceci est très sérieux... Je préférerais... oui, je préférerais que vous vous chargeassiez de la besogne.

— Comme vous voudrez.

— Oui, cela me conviendrait mieux; vous me paraissez être un homme résolu autant que courageux, et j'avoue que moi....

— C'est une affaire convenue. La vie d'un honnête homme est sacrée pour moi, répondit l'inconnu d'un ton pénétré ; mais je verserai sans scrupule, pour empêcher une action criminelle, le sang d'un malfaiteur. Voici cependant le rôle que je vous réserve : tenez-vous silencieusement dans cet angle obscur ; aussitôt que Williams aura mis le pied dans cette chambre, je me précipiterai à sa rencontre, et je me fais fort de le maintenir. Quant à vous, vous vous élancerez vers la fenêtre, et, ce pistolet au poing, vous en défendrez le passage. Il ne faut pas que Francis puisse venir au secours de son complice. Attention ! ce sont eux ; éteignons le flambeau et prenez votre poste.

Dans ce moment, en effet, la grille roulait doucement sur ses gonds. Bientôt, malgré les plus grandes précautions de la part des malfaiteurs, des pas retentirent sur le sable. Une minute après, on entendit remuer l'échelle, puis une main imprudente se heurta contre les vitres ; l'espagnolette, qu'on avait replacée, joua de nouveau, et un homme sauta dans la chambre.

— Misérable ! rends-toi ou tu es mort! s'écria le défenseur inconnu, en saisissant à la gorge le malfaiteur, et en lui appuyant sur la poitrine le canon de son pistolet.

— A moi! Francis, murmura Williams, sans rien perdre de son audace, et en cherchant à se débarrasser de la main de fer qui l'étreignait.

Mais Francis, menacé par Griffith, dont le visage, s'il avait pu être examiné, aurait exprimé une frayeur plus grande encore, bien certainement, que celui du malfaiteur, Francis croyant avoir affaire à un antagoniste redoutable, descendit précipitamment de l'échelle et se hâta de disparaître.

Pendant ce temps, une lutte terrible, sourde, acharnée, s'était engagée entre Williams et l'inconnu ; il n'échangeaient pas une parole ; mais la résistance était aussi énergique que l'attaque ; ils ébranlaient le parquet sous leurs pas, pendant que Tom frappait les échos de la maison de ses hurlemens terribles. Williams était petit, mais vigoureusement organisé ; un mouvement brusque, qu'il exécuta heureusement, le dégagea de l'étreinte de son adversaire. Celui-ci était doué, nous l'avons déjà dit, d'une force peu ordinaire ; il s'élança dans la direction du malfaiteur, cherchant à le saisir de nouveau ; mais l'obscurité profonde qui enveloppait le lieu du combat l'empêchait d'atteindre Williams. Il avait bien soin cependant de s'interposer entre le malfaiteur et la fenêtre, afin de lui couper la retraite.

Le tumulte occasionné par les deux combattans avait éveillé mistress Puddingham. Au moment le plus acharné de la lutte, elle apparut sur le seuil de la porte, un flambeau à la main. Le spectacle qui s'offrit aux regards de la vieille gouvernante, lui ôta l'usage de ses sens : elle perdit connaissance, et le flambeau s'échappa de ces mains ; mais à la pâle clarté qu'il répandait encore, Williams avait pu contempler les traits de son antagoniste.

— Rends-toi, misérable : rends-toi! s'écria de nouveau l'inconnu, qui était parvenu à saisir une seconde fois Williams.

— Le capitaine! le capitaine! murmura celui-ci avec un accent étrange.

— Silence et jette ton stylet, si tu ne veux pas que je ne te brise le crâne aussitôt.

Un rugissement de tigre s'exhala, à cette réponse, du gosier du malfaiteur, et s'élançant sur l'inconnu il lui enfonça son stylet dans l'épaule.

Un coup de feu retentit au même instant. Williams tomba lourdement sur le parquet.

Un quart d'heure après, le silence s'était rétabli dans la petite maison de Griffith. La vieille gouvernante, revenue de son évanouissement, avait regagné sa chambre à coucher ; elle s'y était enfermée à double tour sur l'ordre de son maître, qui, d'après l'avis de l'inconnu, ne l'avait pas voulu pour témoin de ce qui allait se passer entr'eux. Griffith était assis dans un fauteuil ; ses deux mains soutenaient sa tête brûlante ; des exclamations désolées s'échappaient de ses lèvres.

L'inconnu se promenait à grands pas dans l'appartement ; il s'arrêtait de temps à autre devant le vieux garçon et lui adressait la parole ; mais Griffith continuait à pousser des soupirs lamentables, et ne répondait pas.

Au milieu de la chambre était étendu le cadavre de Williams.

— Il faut en finir cependant, s'écria brusquement l'inconnu.

Et se posant debout, les bras croisés, en face de Griffith :

— C'est à mon corps défendant que j'ai fait usage de mon arme ; j'étais dans le cas de légitime défense ; ce meurtre ne peut donc pas m'être imputé à crime. Notre position n'est pas moins embarrassante.

— Un homme mort! un homme tué chez moi ! Je suis perdu !... perdu !... perdu ! s'écriait douloureusement le vieux garçon.

— Toutes vos exclamations, tous vos soupirs, tous vos regrets, ne le ressusciteront pas ; la balle l'a frappé au cœur ; il a rendu l'âme sur le coup ; mais c'était un malfaiteur que la corde attendait tôt ou tard. Je lui ai rendu service en l'expédiant aussi vite; il n'a pas eu le temps de souffrir. Reste à savoir ce que nous ferons de son cadavre. Si la justice s'en mêle, ce seront des lenteurs, des formalités, des pratiques à n'en plus finir. Il n'est pas dit que préalablement, avant d'avoir complétement éclairci l'affaire, on ne s'assure de notre personne.

— Que dites-vous? On nous jetterait en prison comme de vils assassins?

— J'en ai bien peur, répondit l'inconnu, dont la voix n'était pas plus assurée en cet instant que celle de Griffith.

— Mais je dirai que je ne suis pour rien dans ce qui vient de se passer; que c'est vous qui avez tué Williams; que je suis innocent, moi! s'écria le vieux garçon en s'arrachant les cheveux.

— Et si je soutiens le contraire, moi; si je dis que c'est moi l'innocent et vous le coupable? si coupable il y a cependant.

— Comment! vous oseriez...

— J'oserai tout pour vous punir de l'ingratitude que vous me témoignez.

— Quelle fatalité!

— N'est-ce pas pour vous rendre service, pour vous porter secours que je suis accouru? ne vous ai-je pas été d'une utilité réelle, incontestable? n'est-il pas évident que, sans moi, vos banck-notes devenaient la proie de Williams et de ses complices?

— Je ne puis en disconvenir.

— Et pour me récompenser de ce que j'ai fait, vous déclarez que vous m'accuserez devant le tribunal des hommes.

— Ma raison s'égare; je perds la tête! s'écria Griffith. Mais ce misérable, ce Williams, vous le connaissiez, vous, qu'il a appelé son capitaine? capitaine! pourquoi cette qualification? et quels liens vous unissaient à cet homme, qui réclamait de vous merci et pitié?

— Je ne repondrai pas à cette question. Que j'aie connu ou non Williams; que les circonstances m'aient mis en rapport avec l'ancien gérant de votre père, peu vous importe. Je vous ai défendu contre ses agressions; je vous ai conservé cinquante mille livres que ce misérable convoitait. Voilà ce que vous ne pouvez nier. Voilà qui établit un compte entre nous deux, un compte que nous allons régler sur-le-champ, si vous voulez le permettre, car mes instans sont comptés.

— Qu'entendez-vous par là?

— Mes services ne sont pas désintéressés, monsieur Griffith Walker. J'avoue qu'en vous proposant le secours de mon bras et de mon expérience en semblables affaires, j'étais mu par une pensée d'intérêt personnel.

— Je ne comprends pas.

— Patience, lorsque j'ai pris la résolution d'exposer ma vie pour protéger votre personne et votre portefeuille, je me disais : M. Griffith passe pour un avare et un égoïste ; mais M. Griffith jouit de la plénitude de sa raison ; il comprendra l'efficacité de mon intervention; il l'appréciera à sa juste valeur, et sa reconnaissance l'engagera à partager avec son sauveur officieux les cinquante mille livres dont il lui assure la possession.

— Partager avec vous! s'écria le vieux garçon en faisant sur son fauteuil un violent soubresaut.

— Je me disais cela avant l'invasion de Williams; maintenant notre position est bien changée. L'affaire a pris un caractère de gravité qu'elle n'avait pas alors... Un homme mort, tué, ici, dans votre appartement! réfléchissez donc aux suites que peut engendrer l'instruction de ce meurtre!....

— Partager avec vous! répéta de nouveau Griffith d'un ton dolent et plaintif.

— Eh bien! malgré les difficultés nouvelles qui peuvent résulter de tout ceci, poursuivit l'étranger, je n'abuserai pas de votre frayeur extrême; mes prétentions resteront les mêmes : donnez-moi 25,000 livres et je vous tire de toute inquiétude.

— Vous donner 25,000 livres ! s'écria le vieux garçon, toujours plongé dans une stupeur profonde.

— Quand je dis donner, je n'exprime pas ma pensée véritable; c'est prêter que j'ai voulu dire.

— Mais qui êtes-vous, et comment me garantirez-vous le remboursement de cette somme? demanda Griffith en passant tout à coup et sans transition aucune, du comble de l'étonnement et de l'effroi à l'exaspération la plus grande, à la colère la plus acerbe, la plus ironique, la plus violente aussi.

— La réponse à cette question est assez difficile à faire; qui je suis? Pour vous, je m'appellerai l'*Inconnu*; — c'est de ce nom que je signerai le billet que je prétends vous laisser. — Quant à la garantie que vous me demandez, je n'en ai pas d'autre à vous offrir que ma parole.

— Vous êtes fou, monsieur l'*Inconnu*. Allez proposer votre parole pour garantie au dernier des marchands de la Cité, et vous verrez de quel air il accueillera votre demande.

— Mais je ne pourrai pas dire à ce marchand, reprit l'étranger d'une voix lugubre : Voyez-vous ce cadavre étendu sur le parquet ? eh bien ! c'est là un lien qui nous unit, qui nous unit pour toujours, ajouta-t-il en étendant le doigt vers le corps de Williams.

— O mon Dieu ! mon Dieu ! que faire ! que résoudre !

Accepter mes propositions. — Voyons, dépêchons-nous, car je vous ai dit que mes instans étaient comptés. Mistress Puddingham n'a rien vu, rien entendu. Il sera facile de lui persuader que son imagination romanesque a fait tous les frais du combat de cette nuit. Cette scène dramatique sera le résultat d'une hallucination étrange. Qui sera là pour donner un démenti à votre déclaration? Vous êtes le seul locataire de cette maison; vous ne rencontrerez donc pas de contradicteurs. Quant à moi, aussitôt ma demande agréée, je charge le cadavre sur mes épaules et je prends la Tamise pour confidente de notre secret; la Tamise ne nous trahira pas, soyez-en bien persuadé. Le sang une fois étanché, vous êtes parfaitement tranquille; la justice n'étant pas avertie, n'exercera aucune poursuite, ne fera aucune perquisition qui puissent vous inquiéter. Choisissez : ou la prison, et ce qui devient plus grave, une accusation de meurtre que je fais peser sur vous, ou bien le partage des 25,000 livres.

Nous n'essaierons pas de décrire les combats qui se livrèrent dans l'âme de Griffith; de rapporter les supplications, les prières, les offres mesquines qu'il adressa à l'inconnu. — Tout fut inutile.—Il dut souscrire à toutes les conditions qui lui étaient imposées.

—Voilà un billet en règle, dit l'*Inconnu*, après avoir reconnu le montant de la somme ainsi prêtée, et ayez confiance en la loyauté d'un homme qui n'a que sa parole à vous donner. Cette parole est aussi sacrée que celle du Cid et plus que celle du roi George. C'est une affaire d'or que vous faites en cet instant. Demain je m'éloigne de Londres; mais dans un an vous rentrerez intégralement dans vos fonds, et d'ici au remboursement complet des 25,000 liv., les intérêts courront sur le pied de cinquante pour cent. — Je le répète, c'est une affaire d'or.

Les assurances, les sermens et même le billet de l'*Inconnu* ne réussirent guère à calmer l'inquiétude du vieux garçon sur le sort de sa créance; mais les circonstances le forçaient impérieusement à partager la somme reçue la veille. Ce partage se fit. Après quoi l'*Inconnu*, chargeant sur ses épaules le cadavre de Williams, descendit dans la cour par le moyen de l'échelle laissée par les malfaiteurs. Quelques instans après, il disparut avec son fardeau, et Griffith resta seul.

Celui qui aurait aperçu le vieux garçon après le départ de l'*inconnu* se serait demandé, et avec juste raison, si cet homme n'était pas fou. Griffith, en effet, allait et venait dans sa chambre, en murmurant des phrases inintelligibles, en déployant un luxe inusité chez lui de gesticulations saccadées, d'exclamations lamentables, de grincemens de dents, de pleurs et de soupirs.

— Je suis ruiné! ruiné! ruiné! murmurait-il d'une voix étouffée, et en froissant avec dépit le billet souscrit par l'*Inconnu*.

Après une heure de cette promenade bruyante, Griffith se laissa tomber sur un fauteuil. Ses regards se portèrent alors sur le tapis; il y vit du sang. Le besoin de la conservation, l'instinct de la sécurité personnelle éloignèrent momentanément de son esprit la pensée obstinée qui le tourmentait. Williams, nous l'avons fait remarquer déjà, avait été frappé au cœur; or, ainsi qu'il arrive souvent lorsque cet organe principal est entamé, la mort avait été instantanée chez le bandit; de plus, elle avait eu lieu sans effusion de sang. L'explication de ce phénomène pathologique est facile à donner. Le cœur, au moment où il fut traversé par la balle, accomplit plusieurs contractions violentes qui détruisirent le parallélisme existant entre la blessure de cet organe et celui du péricarde: les deux conséquences de sa nouvelle position avaient été une asphyxie immédiate et un épanchement au dedans qui retardait d'autant celui du dehors. Les quelques gouttes de sang qui souillaient le tapis provenaient donc de la blessure reçue par l'*Inconnu* à l'épaule. Elles étaient peu nombreuses et faciles à étancher.

Le lendemain il ne restait aucune trace matérielle, dans la petite maison de Griffith, du combat de la nuit. Mistress Puddingham avait déliré jusqu'au matin; mais son maître, ne la voyant pas descendre à l'heure accoutumée, s'était transporté jusqu'à la chambre de sa gouvernante, dans l'intention de changer la direction de ses pensées.

— Vous avez eu la fièvre, ma chère mistress Puddingham, disait Walker d'une voix qu'il tâchait de rendre persuasive; vous avez été tourmentée par un funeste cauchemar; vous avez vu les diables bleus, noirs, rouges, les diables de toutes les couleurs, en un mot; et c'est sous l'obsession d'un rêve affreux que vous avez cru assister à une scène de meurtre. Regardez-moi, serais-je aussi calme, aussi tranquille, aussi frais, si les événemens dont vous parlez s'étaient passés en ma présence?

La fraîcheur du vieux garçon était chose bien problématique en ce moment, et le calme qu'il affectait n'était pas assez naturellement joué pour qu'un observateur plus judicieux que mistress Puddingham ne pût deviner combien le sourire qui errait sur ses lèvres lui coûtait de peines et de dissimulation. Mais la vieille gouvernante n'était pas très habile physiologiste. Après maintes observations, détruites par des répliques péremptoires, elle se laissa persuader qu'elle avait eu un sommeil très agité, qu'elle n'avait rien vu, rien entendu, et qu'enfin elle n'avait pas quitté son lit un seul instant. Griffith avait atteint son but.

En sortant de chez mistress Puddingham, il se retira dans son petit salon, s'y renferma sans vouloir voir personne, et employa les heures de la journée à déplorer la brèche faite à son coffre-fort. Les jours se ressemblèrent en se succédant: rien ne parvenait à consoler ce vieux garçon; rien, ni l'aisance, le confortable, le luxe qui l'entourait encore, ni le parallèle qu'il pouvait établir entre son sort et celui du watchman, dont la voix retentissait chaque soir à ses oreilles, ni les prévenances de mistress Puddingham, qui, en échange de ce redoublement de zèle, ne recevait que rebuffades et paroles désobligeantes; ni même les caresses de Tom, dont la gentillesse et l'espièglerie amusaient fort autrefois M. Walker.

La vieille gouvernante, fermement persuadée maintenant qu'il ne s'était rien passé d'extraordinaire dans la maison, se cassait la tête à deviner le motif de l'humeur sombre de son maître : elle se la cassait en vain.

C'en était fait de cette vie si paisible, si uniformément heureuse, de Griffith. Lui qui naguère s'estimait être le mortel privilégié par le destin ; lui dont l'existence s'écoulait claire, limpide comme l'onde murmurante d'un ruisseau, à travers les fleurs de la prairie, entendez-le sans cesse soupirer, se plaindre, maudire le sort qui le poursuit ; regardez-le, il n'a plus d'appétit ; le sommeil fuit loin de ses paupières ; au moindre bruit, il se retourne soudain, croyant voir la tête de Williams grimacer à sa fenêtre.

Adieu les rêves charmans qu'il faisait autrefois.

Le temps est loin où l'image de la gentille Betzy s'asseyait à son chevet dans le silence des nuits. Il n'a plus un souvenir à donner à la jeune miss qu'il avait rencontrée un jeudi à Hyde-Park, et dont l'œil éveillé, la démarche harmonieuse, éveillaient malgré lui, chez le vieux garçon, des idées matrimoniales.

C'en est fait, c'en est fait pour toujours du bonheur dont il jouissait avant l'apparition de l'*Inconnu !*

Il n'apprécie plus maintenant à toute sa valeur la position fortunée qu'il s'est faite. Le soir, lorsque la pluie tombe par torrens, lorsque le vent secoue les volets extérieurs, lorsque le froid et les brouillards règnent en souverains dans la ville de Londres, Griffith n'éprouve plus le même plaisir à revêtir sa robe de chambre de soie, à fourrer ses pieds dans ses chaudes pantoufles, à déguster, auprès d'un feu bien nourri, sa mixtion préférée de thé et de rhum.

Les habitudes, les occupations, les jouissances de Griffith se ressentent de ce bouleversement opéré dans ses facultés. Et comment n'en serait-il pas ainsi ? Griffith était né pour couler des jours tranquilles. Des émotions fortes, des épreuves soudaines, des scènes lugubres et sanglantes, tout ce qui constitue, en un mot, une vie accidentée et orageuse, n'était pas son fait.

— Il y a un lien, un lien qui nous unit pour toujours, murmurait-il dans son égarement, en rappelant les paroles terribles de l'*Inconnu*, la nuit du meurtre de Williams.

C'est ainsi que le vieux garçon passa les dix premiers jours qui suivirent les événemens que nous venons de raconter. Le onzième, une pensée lumineuse jaillit tout à coup dans son esprit.

— Comment, diable ! n'ai-je pas commencé par là ? disait-il en s'habillant à la hâte.

La toilette terminée, Griffith prit son portefeuille qu'il serra religieusement dans la poche de sa redingote ; il boutonna ce vêtement avec miles précautions, et il se rendit aussitôt chez M. Shrewsbigh.

L'homme de loi, lorsque Griffith arriva chez lui, se trouvait avec deux femmes qui paraissaient plongées dans l'affliction la plus profonde. L'une était âgée ; mais sa figure et ses manières annonçaient une personne de bonne compagnie. L'autre était jeune ; la nature l'avait douée d'une de cet physionomies douces et angéliques qu'on ne peut contempler sans émotion. Lorsque son âme s'épanouissait à la joie, les traits de son visage s'animaient aussitôt ; ses longs yeux bleus brillaient d'un éclat extraordinaire, c'était alors tout à la fois une vive et pétillante créature et une timide et craintive jeune fille, inspirant en même temps une affectueuse sympathie et une respectueuse adoration. Mais les heures d'expansive gaîté sonnaient rarement pour la charmante miss ! Depuis plusieurs années, ses lèvres n'avaient reflété qu'un mélancolique sourire, son regard qu'un chagrin concentré, son front qu'une résignation touchante. Aujourd'hui, ses paupières gonflées et humides, ses gestes brisés, sa contenance désolée, trahissent une douleur plus intense, plus récente aussi.

— Monsieur Walker ! s'écria M. Shrewsbigh, en voyant paraître le vieux garçon, Dieu vous envoie en ce moment pour accomplir une bonne action ; voyez cette jeune fille...

— Ah ! fit Griffith en reconnaissant la jolie miss qu'il avait rencontrée à Hyde-Park, et dont la gracieuse tournure l'avait frappé alors.

— Qu'avez-vous donc? on croirait que miss Lucy Norton est de vos connaissances, et que vous êtes surpris de la trouver ici dit le notaire.

— Non pas, monsieur Shreswsbigh, je n'ai pas l'honneur de connaître miss Lucy, bien que ce ne soit pas la première fois que j'ai l'honneur de la voir, répondit Griffith avec force salutations.

La jeune fille, en entendant ces mots, leva les yeux sur le vieux garçon et interrogea ses souvenirs.

— Je ne me rappelle pas... je ne crois pas... Monsieur se trompe, murmura Lucy d'une voix tremblante.

— M. Walker fait allusion, sans doute, à une rencontre due au hasard, à la promenade, observa la compagne de Lucy en embrassant le vieux garçon d'un regard sévère.

— Précisément, un jeudi, à Hyde-Park, ajouta celui-ci.

— Ma mémoire, qui ne me fait jamais défaut, me permet de reconnaître en vous un promeneur qui nous suivait obstinément, et qui forçait miss Lucy à rougir par la fixité inconvenante de ses regards, reprit la dame âgée.

— Je vous jure... je vous prie de croire... que mon intention n'était pas de vous offenser, ni vous ni mademoiselle, reprit Griffith visiblement embarrassé. Maudite vieille ! ajouta-t-il tout bas.

— Ah ! ah ! fort bien ! s'écria M. Shrewsbigh avec un sourire railleur ; on vous y prend monsieur Walker, à suivre les jolies promeneuses, et à leur déclarer, par le langage des yeux, que vous êtes sous le charme de leur présence. Sans le témoignage de mistress Sarah, j'aurais continué à croire, avec tous ceux qui vous connaissent, que votre cœur était inaccessible aux séductions du beau sexe. Je suis heureux de changer d'opinion à votre égard. Puisque miss Lucy vous a inspiré un intérêt... quelconque, poursuivit le notaire, il vous est loisible aujourd'hui de lui en donner une preuve convaincante. Les circonstances vous favorisent.

— Mais je venais pour vous parler d'affaires sérieuses, dit Griffith en interrompant M. Shrewsbigh.

— Rien n'est plus sérieux que ce que j'ai à vous dire, reprit celui-ci ; mais passons dans le cabinet adjacent à celui-ci ; la nature de cet entretien comporte de graves réflexions, et ces dames m'excuseront de ménager leur modestie en parlant d'elles hors de leur présence avec un homme qui ne peut manquer d'apprécier tout leur mérite. Vous permettez que je vous laisse un instant, dit-il en s'approchant de miss Lucy... Prenez patience... dans un quart d'heure je serai à vos ordres.

Tirant aussitôt derrière lui la porte du cabinet voisin, M. Shrewsbigh se trouva seul avec le vieux garçon.

— Mais, monsieur, dit Griffith, sans pouvoir dissimuler son embarras, je suis très sensible, assurément, au sort de miss Lucy et de sa compagne, mistriss Sarah... Certainement, je suis très sensible à leur position, qui ne me paraît pas être fort brillante.

— Hélas ! il s'en faut ! observa le notaire.

— Mais, le but de ma visite n'était pas...

— Bon ! bon ! bon ! je comprends ce que vous allez me dire ; vous ne pensiez pas trouver ces dames ici, et votre visite n'avait pas pour but de me parler d'elles, je le sais, je le sais. Cependant, permettez-moi de vous apprendre le malheur qui vient de frapper miss Lucy ; je reste persuadé, maintenant que je vous connais admirateur du beau sexe, que vous vous emploierez pour adoucir une infortune imméritée.

On peut ne pas aimer assez les femmes pour associer son sort à l'une d'elles, monsieur Walker, et cependant l'admiration qu'on ne peut s'empêcher de leur vouer est une preuve que l'on n'a pas un cœur de bronze. Mon cher client, miss Lucy est la jeune personne dont je vous parlais, il y a dix jours, chez vous ; c'est elle que je voulais vous donner pour charmer votre solitude.

— Ah ! c'est elle !

— Je ne me doutais guère, en vous détaillant les précieuses qualités de ma protégée, que les grâces de sa personne avaient déjà frappé votre attention.

— Oh ! mon Dieu ! je l'ai remarquée, parce que...

— Parce qu'elle est jeune, jolie, et que son air est des plus distingués, je le sais, interrompit le notaire ; mais il n'est plus question maintenant, de projets de mariage ; vous êtes jaloux de votre liberté, et je ne chercherai pas à combattre une idée irrévocablement arrêtée dans votre esprit. Ce que je veux, c'est vous intéresser assez à la malheureuse situation que les événemens ont faite à miss Lucy, pour que vous m'aidiez à réparer envers elle l'injustice du sort.

Voici en deux mots l'histoire de ma jeune cliente :

Je ne vous dirai rien de ses parens. Qu'il vous suffise de savoir qu'elle appartient à une famille honorable. Son père est mort dans l'Inde, en laissant une immense fortune ; mais un événement fatal a réduit la riche héritière à la plus affreuse misère. Revenue à Londres avec son ancienne dame de compagnie, mistress Sarah, l'intéressante orpheline est allée frapper à la porte d'une parente, sœur de sa mère, pour lui demander un asile : cette mégère a repoussé impitoyablement la fille de sa sœur, lorsqu'elle a connu le dénûment absolu qui devenait son partage. La fortune est hautaine et orgueilleuse envers la pauvreté ; dans cette circonstance, elle se montra dure, barbare, féroce. Mais le ciel est juste ; je ne doute pas qu'une punition providentielle ne soit réservée à cette parente millionnaire. Miss Lucy sortit, le cœur brisé, des larmes dans les yeux, de cette maison où régnait l'abondance et le luxe ; elle cacha sa douleur, son abandon au fond d'un logement étroit et mal aéré, situé dans un des quartiers les plus malsains de la ville. Hélas ! il fallait bien prendre ce parti, et viser à l'économie la plus exiguë. Les deux femmes durent se résoudre à travailler soir et matin, jour et nuit, pour gagner de quoi vivre. Depuis deux ans, elles traînaient cette misérable existence, lorsqu'un matin, il y a dix jours de cela, un commissionnaire leur remit un paquet contenant pour deux mille livres de bank-notes. Interrogé par elles, cet homme ne put fournir à miss Lucy et à mistress Sarah aucune indication sur l'origine de cet envoi. Le paquet lui avait été remis par un inconnu, avec injonction de le porter sur-le-champ à son adresse. Le nom du bienfaiteur, son adresse, sa position, le commisionnaire les ignorait. Cependant il ne pouvait pas y avoir de doute sur la destination de cette somme. La suscription du paquet portait bien : *Miss Lucy Norton, Magdalen-Street*, n° 18. Après s'être long-temps creusé l'esprit pour trouver le mot de cette énigme, les deux femmes acceptèrent le don qui leur parvenait d'une façon si mystérieuse. Elles remercièrent le ciel d'avoir jeté un regard secourable sur leur détresse, et firent usage de cet argent, qui, dès lors, leur appartenait. Pauvres femmes ! quelle horrible épreuve leur était réservée ! Pour se distraire des travaux de toute une semaine, chaque jeudi, miss Lucy, accompagnée de mistress Sarah, se rendait à Hyde-Park. La promenade, l'air pur et rafraîchissant qu'on respire en cet endroit, le spectacle charmant qui s'offrait à leurs regards, retrempait leur courage en ranimant leurs forces. Après deux heures passées dans ce jardin, les deux femmes regagnaient leur mansarde, et se livraient avec ardeur à leurs travaux quotidiens.

Jeudi dernier, suivant leur habitude, miss Lucy et sa compagne s'étaient rendues à Hyde-Park; heureuses toutes deux des changemens survenus dans leur position, elles devisaient joyeusement en suivant le flot des promeneurs, faisaient mille châteaux en Espagne, et jetaient avec assurance leurs regards vers l'avenir. Elles ne s'attendaient guère, les infortunées, à la cruelle déception que le destin leur préparait, au coup affreux qui les menaçait!

Avant de franchir le seuil de la maison, mistress Sarah aperçut plusieurs hommes à figure suspecte, qui se promenaient dans la rue. L'aspect de ces inconnus lui donna comme un pressentiment d'un malheur prochain ; elle hâta le pas et commença à gravir l'escalier ; dans ce moment, un cri, suivi de plusieurs cris, retentit à l'étage supérieur, et un homme descendant avec précipitation heurta violemment miss Lucy en s'élançant dans la rue. Les locataires qui avaient donné l'éveil se précipitèrent sur les traces de l'inconnu ; mais, en arrivant sur la porte, ils ne virent plus personne. Celui qu'ils poursuivaient et les hommes à figure suspecte qu'avait remarqués Sarah, s'étaient évanouis comme par enchantement.

Le pressentiment qu'avait éprouvé la dame de compagnie reçut bientôt son explication ; la porte qui fermait le logement occupé par les deux femmes était toute large ouverte, la serrure crochetée; en entrant dans la première pièce, elles la trouvèrent dans un désordre affreux ; la seconde offrait le même aspect. Bref, le logement tout entier avait été dévasté, bouleversé, pillé, dépouillé avec une audace incroyable. Le secrétaire était forcé et veuf du dépôt qui lui avait été confié ; les armoires, les placards, les meubles, offraient le spectacle désolant d'une nudité complète. Les malfaiteurs avaient tout emporté, argent, effets, linge ; quelques hardes seulement gisaient sur le carreau ; leur peu de valeur leur avait mérité le dédain des voleurs hardis qui s'étaient introduits en plein jour, dans cette modeste demeure.

Vous comprenez la désolation des deux malheureuses femmes en se voyant ainsi dépouillées; je n'essaiera pas de le dépeindre, de vous en tracer le lugubre tableau. Votre cœur devinera ce que je ne suis pas assez éloquent pour exprimer ; il vous inspirera le désir de m'aider à sécher les pleurs de ces intéressantes créatures. J'ai confiance en vous, et votre brillante position vous permettra, je l'espère, de vous associer utilement au projet que j'ai formé.

Pendant cette longue narration, la physionomie de Griffith témoignait d'une impatience, d'un dépit, d'un embarras extrêmes; sa contenance, tantôt incertaine, tantôt affectée, ses gestes alternativement brusques et compassés, rapides et dignes, la mobilité excessive de sa prunelle, qui reflétait des regards dont l'expression changeait à chaque instant ; en une minute, ils avaient été froids et ardens, indifférens et sympathiques, tous les indices d'une insensibilité réelle, combattue par une émotion profonde, ne surprirent pas M. Shrewsbigh qui savait son Walker par cœur, et qui ne comptait pas trop, il faut bien l'avouer, sur le succès de sa démarche auprès de lui. Il se trompait cependant sur la nature des sensations que son récit avait soulevées dans l'âme du vieux garçon. Si Griffith avait paru un moment attendri, c'est que l'invasion des malfaiteurs dans la demeure de miss Lucy lui rappelait la visite de Williams; la ruine de l'orpheline, le partage de ses cinquante mille livres ; le désespoir de la jeune fille, l'immense douleur qu'il avait ressentie lui-même dans cette nuit fatale, et qu'il ressentait encore. Le récit de M. Shrewsbigh ravivait toutes ses souffrances, faisait saigner la blessure portée à son portefeuille. C'était lui, lui seul qu'il plaignait; c'était sur son sort, sur son sort à lui, qu'il s'apitoyait intérieurement, pendant que le notaire parlait. Le malheur de miss Lucy ne le touchait que faiblement, s'il le touchait un peu toutefois; car il comprenait bien ce que M. Shrewsbigh exigeait de lui, et quelle devait être la péroraison de sa plaidoirie. S'il n'avait fallu que des consolations banales, des formules de condoléance, des paroles sympathiques, oh ! alors la langue de Griffith, à défaut de son cœur, auroit parfaitement répondu à l'appel qui lui était adressé. Mais l'éloquence du notaire attaquait son coffre-fort. Halte-là! le coffre-fort de Griffith n'avait ni âme ni oreilles.

Il ne savait comment se tirer des griffes de M. Shrewsbigh, cependant; comment sortir de son cabinet, avec honneur et convenance, sans y laisser une offrande ruineuse. Sa perplexité était grande, lorsqu'il répondit:

— Pauvre miss! je la plains de tout mon cœur.

— N'est-il pas vrai que j'ai réussi à vous intéresser à son sort, et que j'ai bien fait de m'adresser à vous? demanda le notaire.

— Et l'on n'a pas pu découvrir encore les auteurs de ce vol audacieux? dit Griffith, sans répondre à la question de M. Shrwsbigh.

— Comment y serait-on parvenu? La police est si mal organisée à Londres, et les malfaiteurs sont si adroits!

— En effet, observa le vieux garçon, en poussant un soupir.

—Il semble vraiment que l'administration s'entend avec eux et les laisse libres d'exercer leur coupable industrie. Et il en est partout de même; sur toute la surface du royaume, dans nos possessions indiennes, les voleurs, les aventuriers, les pirates, se livrent aux tentatives les plus criminelles, les plus odieuses, sans qu'on réussisse à mettre un terme à tant d'excès. Il y a trois ans, le navire de S. M. qui a donné la chasse au trop célèbre Pirate Noir n'a-t-il pas perdu les traces de ce redoutable bandit : sa goëlette est bien tombée au pouvoir de nos marins, mais vide, mais déserte et gardée par un tigre déchaîné qui a tué cinq de nos soldats avant de recevoir la mort. — Stratagème infernal! ruse abominable du Pirate Noir, qui est parvenu depuis lors à se soustraire à toutes les poursuites. On a lieu de croire cependant qu'il s'est réfugié à Londres.

— Le Pirate Noir, à Londres? s'écria Griffith....

— Le shériff Perthinross me disait, hier encore, qu'on a reconnu le cadavre du plus enragé de ses lieutenans, pêché dans la Tamise... C'était celui de Williams Thompson, qui a été jadis *nierror*, c'est-à-dire, si ma mémoire ne me trompe pas, le gérant, pour ses forges de la principauté de Galles, de votre respectable père, Edwards Walker.

Le nom de Williams avait amené une sueur froide sur le front de Griffith. Il réussit cependant à rester maître de lui, sans laisser voir son trouble à M. Shrewsbigh, qui poursuivit :

— Vous comprenez?. L'identité du cadavre une fois reconnue, on s'est livré à des recherches actives. La police a été instruite qu'un ancien compagnon du Pirate Noir, nommé Francis, avait été vu dans une taverne mal hantée. La présence de ces forbans à Londres coïncidait trop avec le nombre des méfaits qui s'y commettent chaque nuit avec l'audace, la sauvage énergie déployées dans leur perpétration, pour qu'on eût le moindre doute à cet égard. Il est certain que le Pirate Noir se cache dans notre ville, qu'il est l'âme des crimes affreux dont les feuilles publiques nous donnent le détail chaque matin. Mais nous voici bien loin de notre sujet... Voyons, que pouvez-vous, ou plutôt que voulez-vous faire pour miss Lucy?

—Terminons, avant d'aborder cette question, l'affaire qui m'amène chez vous, monsieur Shrewsbigh : vous m'avez remis, il y a dix jours, une somme de 50.000 livr.; je désire un placement avantageux pour la moitié de cette somme, que je vous apporte.

— J'ai justement ce qu'il vous faut en ce moment, dit le notaire.

— Le client est-il sûr? possède-t-il des immeubles dont la valeur réponde de celle de la créance?

— Parfaitement! oh! parfaitement. Occupons-nous donc maintenant de mes deux protégées.

— Monsieur Shrewsbigh, dit Griffith après avoir remis au notaire ses bank-notes, je suis vraiment désolé de ne pouvoir suivre l'impulsion de mon cœur.

— Eh quoi ; s'écria l'homme de loi, refuseriez-vous de m'aider à réparer l'injustice du sort envers deux infortunées ?

— Chacun connaît le fond de ses affaires, monsieur Shrewsbigh ; ma position n'est pas aussi brillante que vous pouvez le supposer ; des pertes récentes ont compromis gravement ma fortune.

— Mais vous n'avez jamais eu d'autre argent placé que celui que je vous ai remis il y a dix jours, dit le notaire d'un ton de reproche et presque d'indignation.

— Ce que vous ne savez pas, c'est que je viens de subir une épreuve qui me coûte la moitié de cette somme. Ainsi donc, je ne refuse pas de m'associer à une bonne œuvre, dit Griffith en déliant les cordons de sa bourse ; si cette livre sterling peut aider à améliorer la position de miss Lucy et de sa compagne, je vous la remets avec plaisir ! Que tous vos amis, vos nombreux cliens, s'exécutent comme je le fais, et nul doute que le total de leur offrande ne présente un chiffre assez élevé.

En achevant ces mots, Griffith déposa une pièce d'or sur le bureau du notaire.

M. Shrewsbigh était homme de trop bonne compagnie pour ne pas savoir rester maître de lui. Il se contenta de prendre la pièce d'or et de la rendre au vieux garçon, en lui disant, d'une voix fortement accentuée :

— Vous m'avez mal compris, monsieur Walker. Le père de miss Lucy était mon ami; tant que je serai de ce monde, sa fille ne vivra pas d'aumônes. Reprenez votre offrande.

Griffith resta un moment interdit. Il recouvra bientôt, cependant, toute son assurance.

— Je voudrais pouvoir davantage, reprit-il d'un ton pénétré; mais l'état présent de mes affaires ne me le permet pas. Au revoir, monsieur Shrewsbigh, et présentez mes respects à ces dames. Je sors par cette porte, car le spectacle de leur désolation me nâvrerait.

Ce disant, le vieux garçon s'esquiva par une issue dérobée qui donnait sur l'escalier de la maison.

— L'égoïste ! s'écria le notaire.

Et il se rendit auprès de ces dames, auxquelles il apprit, avec tous les ménagemens possibles, le mauvais résultat de son entretien avec le vieux garçon.

— Ne perdez pas courage, cependant, ajouta M. Shrewsbigh ; parmi mes cliens se trouvent des hommes dont la position est aussi brillante que leur cœur est bon. Je leur parlerai de vous, et nul doute que l'un d'eux ne découvre pour vous une place convenable. J'aurais voulu que M. Walker vous mît à la tête de sa maison, miss Lucy, et qu'il prît mistress Sarah pour sa femme de charge, mais cet homme a un caillou à la place du cœur. Ayez confiance en mes démarches, partagez l'espoir que je nourris ; Dieu ne saurait abandonner l'orpheline que le sort accable. Adieu. Venez souvent me voir.

En reconduisant les deux femmes, M. Shrewsbigh trouva moyen de glisser un billet de vingt livres sterling dans la main de mistress Sarah, sans que Lucy s'en aperçût. La dame de compagnie se retourna et ouvrit la bouche pour témoigner sa reconnaissance au notaire ; mais celui-ci lui fit signe de ne pas parler ; et saluant profondément, il alla rejoindre les cliens qui l'attendaient.

La conduite de M. Shrewsbigh paraîtra, sans doute, bien étrange à nos lecteurs. Il serait singulier, en effet, que le notaire, cet ancien ami de M. Norton, implorât pour miss Lucy des protections étrangères ; plus singulier encore qu'il l'aidât de ses deniers, après avoir prétendu qu'elle ne vivait pas d'aumônes, s'il avait eu le choix d'une autre manière de la secourir.

Mais pourquoi ne donnait-il pas à l'orpheline un asile dans sa maison, au lieu de vouloir la placer dans celle de M. Walker ?

La réponse à cette question nous fournira le moyen de justifier le notaire.

M. Shrewsbigh ne pouvait pas recevoir la jeune fille chez lui ; ç'avait été là sa première pensée, mais sa femme avait accueilli cette ouverture d'une façon telle, que l'homme de loi, excellent mari avant tout, un peu trop faible, peut-être, s'était vu obligé de renoncer à son projet. Mistress Shrewsbigh, jeune encore, et coquette à l'excès, nous l'avons déclaré plus haut, était aussi dépourvue de charmes que miss Lucy était jolie. Jalouse de toutes les femmes dont les attraits éclipsaient les siens, et le nombre en était grand, elle n'avait pu voir sans envie, sans dépit, sans colère, la figure charmante de l'orpheline. A la proposition de son mari, mistress Shrewsbigh avait jeté les hauts cris.

— Miss Lucy était arrogante, fière, hautaine, affirmait-elle; il lui serait difficile, impossible de vivre avec cette orgueilleuse créature sous le même toit.

Le notaire avait insisté; mais sa jalouse compagne s'était prononcée avec tant de vigueur que M. Shrewsbigh, pour conserver la paix dans son intérieur, avait dû lui céder.

C'était donc sa beauté, sa beauté seule, qui excluait Lucy de la maison de l'ami de son père; et le notaire ne pouvant l'avoir chez lui, était bien forcé de lui chercher des protecteurs ; toutefois, en attendant qu'il lui eût trouvé une place convenable, il s'était réservé exclusivement le droit de l'aider de sa bourse.

— L'argent d'un étranger est une aumône; il humilie, pensait M. Shrewsbigh; celui d'un véritable ami n'a pas le même caractère; on doit l'accepter sans rougir, et le plus heureux est encore celui qui le donne.

Malgré ce raisonnement, le notaire, qui connaissait l'exquise délicatesse de cette noble organisation, avait bien soin de se cacher de Lucy, lorsqu'il venait à son secours. Mistress Sarah était sa confidente. C'est à la vieille dame qu'il remettait les dons destinés à améliorer la position de l'orpheline, en lui recommandant de garder son secret. Grâce à la générosité de M. Shrewsbigh, grâce aussi à la discrétion de sa compagne, miss Lucy restait persuadée que son travail seul suffisait pour la faire vivre, et cette pensée était douce à son âme fière et résignée.

Cependant Griffith, en retournant chez lui, s'applaudissait d'avoir échappé aux obsessions du notaire sans bourse délier.

— Il m'a appelé égoïste, murmurait-il tout bas; oh! je l'ai bien entendu, mais que m'importe! un égoïste ne cesse pas d'être honnête homme. Je paie régulièrement mes impositions, j'accomplis chaque dimanche mes devoirs religieux; je ne dois rien à personne, personne n'a donc le droit de me rien demander. S'il fallait donner à tous ceux qui ont besoin, les rôles seraient vite changés, et les riches ne tarderaient pas à devenir pauvres à leur tour. Aujourd'hui, c'est miss Lucy, demain ce serait Tom, et puis John, et puis Daniel, et puis, et puis... et puis, au lieu de 7,500 livres de revenu, il ne me resterait plus un shelling. J'aime mieux qu'on m'appelle égoïste, et garder mes 7,500 livres.

Nous ne chercherons pas à justifier notre héros de cette insensibilité raisonnée plutôt que naturelle, qui forme la base de son caractère. Quelques lignes cependant sont nécessaires pour expliquer par quelle série d'événemens et de désastres, il en est arrivé à ce point de regarder l'or comme le pivot unique du bonheur de la terre. Car on ne vient pas au monde avec *un caillou à la place du cœur*, suivant l'expression pittoresque de M. Shrewsbigh ; l'égoïsme provient du calcul, de l'expérience, de l'âge, et non pas de l'instinct ; on ne naît pas égoïste, on le devient : il en est de même pour les natures perverses et méchantes, car le malfaiteur est-il autre chose qu'un égoïste, qui cherche à assurer sa satisfaction personnelle aux dépens de la fortune et de la vie de ses semblables?

Faisons un aveu, cependant : il y a des hommes qui naissent avec des penchans vicieux, sans doute ; d'autres avec une certaine prédisposition au crime ; mais ceux-là même, la nature ne les a pas façonnés avec du fer et du bronze, elle ne les a pas pétris avec une boue aussi dure que le diamant. Ce sont les circonstances, les désappointemens, les déceptions, les outrages qui endurcissent l'âme ; au moment où elle vient habiter le corps, elle est bonne, sensible, dévouée. Le contraire est impossible ; le contraire serait une protestation terrible contre cette harmonie majestueuse et admirable que Dieu a établie dans l'ensemble de la création. Cette protestation ne peut exister, elle n'existe pas. Tout ce qui sort des mains de Dieu doit être parfait comme lui. Or, l'âme est son ouvrage. L'homme parvient bien à la dégrader, à corrompre son essence éthérée, à tourner vers un but grossier, vil, criminel, la noble direction de ses aspirations primitives; mais alors, c'est lui qui manque à son mandat, c'est lui seul qui, par un calcul déplorable, avilit un instrument que le divin ouvrier lui avait confié dans toute sa perfection. Un individu qui naîtrait cruel, dur, impitoyable, sanguinaire, serait un monstre aussi affreux que celui qui sortirait du sein de sa mère avec un corps de poisson et une tête de taureau. En dépit des légendes acceptées par la crédulité de nos pères, celui-ci est aussi impossible que celui-là.

Edwards Walker, le père de Griffith, possédait, nous l'avons vu, plusieurs forges dans la principauté de Galles, le long de la rivière Swansea ; cette industrie, plus florissante encore à cette époque qu'aujourd'hui, permit à M. Walker de réaliser en quelques années une fortune considérable. Mais le maître de forges avait reçu en naissant une organisation inquiète et fougueuse. Veuf depuis la troisième année de son mariage, il nourrissait pour les femmes un penchant qui ne pouvait être égalé que par son amour pour le luxe et les grossiers plaisirs de la table. Sir Walker aurait passé douze heures de sa journée au lit et les douze autres à faire les honneurs d'un festin. Lorsqu'il se vit à la tête de 200,000 livres sterling de rente, il confia l'exploitation des forges à un gérant, et il se retira à Londres dans l'intention de mener joyeuse vie. Griffith commençait alors ses études à l'université de Cambridge. Douze ans après son entrée au collége, son éducation classique était terminée, et notre jeune étudiant, qui se destinait au barreau, se rendait en toute hâte à Londres, où l'appelaient les soins à donner à la succession de son père. Le maître de forges venait de mourir, victime de ses excès, laissant à Griffith tous les embarras d'une position compromise, d'une fortune follement gaspillée. Griffith ne possédait pas une âme forte et énergique, tant s'en faut ; mais ainsi que les plus lâches qui deviennent des lions dans les cas désespérés, c'est dans l'excès même de son malheur qu'il puisa la force de se raidir contre le destin ennemi ; ainsi il ne se laissa pas abattre par les difficultés sans nombre, par les obstacles imprévus qu'il rencontrait à son entrée dans le monde. L'isolement, qui devenait son partage à vingt ans, le délabrement de ses affaires, retrempèrent son courage, bien loin de l'affaiblir ; il jura de reconquérir la position que son père lui avait fait perdre, et il se mit à l'œuvre sur-le-champ.

Le gérant choisi par M. Walker était un homme négligent et cupide, débauché et intelligent tout à la fois ; doué d'une forte dose de dissimulation, il avait réussi, par ses regards bénins et hypocrites, par ses paroles mielleuses et fardées, par son assiduité à fréquenter les offices, à donner le change sur son véritable caractère. Depuis qu'il dirigeait les travaux des forges, il avait passé plusieurs marchés désavantageux, perdu des relations importantes, discrédité la maison, et, tout en préparant la ruine de son mandant, trouvé le moyen d'amasser une brillante fortune. Ses mesures étaient trop bien prises pour qu'un jour on pût lui faire rendre gorge. Griffith, après avoir mûrement réfléchi à ce sujet, se contenta de le renvoyer.

Nous ne savons ce que devinrent ces richesses mal acquises; et le gérant d'Edwards Walker, tour à tour escroc, banqueroutier, voleur, lieutenant du Pirate Noir, Williams, avait trouvé chez le fils de son ancien maître la juste punition de ses forfaits.

Débarrassé de cet administrateur déloyal, Griffith s'adjoignit un associé probe et actif, laborieux et intègre. Ils s'établirent tous deux dans le voisinage des forges, ils surveillèrent les ouvriers et donnèrent aux travaux une impulsion nouvelle. Ce zèle éclairé, cette activité intelligente, cette sollicitude constante portèrent bientôt leur fruit. L'astre des Walker reparut au bout de quelques années, plus brillant, plus radieux, plus resplendissant sur l'horizon commercial. Les produits qui sortaient de cette maison furent de nouveau recherchés par les industriels des Trois Royaumes. Les commandes devinrent de jour en jour plus nombreuses, plus imqortantes ; les relations s'étendirent au loin, les consommateurs étrangers comptèrent bientôt parmi ses tributaires.

Le but de Griffith était atteint. Après seize ans d'une existence laborieusement occupée, le jeune Walker avait payé les dettes laissées par son père et se voyait à la tête de 150,000 livres sterling. Quoique cette fortune fût bien modeste, en comparaison de celle que l'ancien maître de forges aurait dû léguer à son fils, Griffith s'en contenta. Il céda, moyennant une somme débattue entre eux, l'exploitation et la propriété de son usine à l'associé qu'il s'était choisi, et il se retira à Londres, comme son père, mais dans l'intention de savourer lentement et par tous les pores, les jouissances de sa nouvelle position.

Seize ans passés à travailler rudement, du matin au soir, avaient endurci le cœur du jeune Walker. Cet argent qu'il avait amassé, il le devait à son zèle infatigable, à sa persévérance opiniâtre, à son ardeur de tous les instans. Cet argent était un trésor qu'il avait échangé contre les plus belles années de sa jeunesse, un trésor, par conséquent, qu'il avait acheté à un prix assez élevé pour qu'il dût le conserver avec un culte religieux.

Au point de vue de Griffith, il n'y avait de pauvres et de misérables que les paresseux et ceux qui ont le travail en horreur; il s'était imposé les privations les plus dures pendant seize ans; il avait usé sa vie pendant seize ans, souffert le froid et le chaud pendant seize ans.

— Qu'ils suivent mon exemple, et ils n'auront besoin de personne, répondait-il à ceux qui imploraient sa pitié pour de pauvres gens.

Voilà le motif, voilà l'explication du culte que Griffith portait à l'argent: chaque billet de banque qui passait par ses mains, chaque souverain qu'il tirait de son secrétaire, chaque shelling qu'il prenait dans sa bourse, lui rappelaient la période laborieuse passée sur les bords de la Swansea. Il avait trop souffert lui-même pour se dessaisir de la moindre partie de ce qui, à ses yeux, représentait le repos, la tranquillité, le bonheur; il avait trop travaillé, enfin, pour secourir ce que nous appelons, nous, le malheur, et qu'il nommait, lui, la fainéantise, la paresse.

Ajoutons, toutefois, que Griffith avait marqué ses premiers pas dans la vie, au milieu de circonstances tout à fait défavorables au développement des douces qualités du cœur. Son long séjour aux forges avait achevé seulement d'endurcir, de pétrifier, en quelque sorte, cette nature qui, primitivement, avait dû être vaillante et généreuse.

Les soucis sans nombre qui avaient assailli Griffith à sa sortie du collége: ses déceptions cruelles, lorsqu'à la place d'une brillante fortune, sur laquelle il avait droit de compter, il n'avait trouvé, dans l'héritage de son père, qu'un passif énorme, avaient contribué puissamment à aigrir son caractère; mais l'origine réelle, la cause flagrante de cette complète indifférence, de cette insensibilité pour les infortunes des autres, il ne faut pas la chercher ailleurs que dans l'absence des premiers soins maternels.

Si, à son berceau, si, plus tard, pendant son adolescence, si, dans toutes les phases de sa vie, Griffith avait pu contempler le spectacle enchanteur d'un dévoûment sans bornes, d'une tendre et exquise sollicitude, d'un amour immense, absorbant, inépuisable, certes, il aurait subi, à son insu, l'influence salutaire des scènes du foyer. Joignant l'exemple aux préceptes, sa mère lui aurait inculqué, dans un baiser, dans un mot, dans un regard, le germe des rares vertus qui font de la femme, ici bas, une source inépuisable de consolations. Son jeune cœur, ainsi qu'une fleur pénétrée de la rosée du matin, se serait ouvert aux précieux enseignemens d'un ange de bonté... Et, à mesure que les années auraient marché, semblable à l'arbrisseau nourri d'une sève féconde, l'enfant généreux et secourable serait devenu un homme sensible et tendre, un homme sympathique au malheur.

Faites le relevé de tous les malfaiteurs que frappe la loi ; interrogez-les ; sur quarante criminels, vous en compterez dix qui ont perdu leur mère en bas-âge, dix-neuf qui ne l'ont jamais connue.

L'égoïsme de Griffith ne s'excuse pas, mais il s'explique par la perte irréparable qu'il fit à l'âge de deux ans, par l'absence d'un moteur puissant, fécond, vivifiant, qui aurait agi directement sur ses tendres années, par la mort de sa mère, enfin.

Les mois s'étaient écoulés depuis la visite du vieux garçon à M. Shrewsbigh, et le temps n'avait pas réussi à cicatriser la plaie toujours saignante de Griffith. Un certain calme cependant avait succédé chez lui à l'agitation fiévreuse qui le dévorait ; non pas que l'égoïste se fût consolé le moins du monde, mais il s'était si souvent répété que son mal était sans remède, que sa désolation, que son désespoir ne faciliteraient en rien la rentrée des 25,000 livres, qu'il avait fini par reprendre peu à peu ses habitudes primitives. La gentille Betzy, que le hasard avait placée maintes fois sur son passage, était bien aussi pour quelque chose dans les distractions charmantes qu'éprouvait de nouveau le vieux garçon. Le frais et gentil minois de son ancienne gouvernante, ses allures vives, son sourire perfide, poursuivaient encore, dans ses nuits agréablement agitées, le méthodique Griffith.

— C'est dommage qu'elle soit si folle, si coquette, si prodigue! murmurait alors l'égoïste. Mes 7,500 livres auraient été vite écornées, si je lui avais laissé deviner le ravage que ses yeux commençaient déjà à exercer dans mon cœur. Tout calcul fait, j'ai agi sagement en remplaçant Betzy par mistress Puddingham. Celle-là ne me causera pas de distractions, ne me fera pas faire des folies.

Par une pente naturelle, de Betzy la pensée de Griffith se reportait sur la jeune orpheline qu'il avait rencontrée à Hyde-Park, et vue ensuite chez le notaire. Toutefois l'impression, faible encore qu'il ressentait au souvenir de miss Lucy, avait un caractère bien différent de celui que lui causait le minois éveillé de son ancienne gouvernante. Malgré lui, il lui arrivait quelquefois de traverser la rue qu'elle habitait, mu par un vague espoir de distinguer devant lui la robe de guingamp, l'écharpe de soie, le chapeau de paille de miss Lucy; mais la jeune fille restait invisible pour lui. Alors, toujours sans se rendre compte du mobile qui dirigeait sa conduite, Griffith ne manquait pas, chaque jeudi, de se rendre à Hyde-Park ; mais toujours le sort trompait son attente. Miss Lucy avait dû renoncer à sa promenade hebdomadaire. Griffith ne l'aperçut pas une seule fois.

S'il avait osé, le vieux garçon aurait bien interrogé M. Shrewsbigh ; mais outre que ses questions, à ce sujet, auraient paru bien singulières à l'homme de loi, après son refus de concourir à améliorer la position de l'orpheline, il ne voulait pas laisser deviner au notaire l'intérêt que lui inspirait, bien malgré lui, la jeune fille. Et puis, qu'aurait-il répondu à M. Shrewsbigh, s'il lui avait proposé d'ouvrir sa maison à celle que le sort accablait ; si le notaire (de quoi ne sont pas capables les notaires du genre de M. Schrewsbigh !) revenait à la charge, et lui insinuait de nouveau, aussi indiscrètement que le jour où il lui rapporta les vingt-cinq mille livres, que miss Lucy serait une femme accomplie pour un vieux garçon ? Grand Dieu ! épouser miss Lucy ! épouser une femme jeune, jolie, désireuse de plaire, et qui n'a pas de dot !

Quel serait le sort de Griffith, s'il prenait ce parti ? quel serait le sort de ses sept mille cinq cents livres ?...

Voilà donc Griffith qui reste bien persuadé que miss Lucy ne peut d'aucune façon devenir sa femme, et qui cependant ne peut s'empêcher de penser à elle, d'aller à Hyde-Park dans l'espoir de la rencontrer, de la voir, ne serait-ce que de loin ; d'apercevoir sa robe de guingamp et son chapeau de paille.

Bizarrerie étrange du cœur humain !

Un an s'écoula ainsi... Le 29 janvier arriva ; époque fatale pour le vieux garçon ! c'était le 29 janvier que l'INCONNU lui était apparu, qu'il avait tué Williams, qu'il lui avait souscrit un billet, en emportant la moitié des bank-notes renfermées dans son secrétaire.

Griffith, que cet anniversaire sanglant avait replongé dans ses idées noires, dans ses sombres méditations, Griffith était enfoncé dans son moelleux fauteuil, en face d'un bon feu, ayant à côté de lui, comme toujours, une théière fumante et un flacon de rhum, à ses pieds, le folâtre basset.

Il versait dans une tasse sa boisson préférée, lorsque la porte s'ouvrit et mistress Puddingham s'avança vers son maître, une lettre à la main.

Le vieux garçon tressaillit en parcourant la suscription de cette lettre.

— Serait-ce possible ! s'écria-t-il en s'élançant vers son secrétaire.

Il revint bientôt reprendre sa place. Il tenait le billet souscrit par l'*Inconnu* qu'il confronta long-temps avec l'écriture de la lettre.

— Je ne me trompe pas ! ces caractères se ressemblent ! c'est la même main qui les a tracés ! quel malheur me menace encore ? s'écria douloureusement Griffith.

Il resta un quart d'heure ainsi, retournant en tous sens la missive que venait de lui remettre mistress Puddingham, n'osant en briser le cachet.

Une sueur froide inondait le front de Griffith ; son cœur battait avec violence ; il tremblait de tous ses membres. Ce supplice était intolérable.

— Finissons-en ! s'écria-t-il enfin.

Et d'un geste convulsif, il fit sauter le cachet de la lettre.

Voici ce qu'elle contenait :

« Monsieur,

» Vous ne pouvez pas avoir oublié la scène dramatique qui s'est passée chez vous le 29 janvier de l'année dernière, non plus que ce qui s'en suivit. Williams mort, je vous ai emprunté, pour prix du service que je vous avais rendu, 25,000 livres que vous m'avez remises, je ne dirai pas gracieusement et volontiers, mais à votre corps défendant et en faisant une horrible grimace. Convaincu cependant de l'excellence de ma logique, vous avez accepté en échange de cette somme un billet par lequel je m'engageais au remboursement intégral de votre créance dans un an accompli. Le terme est arrivé, les 25,000 livres n'arriveront pas avec lui. »

En lisant ces fatales paroles, Griffith sentit un nuage passer devant ses yeux ; la lettre maudite s'échappa de ses mains.

— Le misérable ! l'infâme ! murmurait-il d'une voix creuse, comme s'il éprouvait un désappointement cruel, comme s'il comptait réellement, comme s'il avait jamais compté sur la rentrée de ces fonds.

Après force exclamations peu flatteuses pour celui qui les avait provoquées, le vieux garçon se décida à boire la coupe jusqu'à la lie; il ramassa le papier et poursuivit sa lecture :

» Je veux vous prouver cependant que je suis aussi bon payeur que vous êtes, vous, mauvais prêteur. Rappelez-vous les paroles que je vous adressai en vous remettant mon billet : C'est une affaire d'or que vous faites en cet instant, vous disais-je alors, et les intérêts jusqu'au remboursement intégral, courront sur le pied de 50 pour cent. »

— Brigand! voleur! pendard! s'écria Griffith en interrompant sa lecture; il a l'audace de railler celui qu'il dépouille. Mais qu'ai-je lu? ajouta-t-il d'une voix éclatante; est-ce bien possible? mes yeux ne me trompent-ils pas?

« Ces intérêts, je vous les envoie, en attendant que je vous restitue la somme entière. M. Shrewsbigh, votre notaire, est dépositaire de 12,500 livres sterling qui vous sont dues. »

— Ah! mon Dieu! mon Dieu! j'en deviendrai fou, s'écria Griffith en s'interrompant de nouveau.

« Qui vous sont dus, répéta-t-il. Quant à la totalité du prêt, poursuivit le vieux garçon, vous ne la toucherez que dans un an. Je suis bien en mesure de vous l'envoyer; mais il y a calcul de ma part à ne pas le faire. Voici la condition que je vous impose si vous êtes désireux de rentrer entièrement dans vos débours : dans la rue Magdalen, nº 18, habitent deux femmes d'un âge différent; l'une est une jeune orpheline du nom de miss Lucy Norton; l'autre est son ancienne dame de compagnie, maintenant sa compagne et son amie; elle s'appelle mistress Sarah. Aussitôt la réception de cette lettre, ou plutôt aussitôt que vous aurez touché, chez M. Shrewsbigh, les 12,500 livres qu'il tient à votre disposition, vous vous rendrez chez les deux dames ci-dessus désignées, et vous leur offrirez un logement dans votre maison. Pesez mûrement mes paroles; ces deux dames ne seront pas seulement vos commensales et vos locataires; dans votre maison, elles seront chez elles; tout leur appartiendra aussi bien qu'à vous. Vous vous ingénierez à prévenir leurs moindres désirs, à satisfaire tous leurs caprices, si elles en ont; vous mettrez, en un mot, à leur disposition tout ce que vous possédez. Je n'ai pas besoin de vous recommander d'employer dans vos relations avec elles l'empressement et le respect dont elles sont dignes. C'est là un dépôt précieux que je vous confie, et que moi-même, ou une personne chargée par moi de ce soin, viendra vous réclamer. Si vous vous écartez le moins du monde des instructions renfermées dans cette lettre, adieu les 25,000 livres qui vous sont dues. C'est là mon dernier mot.

« Sur ce, que Dieu vous ait en sa sainte et digne garde.

« L'Inconnu. »

P. S. « J'oubliais une chose très importante, plus importante que vous ne pouvez l'imaginer. Que tout le monde, M. Shrewsbigh comme les autres, ignore tout ce qui se passe entre nous; mais ma recommandation la plus pressante est que miss Lucy Norton et mistress Sarah ne soupçonnent rien de nos relations; que jamais un mot, une question leur révèlent le motif qui vous fait agir. Adieu. Mes affaires vont mieux encore que je n'aurais pu l'espérer. M. Shrewbigh vous en donnera une double preuve. Dans un an, nous serons quittes, dans un an, vous cesserez d'être mon créancier. Pour une dernière fois, adieu! »

— Suis-je bien éveillé? s'écria Griffith après avoir terminé sa lecture, et en passant la main devant ses yeux. N'est-ce pas un rêve que je viens de faire? Cette lettre! je la tiens, en effet; ce paiement d'intérêts! elle m'annonce qu'il va être effectué. Ah! mon Dieu! j'en perdrai la tête, j'en deviendrai fou! répétait-il en parcourant sa chambre à grands pas.

Mais une réflexion soudaine vint troubler cette jubilation, cette ivresse du vieux garçon.

— Et si tout cela n'était qu'une cruelle raillerie... qu'une mystification affreuse ! murmura-t-il en s'arrêtant tout à coup. Cinquante pour cent, c'est un taux trop élevé, et un homme raisonnable n'empruntera jamais à ce taux-là. Et puis, quelle confiance ajouter aux paroles d'un individu qui entre chez moi par la fenêtre, d'un individu qui se cache et refuse de faire connaître son nom ? Ah! mon Dieu! s'écria-t-il avec un geste d'effroi, si j'ai bonne mémoire, dans l'entretien que j'ai eu avec M. Shrewsbigh, au sujet de miss Lucy, le notaire ne m'a-t-il pas dit que le Pirate Noir était à Londres, qu'on avait reconnu le cadavre de Williams pour celui de son lieutenant... Et Williams n'a-t-il pas appelé l'inconnu *mon capitaine!* Mon capitaine! cela est clair... L'*Inconnu* serait-il?... Mais, dans ce cas, reprit-il aussitôt, capitaine et lieutenant ne se seraient pas entr'égorgés ? Les loups, pas plus que les pirates, ne se mangent entr'eux... Le Pirate Noir, bien loin de tuer Williams, se serait joint à lui pour me dépouiller... à moins, cependant, que le Pirate Noir eût voulu tout garder pour lui et ne pas partager avec un autre... Mais alors, alors, pourquoi n'a-t-il pas pris la somme entière, et s'est-il contenté de 25,000 livres, quand il pouvait s'emparer des 50,000 ?... En vérité, je m'y perds!... Non, non, l'*Inconnu* n'est pas le Pirate-Noir... Mais ce peut bien être un homme déloyal, après tout... et un mystificateur, par dessus le marché... Voyons, sortons de ce doute cruel... sachons ce qu'il y a de vrai dans tout ceci.

Il sonna aussitôt, et mistress Puddingham se hâta d'accourir.

— Mistress Puddingham, s'écria Griffith en apercevant la vieille gouvernante, buvez cette tasse de thé mélangé avec du rhum... cela ne peut pas vous faire de mal.

Cette prévenance, à laquelle le vieux garçon ne l'avait pas habituée, surprit beaucoup mistress Puddingham. Son regard exprimait un étonnement si naïf, que Griffith fut obligé de répéter son invitation.

— Buvez donc, buvez ce grog, mistress Puddingham, je l'avais préparé pour moi, mais si j'y goûtais à présent, je crois que je ne m'en trouverais pas bien.

— Qu'y a-t-il donc? demanda la vieille gouvernante, qui ne se pressait pas d'obtempérer au désir de son maître.

— Oh! rien, presque rien; cette lettre m'a bouleversé, et mon cœur est trop plein pour que je m'expose à avaler la moindre goutte de liqueur.

Rassurée par cette explication, mistress Puddingham absorba d'un trait le grog généreusement offert par son maître.

— Maintenant, dit Griffith, donnez-moi tout ce qu'il me faut pour une toilette brillante.

— Vous allez sortir, monsieur? à cette heure, monsieur ?

— Je suis pressé ; vite, dépêchons-nous.

— Mais, monsieur ne pourrait-il pas renvoyer à demain...

— Impossible. Il est indispensable que je me rende chez M. Shrewsbigh sur-le-champ.

— M. Shrewsbigh! le notaire !

— Lui-même.

— Mais il est près de onze heures ! et monsieur oublie que l'étude de M. Shrewsbigh se ferme à huit.

— C'est juste ! dit Griffith, qui se rendit à cette observation.

Un moment après, le lit du vieux garçon était bassiné avec soin, la couverture faite, le flambeau éteint.

La nuit parut d'une longueur désespérante à l'impatient Griffith. Mille pensées singulières, étranges, traversaient son esprit et l'empêchaient de dormir. La crainte et l'espoir se succédaient dans son âme.

A neuf heures, le vieux garçon se trouvait déjà dans l'étude de M. Shrewsbigh. Les clercs étaient à leur poste. Le notaire n'avait pas encore paru. Il ne descendait qu'à dix heures dans son cabinet L'attente fut cruelle pour Griffith... Il ne pouvait rester sur sa chaise; le sang circulait avec une rapidité extrême dans ses veines ; il ressentait des picotemens douloureux par tout le corps ; sa tête était en feu.

Une porte s'ouvrit enfin, et M. Shrewsbigh se montra.

— Ah! ah! c'est vous, M. Walker? dit le notaire. Vous arrivez à propos... J'allais envoyer chez vous.

— C'est donc réel? demanda Griffith.

— Quoi donc réel?

— Vous alliez envoyer chez moi, dites-vous, afin de...

— Afin de vous prier de passer à l'étude, acheva le notaire d'un ton calme et froid qui contrastait avec la vivacité de son interlocuteur.

— Vous avez donc une communication importante à me faire? reprit Griffith, qui n'osait prendre sur lui d'aborder la question qui l'amenait chez l'homme de loi.

— Très importante, répéta M. Shrewsbigh. J'ai 12,500 livres à vous remettre.

— C'est vrai? bien vrai, ce que vous dites là, monsieur Shrewsbigh? demanda le vieux garçon, qui redoutait encore, malgré la déclaration du notaire, un désappointement cruel.

— La gravité de mon caractère ne vous est-elle pas connue encore, monsieur Walker? répliqua, d'une voix sévère, M. Shrewsbigh.

— C'est que..... c'est que..... pardon, monsieur, mille fois pardon.... balbutia Griffith, sans pouvoir achever sa phrase, tant son émotion était violente.

— Votre visite si matinale avait-elle donc un autre but que celui de toucher cette somme? demanda le notaire.

— Non pas; mais ce qui m'arrive est si extraordinaire, que je n'osais me livrer à une joie prématurée.

— Voilà votre argent, dit M. Shewsbigh en tirant de son coffre-fort les banck-notes représentant la somme qui revenait au vieux garçon, et sans interroger celui-ci au sujet des paroles qu'il venait de prononcer.

Griffith vérifia les billets, il s'assura de leur valeur et aussi de leur bonté. Le timbre de la Banque était posé sur chacun d'eux. Rien n'était plus réel que la rentrée des 12,500 livres. L'INCONNU était un débiteur précieux.

— Il paraît que vos relations sont étendues maintenant, dit le notaire, pendant que le vieux garçon exécutait cette manœuvre. Cette somme a dû traverser les mers avant d'arriver à sa destination.

— Vous vous rappelez le chagrin que je manifestai en votre présence, il y a un an à peu près, le jour où je rencontrai ici miss Lucy ; ma douleur provenait, vous ai-je dit alors, d'une perte de 25,000 livres que j'avais essuyée ; c'est la moitié de cette somme qui me rentre aujourd'hui, et ma joie est d'autant plus grande, que j'avais perdu tout espoir d'en recouvrer une partie; mais apprenez-moi, je vous prie, comment cet argent vous a été remis.

—Rien de plus simple : hier j'ai reçu une lettre arrivée de Mexico, sous le pli du banquier Jonathas Elphinghall, et que celui-ci m'a fait parvenir aussitôt. Cette lettre, qui n'était pas signée, m'annonçait que le susdit Jonathas Elphinghall, banquier à Londres, compterait sur le reçu de M. Thomas Shrewsbigh, notaire dans cette même ville, et pour le compte de M. Griffith Walker, son client, une somme de 12.500 livres, due à ce dernier. Cette lettre sans signature ne m'inspirait pas une grande confiance. Cependant, ayant eu occasion de sortir dans l'après-midi, j'ai passé chez Elphinghall, où effectivement on m'a délivré aussitôt, sur mon simple reçu, la somme indiquée. Quant au mystère dont s'enveloppe l'homme qui vous fait cette restitution, je ne cherche pas à le pénétrer ; vous l'essaierez, si vous voulez, à moins que vous ne sachiez à quoi vous en tenir à ce sujet.

La joie de posséder ces 12,500 livres troublait les esprits du vieux garçon ; après la déclaration de M. Shrewsbigh, il allait se retirer, lorsqu'il se rappela le contenu de la dernière partie de la lettre qu'il avait reçue lui-même. Le parti de Griffith ne fut pas long à prendre. Il s'agissait pour lui du double de la somme qu'il venait de toucher.

— A propos, dit-il au notaire, vous avez dû concevoir une opinion bien défavorable sur mon compte, il y a un an. Je refusai à cette époque d'entrer dans vos vues, au sujet de l'orpheline qui vous intéresse.—La perte récente que je venais d'essuyer et dont je vous parlais alors, m'avait rendu insensible aux infortunes d'autrui.—Il n'en est plus de même aujourd'hui.—La somme que vous venez de me remettre m'inspire une résolution que vous approuverez, j'en suis certain ;—car il s'agit du bonheur de vos deux protégées.

— Qu'entends-je ! et quelle est votre intention ?

— Je m'expliquerai devant miss Lucy, et en votre présence, en même temps, si vous consentez à m'accompagner chez ces dames, répondit Griffith.

— Bien que je ne devine pas votre projet, je n'aurai garde de refuser l'invitation que vous me faites, puisque de notre démarche dépend, dites-vous, le bonheur de miss Lucy et de sa compagne.

— Partons. Elles demeurent toujours *Magdalen-Street, n°* 18?

— Hélas ! non... Malgré mes sollicitations pressantes, mon intervention officieuse auprès de plusieurs de mes cliens haut placés , qui fréquentent ma maison, je n'ai pu obtenir, pour mes deux protégées , une position honorable et tranquille , sinon brillante et fortunée... Tous sont restés sourds à ma voix... Je n'ai plus compté que sur moi-même, alors, et miss Lucy, sur ma recommandation , est entrée dans un pensionnat, comme professeur de dessin. Mistress Sarah enseigne , dans le même établissement, les premiers élémens de la langue française... Mais leurs appointemens sont bien faibles et nullement proportionnés aux fatigues, aux ennuis qui sont inséparables de leur nouvelle profession.

Tout en parlant, M. Shrewsbigh avait passé une redingote, pris sa canne, son chapeau. Une fois prêt, il donna ses instructions au maître clerc, et descendit avec Griffith. Le pensionnat dans lequel se trouvaient ces deux femmes n'était pas éloigné ; ils y arrivèrent bientôt.

Mais, pendant le trajet, M. Shrewsbigh avait longuement réfléchi à la déclaration singulière que venait de lui faire Griffith. Ces paroles bienveillantes au sujet de miss Lucy s'accordaient mal avec l'égoïsme bien connu du vieux garçon; il aurait voulu, avant de se présenter chez ces dames, connaître le fond de sa pensée.

— Mais quel est donc votre but ? demanda le notaire en s'arrêtant sur le seuil de la porte d'entrée.

— Vous allez le savoir, répondit Griffith en prenant les devans.

M. Shrewsbigh, plus intrigué que jamais, le suivit sans rien ajouter.

Sur la demande du notaire, qui était fort connu de tous les employés de l'établissement de mistress Winchetland, on alla prévenir les deux dames auxquelles son intérêt était acquis. Mistress Sarah, occupée en ce moment avec les jeunes pensionnaires qui recevaient ses leçons, ne put se rendre aussitôt au désir de M. Shrewsbigh. L'heure des exercices de miss Lucy n'était pas encore sonnée. Elle se hâta , lorsqu'elle apprit la visite de son bienfaiteur, de venir le rejoindre au parloir. L'étonnement de l'orpheline fut extrême, en apercevant celui qui accompagnait le notaire; il redoubla lorsque, après les complimens d'usage, Griffith lui dit d'une voix affectueuse :

— Je ne sais, miss, si vous comprendrez bien le sentiment qui me guide en accomplissant cette démarche ; mais j'espère, lorsque vous connaîtrez mes intentions, que vous modifierez, que vous réformerez le jugement que ma conduite passée a pu vous donner le droit de porter sur mon compte.

— Monsieur... je ne sais... murmura la jeune fille.

— Le destin s'est plu à vous accabler, miss, reprit le vieux garçon, d'un ton pénétré. Vous étiez née pour briller dans les salons du grand monde et non pas pour végéter, perdue au fond d'une étroite mansarde, abandonnée derrière les grilles d'un pensionnat. Permettez-moi de réparer l'injustice du sort à votre égard, et de vous offrir, avec l'expression d'une admiration respectueuse, la place que vous êtes digne d'accepter.

Mais quel est votre projet? Expliquez-vous plus clairement, dit M. Shrewsbigh.

Miss Lucy n'avait pas la force d'élever la voix; — muette, agitée, elle attendait, dans un embarras extrême, l'explication de ce qu'elle voyait, de ce qu'elle entendait. Griffith poursuivit :

— Il y a un an, mon cœur n'a pu se défendre d'être vivement touché de l'épreuve terrible que vous veniez de subir... J'aurais voulu, alors, vous donner la preuve de tout l'intérêt que vous m'aviez inspiré, mais le malheur m'accablait, moi aussi, et l'état précaire de ma fortune ne me permettait pas d'agir ainsi que je l'aurais désiré. Aujourd'hui ma position n'est plus la même; aujourd'hui, rien ne s'oppose plus à ce que je réalise le projet qu'avait formé, à cette époque, le respectable M. Shrewsbigh. Dites adieu à vos pensionnaires, miss; quittez cette maison, ma demeure vous est ouverte, elle deviendra la vôtre, ainsi que celle de mistress Sarah. Vous y trouverez repos, tranquillité, bien-être, et mon plus grand bonheur sera de vous faire oublier les cruelles épreuves que, si jeune encore, il vous a fallu traverser.

— Est-il possible ! s'écria M. Shrewsbigh qui avait peine à croire ce qu'il venait d'entendre. C'est vous, monsieur Walker, qui faites une semblable proposition à miss Lucy ?

— Miss Lucy n'est-elle pas digne de tout l'intérêt qu'elle sait inspirer, répondit le vieux garçon en souriant avec grâce ?

— Votre maison sera la sienne !

— Et rien ne sera épargné pour lui en rendre le séjour agréable.

— Oh ! monsieur Walker, que l'on est injuste à votre égard ! que votre noble caractère a été méconnu jusqu'à ce jour, s'écria le notaire en serrant affectueusement la main du vieux garçon. Eh bien ! miss Lucy, reprit-il en s'adressant à la jeune fille, vous ne témoignez pas à M. Walker combien vous êtes pénétrée de reconnaissance pour sa généreuse conduite?

— L'émotion que j'éprouve, la surprise, le saisissement empêchent mon cœur de parler par ma voix, murmura l'orpheline.

— Intéressant enfant ! dit M. Shrewsbigh.

— Modeste autant que belle ! ajouta Griffith.

— Jamais je ne pourrai oublier, monsieur, dit enfin miss Lucy en reprenant un peu d'assurance et en levant sur Griffith son regard baigné de larmes, la noblesse de vos procédés. Vous me voyez confuse et fière tout à la fois de vos offres trop brillantes pour une pauvre orpheline.

— Trop brillantes!.. miss Lucy, s'écria le vieux garçon.

— Trop brillantes, monsieur, répéta la jeune fille, car je ne mérite pas assurément le sort heureux que vous me destinez.

— Vous méritez un palais, miss Lucy, un palais ! proféra le notaire, dont l'admiration, lorsqu'il s'agissait de cette intéressante créature, ne connaissait pas de bornes.

—Et cent mille livres de revenus ! ajouta Griffith, qui voulut s'associer à l'enthousiasme de M. Shrewsbigh.

— Si jeune ! si jolie ! si sage ! et si malheureuse déjà ! reprit le notaire.

— Monsieur Shrewsbigh... de grâce ! murmura l'orpheline, dont les joues venaient de se colorer du rouge de la pudeur.

— Allons, je suis muet, dit l'homme de loi.

— Ainsi donc, je puis espérer, reprit le vieux garçon, que bientôt, demain, aujourd'hui même, j'aurai l'honneur de vous recevoir dans ma maison ?

— Sans doute ; le plus tôt sera le meilleur, observa le notaire.

— Permettez, monsieur, répondit miss Lucy, et pardonnez aux scrupules qui m'engagent à ne pas accepter encore votre généreuse proposition.

— Eh quoi ! refuseriez-vous? s'écria Griffith, dont le visage devint tout à coup d'une pâleur extrême. — Il pensait à ses 25,000 livres.

— La réputation d'une femme, d'une jeune fille, est chose bien fragile, dit l'orpheline ; le monde croit difficilement qu'un bienfait soit octroyé sans intérêt, et je n'ai pour tout bien que mon honneur, moi ! — A quel titre entrerais-je chez vous ?

— A quel titre, miss? Mais à celui d'une orpheline dont la triste position m'inspire la plus vive, la plus respectueuse admiration. Si celui-là ne vous suffit pas, vous passerez pour une parente qui a droit à toute ma sollicitude. Et puis mistress Sarah ne vous accompagne-t-elle pas dans votre nouvelle demeure? Sa présence chez moi ne préviendra-t-elle pas tous les propos, tous les soupçons injurieux ? Si vous hésitez encore, eh bien ! je vous dirai : La maison que j'occupe est divisée en deux corps de bâtiment, séparés et distincts; vous habiterez l'un avec mistress Sarah, je résiderai dans l'autre.

— Ce plan me paraît détruire toutes vos objections, miss Lucy, dit le notaire ; de cette manière, les convenances sont observées et vous êtes véritablement chez vous.

Dans ce moment mistress Sarah entrait dans le parloir ; sa surprise, son saisissement, lorsqu'elle connut l'offre brillante qui lui était faite, ne furent pas moindres que ceux manifestés par miss Lucy. Plus calme après un moment d'entretien, elle apprécia dignement le sort heureux qui devenait son partage, et elle sut traduire éloquemment les sentimens nouveaux qui agitaient son âme. La vieillesse est défiante pourtant : la dame de compagnie ne s'expliquait pas bien le motif qui portait ainsi M. Walker à cette démarche si extraordinaire pour un homme de son caractère; elle ne pouvait s'empêcher de soupçonner quelque arrière pensée dans l'esprit du vieux garçon ; mais l'expérience qu'elle avait acquise depuis cinquante-quatre ans la rassura tout à fait.

— Je serai là, toujours là, se disait-elle intérieurement, et bien fin sera-t-il s'il réussit à me tromper.

Cependant Griffith était tourmenté par un désir étrange, celui d'interroger mistress Sarah, de l'interroger adroitement sans éveiller ses soupçons, au sujet de l'*Inconnu*. Il s'imaginait, et avec raison, que cet homme était mû par un intérêt bien puissant, en se servant de lui, pour changer la position de ces deux femmes. L'*Inconnu* n'en était pas un pour elles. Il s'agissait donc de pénétrer le mystère de sa conduite sans risquer, par une imprudence fâcheuse, de compromettre la rentrée de sa créance ; car la recommandation était précise à cet égard. Un mot, un regard, une question, pouvaient révéler le secret de l'Inconnu, et, dans ce cas, adieu les 25.000 livres.

Pendant que M. Shrewsbigh achevait de dissiper les vaines terreurs de miss Lucy ; qu'il lui laissait entrevoir, avec toute la réserve convenable, cependant, le motif véritable de la démarche de M. Walker, motif qui, d'après la manière de voir du notaire, s'expliquait fort clairement, par un amour violent et concentré, le vieux garçon tirait mistress Sarah à part. La lettre de l'inconnu était renfermée dans son portefeuille avec les bank-notes que lui avait remises le notaire ; il l'ouvrit avec précaution, et la mettant sous les yeux de la vieille dame :

— Connaissez-vous cette écriture? lui dit-il à voix basse.

Mistress Sarah, qui ne devinait pas le motif d'une interrogation faite

3

aussi mystérieusement, attacha son regard sur M. Walker, et ne répondit pas.

— J'ai le plus grand intérêt à vous adresser cette question, mistress, reprit le vieux garçon ; obligez-moi de me répondre : connaissez-vous cette écriture ?

La vieille dame examina attentivement les caractères de la suscription: après une minute consacrée à interroger sa mémoire, elle donna une reponse négative.

— Tant pis ! murmura Griffith entre ses dents. Merci de votre complaisance, ajouta-t-il en saluant mistress Sarah.

Pendant que la vieille dame cherchait à comprendre le but que se proposait M. Walker en l'interrogeant ainsi à l'écart, à voix basse, sur une lettre dont l'auteur lui était inconnu, Griffith avait rejoint le notaire et sa protégée. Sur l'invitation de celle-ci, mistress Sarah s'approcha d'eux, et on prit une résolution définitive. Il fut convenu entre les quatre personnages réunis dans le parloir, que M. Walker allait donner tous ses soins à préparer le local destiné aux deux dames ; une fois tout disposé convenablement, Lucy et sa compagne en seraient averties et quitteraient le pensionnat de mistress Winchetland.

— Je les tiens, murmurait Griffith, d'une voix radieuse en se dirigeant vers sa demeure. L'*Inconnu* sera content de moi et je toucherai mes 25,000 livres... Mais, c'est étonnant, tout de même, que son écriture soit inconnue de la vieille dame. Je croyais... je supposais... Allons, me voilà plus que jamais enfoncé dans un mystère impénétrable !

— Quel est le mot de cette énigme ! murmurait à son tour mistress Sarah en sortant du parloir. La générosité de l'égoïste, cette générosité si extraordinaire, si incompréhensible, s'expliquerait-elle toute seule par le contenu de la lettre en question ? Qui peut l'avoir écrite ? *Lui !.. lui !* répéta-t-elle en tressaillant... peut-être ! ajouta-t-elle... mais quel lien secret existe-t-il alors entre... entre *lui* et M. Valker ? D'où lui vient cet empire qu'il exercerait sur l'esprit de l'égoïste ? Mystère pour moi ! mystère que l'avenir éclaircira sans doute.

Dix jours après cette visite, Lucy et mistress Sarah se séparaient de leurs élèves qui leur disaient adieu en versant des larmes abondantes, tant elles avaient su s'en faire aimer. Il n'avait pas fallu tout ce temps pour que le local destiné aux deux dames fût prêt à les recevoir ; Griffith était trop pressé de les posséder chez lui, pour ne pas terminer au plus tôt les dispositions, les changemens et les réparations jugés indispensables. Mais miss Lucy et sa compagne avaient attendu que la maîtresse du pensionnat les eût remplacées.

Le soir du dixième jour , les deux dames étaient installées dans la maison de Griffith. Obéissant aveuglément aux injonctions reçues , le vieux garçon leur avait cédé l'appartement qu'il occupait lui-même. Le petit salon, la chambre à coucher, les curiosités exotiques, les tableaux suspendus aux murailles, toutes ces choses auxquelles il s'était habitué et qu'il jugeait nécessaires à son existence, eh bien ! Griffith n'avait pas hésité un seul instant à s'en priver en faveur de ses hôtesses. De l'autre côté de la cour, se trouvait un corps de bâtiment inhabité depuis longues années, mais communiquant avec le reste du logis. Cette propriété appartenait autrefois à deux maîtres différens. M. Edwards Walker en avait fait l'acquisition. Son premier soin fut d'abattre la muraille mitoyenne et de relier les deux bâtimens par des portes établies sur les anciennes limites. Le train de Griffith ne comportant pas un local aussi vaste, le vieux garçon, après la mort de son père, avait jugé convenable de condamner les portes, et de n'occuper qu'une partie de la maison. L'arrivée de miss Lucy et de mistress Sarah le força de rendre à l'aile abandonnée son ancienne destination. Les ouvriers, appelés aussitôt, y firent les réparations nécessaires, et reçurent l'ordre de rétablir l'état des lieux tel qu'il était auparavant. Un tapissier meubla à la hâte le nouveau domicile que Griffith s'était réservé. Le vieux garçon s'y retira avec mistress Puddingham, laissant les deux protégées de l'*Inconnu* libres d'agir, dans leur demeure, selon leur fantaisie, et de disposer à leur gré de tout ce qui les entourait. Quoique habitant sous le même toit, chacun avait ainsi son logement distinct. On devait se voir aux heures des repas, qu'on prendrait en commun, et, après dîner, se réunir dans le petit salon, où la conversation et le thé permettaient d'attendre le moment de rentrer chacun chez soi.

Tel fut le plan qu'avait conçu le vieux garçon; il ne pouvait manquer de convenir à ces dames, qui se montrèrent touchées de tant d'attentions délicates.

Depuis deux jours déjà, miss Lucy avait quitté son pensionnat ; et la jeune fille, au milieu du luxe qui l'entourait, après de si cruelles épreuves, n'envisageait qu'en tremblant encore ce changement soudain survenu dans sa position.

Elle était assise dans un fauteuil, en attendant l'heure de passer dans la salle à manger ; sa tête mollement penchée sur ses épaules, ses regards voyageant d'un objet à l'autre, son attitude mélancolique, témoignaient d'une préoccupation profonde. Son recueillement était si grand qu'elle ne voyait pas, à côté d'elle, mistress Sarah qui la considérait, une douce larme dans les yeux, un affectueux sourire sur les lèvres.

— Je devine la pensée qui traverse votre esprit, dit enfin la vieille dame, en s'approchant de l'orpheline.

Miss Lucy se retourna, en entendant cette voix amie, et tendit la main à mistress Sarah!

— Vous doutez encore si vous êtes réellement dans un appartement élégant, confortable, au lieu de la misérable mansarde de la rue Magdalen, ou de la petite chambre du pensionnat, dit avec bonté la vieille dame.

— Il me semble, que je suis le jouet d'un songe, et je n'ose croire à ce changement de position, répondit la jeune fille.

— Rien n'est plus réel cependant !

— Tout ce qui m'est arrivé depuis quelque temps, me paraît si extraordinaire, que je me demande vingt fois par jour, depuis avant-hier, si je rêve, ou si je suis bien éveillée.

— Il y a, dans ces événemens, j'en conviens, quelque chose d'étrange et de mystérieux, dont l'explication est au dessus de la raison humaine.

— Cet envoi de 2.000 livres, d'abord!

— Dont l'origine nous est restée inconnue.

— J'avais cru d'abord que ma parente avait appris le dénûment complet de toutes choses dans lequel nous étions tombées, et que, touchée d'un repentir tardif, elle voulait me faire oublier, en venant à mon secours, l'accueil cruel que j'avais reçu chez elle.

— Si vos soupçons étaient fondés, si le repentir de votre parente était sincère, si, enfin, son cœur s'était humanisé, nous aurions appris de ses nouvelles depuis un an. Elle ne se serait pas renfermée dans un silence obstiné ; surmontant une fausse honte, elle aurait cédé à l'entraînement bien naturel qui la poussait vers l'enfant de sa sœur, et sa maison se serait ouverte devant vous.

— C'est ce que je me suis dit bien souvent; aussi le don de cette somme ne cesse pas de m'intriguer vivement depuis douze mois.

—Envoyée et volée, sans qu'on sache ni par qui, ni comment !

— Que d'épreuves nous avons dû traverser jusqu'à ce jour, ma bonne Sarah! combien encore peuvent nous être réservées!

— Ayez confiance en l'avenir, ma chère fille, car ma tendresse pour vous me donne le droit de vous appeler de ce nom; une voix me dit que le malheur a fui loin de vous, pour ne plus revenir.

— Puisses-tu dire vrai ! le changement opéré dans la conduite de notre bienfaiteur est aussi, pour moi, je l'avoue, un sujet continuel d'étonnement.

— Oui, c'est ce qu'il y a de plus extraordinaire, en effet.

— Cet homme dont l'âme n'a jamais été sympathique aux infortunes d'autrui, et qui nous offre tout à coup une généreuse hospitalité!

— Oui, oui, c'est étrange, proféra mistress Sarah d'un ton et avec un air singuliers.

— Car, enfin, ma reconnaissance est tout ce dont je puis disposer, et la satisfaction qu'on éprouve en accomplissant une bonne action est le seul prix qu'il doive attendre de sa conduite à notre égard... à moins que... murmura la jeune fille sans oser compléter sa pensée.

— Je comprends ce que vous n'osez dire. La manière d'agir de sir Walker pourrait s'expliquer par le désir de vous attacher à lui, en vous inspirant un sentiment plus fort que la reconnaissance... Je ne le crois pas cependant. Ma vieille expérience m'assure que notre bienfaiteur obéit à un mobile plus puissant... Non, non, en dépit des apparences, je le soupçonne fort d'être resté égoïste, comme auparavant. Ce n'est pas là l'opinion de M. Shrewsbigh, je le sais; mais c'est la mienne.

— Quel serait donc ce mobile puissant? demanda l'orpheline.

— Attendons quelque temps encore, la vérité ne peut tarder à nous être révélée.

Mistress Puddingham se montra en ce moment; elle venait annoncer à ces dames que le dîner était servi.

Le vieux garçon fit les honneurs de chez lui avec une grâce parfaite. Son amabilité ne se démentit pas un instant pendant toute la durée du repas; il se montra constamment prévenant et attentif; aussi mistress Sarah, qui cherchait à surprendre un indice qui l'aidât à deviner le but caché que se proposait d'atteindre Griffith, ne fut pas plus avancée après cette troisième journée qu'après les deux précédentes.

Un mois se passa sans qu'il y eût rien de changé, du moins en apparence, dans la situation respective des divers personnages de cette histoire. Le vieux garçon redoublait chaque soir d'affabilité et d'attention pour les deux dames. Il ne pensait plus à la gente Betzy dont le souvenir lui causait naguère de fréquentes distractions; mais, par compensation, il se surprenait, plus que jamais, à nourrir des idées bizarres, singulières, étranges, des idées matrimoniales enfin, lorsqu'il se trouvait en présence de miss Lucy.

L'égoïsme, même arrivé à l'état chronique, n'est donc pas incurable? ou plutôt le sentiment nouveau engendré dans l'âme de Griffith par les charmes de l'orpheline, n'est-il pas composé uniquement de particules égoïstes.

Nous n'avons pas à nous prononcer encore à ce sujet; nous dirons toutefois que mistress Sarah essaya, à différentes reprises, de parler de la lettre que Griffith lui montra lors de sa visite au pensionnat de mistress Winchetland; mais ses instances furent vaines. Griffith avait vivement regretté, depuis lors, d'avoir abordé cette question avec la vieille dame. Ses réponses aux nouvelles interrogations de mistress Sarah restèrent évasives; son secret lui appartenait encore. Ce système, habilement suivi par le vieux garçon, de chercher à donner le change à son interlocuteur ne laissa pas que de faire faire à celui-ci de nouvelles réflexions. Le trouble, l'embarras de Griffith, dans ces occasions, n'échappèrent pas, non plus, à la compagne de l'orpheline. Elle se promit de redoubler d'attention et de pénétrer le mystère qu'elle entrevoyait.

Quant à miss Lucy, elle s'habituait tous les jours davantage à son changement de position; elle était redevenue gaie comme dans les premiers temps de son enfance. Parfois, cependant, elle retombait dans cette triste mélancolie qui naguère assombrissait son doux et frais visage. Elle souffrait dans ces momens, et les paroles les plus affectueuses avaient bien de la peine à lui rendre sa joyeuse humeur. Le cœur de miss Lucy renfermait un secret, lui aussi, un secret caché à tous... mais que sa vieille amie croyait avoir deviné. L'orpheline atteignait sa dix-neuvième année... Quelle est la jeune fille, à cet âge, qui n'a pas aussi son secret ?...

Un soir, après dîner, ils étaient tous réunis dans le petit salon. Mistress Puddingham venait de poser sur la table la théière fumante.

Griffith parcourait son journal, qu'il n'avait pas eu le temps de lire pendant la journée. Tom, couché à ses pieds, remuait la queue, en jetant un regard de convoitise sur les tartines de beurre que faisait mistress Sarah. Quant à miss Lucy, elle préparait dans les tasses la mixtion de rhum et de thé que M. Walker aimait tant. Ces fonctions avaient été dévolues à la jeune fille du jour qu'elle était entrée dans la maison.

— Je vous demande pardon, mesdames, de lire le journal en votre présence, dit le vieux garçon en tournant la feuille. Cela n'est guère poli, je le sais bien ; mais vous me pardonnerez en faveur du besoin irrésistible que j'éprouve d'être au fait des nouvelles du jour. Il me manquerait quelque chose, si je restais vingt-quatre heures sans parcourir les gazettes publiques, tout comme si j'étais privé du plaisir de vous voir pendant ce même espace de temps, ajouta-t-il en s'inclinant avec grâce.

— Toujours galant ! toujours aimable ! observa mistress Sarah.

— Ah ! voici une bonne nouvelle, s'écria Griffith, qui avait reporté ses yeux sur le journal ; un excellent coup de filet... Douze malfaiteurs son tombés entre les mains de la police. Dans ce nombre se trouve peut-être le voleur audacieux qui s'est emparé de vos deux mille livres, miss Lucy, pendant que vous vous promeniez à Hyde-Park.

— Et qui a complétement dévalisé notre petite chambre, ajouta mistres Sarah.

— Cela ne serait pas impossible, répondit la jeune fille. Tôt ou tard ces misérables doivent trouver la punition de leurs forfaits.

— Et de la guerre, qu'en dit-on? demanda mistress Sarah.

— Rien de favorable à la cause de l'Angleterre. Ces Américains sont des diables déchaînés. Nous aurons fort à faire pour les ramener à l'obéissance qu'ils doivent à la mère-patrie.

— Si toutefois on peut y parvenir, observa miss Lucy.

— Eh quoi ! douteriez-vous, miss, du courage des soldats anglais? demanda le vieux garçon.

— Pas plus que de votre généreux caractère, monsieur Walker, répondit l'orpheline, dont les yeux brillèrent d'un éclat soudain. Mais la cause des Américains est meilleure que la nôtre ; c'est celle d'hommes intrépides et vaillans qui veulent secouer le joug de fer que les Anglais font peser sur leur tête; c'est celle des nobles cœurs qui brûlent du désir d'être libres, et ils le deviendront, parce qu'ils préfèrent la mort à l'esclavage. Je ne doute pas du courage de nos troupes, monsieur, mais la cause des opprimés est toujours bénie de Dieu, et voilà pourquoi je reste persuadée que les Américains sortiront vainqueurs de la lutte que nous avons imprudemment provoquée.

— Quel feu ! quelle ardeur ! miss! s'écria Griffith en souriant, M. Shrewsbigh, tout avocat qu'il est, ne possède pas une éloquence aussi entraînante. Vous plaidez admirablement la cause des Americains, et puisque vous faites des vœux pour le triomphe de leurs armes, je vous déclare qu'ils ont droit à toutes mes sympathies.

— Et quoi ! vous poussez la galanterie jusqu'à faire abnégation de votre opinion personnelle, monsieur Walker, proféra mistress Sarah.

— Cela vous étonne, mistress? quel que soit le sujet de la discussion, je me range toujours, moi, de l'avis des dames. C'est mon habitude.

— Bonne, excellente habitude! monsieur Walker, observa la vieille dame, et s'il y a un crime dans cette manière de raisonner, ce n'est pas moi, certes, qui vous le reprocherai.

— Ah! parlez-moi de ça! s'écria le vieux garçon qui venait de reprendre sa lecture. Pour souhaiter gain de cause aux Américains, on n'est pas obligé de refuser à nos marins les éloges qu'ils méritent, n'est-il pas vrai, miss Lucy, dit Griffith en se tournant du côté de la jeune fille?

— Non certainement, reprit celle-ci.

— Ecoutez donc et applaudissez à l'action héroïque d'un de nos capitaines. Voici ce que dit le journal :

« Le 26 mai, *Miss Lucy*... »

— Ah! ah! *Miss Lucy*! s'écria le vieux garçon en s'interrompant, je n'avais pas remarqué, pendant la première lecture, cette coïncidence singulière.

— Quelle coïncidence? demanda mistress Sarah.

— Eh parbleu! entre le nom du navire et celui d'une personne que nous connaissons bien tous deux.

Il reprit :

« Le 26 mai, *Miss Lucy*, joli brick de dix canons, armé pour la course... »

— Ce brick s'appelle *Miss Lucy?* demanda de nouveau la vieille dame en jetant les yeux sur le journal.

— Comme j'ai l'honneur de vous le dire. Nom charmant et distingué, comme toutes les personnes qui le portent, observa Griffith en souriant à l'orpheline. L'armateur aura baptisé son navire du nom d'une femme qui lui est chère; il ne pouvait pas mieux choisir, en vérité, et ce nom me donne la meilleure opinion du brick et de la dame, tout à la fois.

— C'est étrange, murmura tout bas mistress Sarah, en se tournant du côté de la jeune fille, dont le sein était vivement agité.

— Mais je poursuis, dit le vieux garçon :

« Le 26 mai, *Miss Lucy*, joli brick de dix canons, armé pour la course, croisait dans le golfe du Mexique, lorsque, dans les parages de Cuba, il tomba tout à coup au milieu d'un convoi de dix voiles, qu'un brouillard épais avait dérobé jusqu'alors à la vue de ses vigies. Deux corvettes de guerre, portant pavillon américain, escortaient les vaisseaux marchands.

» *Miss Lucy*, fin voilier, aurait pu, sans doute, essayer de fuir devant des forces si supérieures, et peut-être leur échapper; mais, ce parti, que conseillait la prudence, ne pouvait convenir au brave capitaine du corsaire. Pendant que les corvettes se couvrent de voiles, pour joindre plutôt l'anglais, celui-ci se prépare intrépidement au combat. — Son plan d'attaque est vite dressé. — Il commence par couper la ligne des vaisseaux marchands; puis, prenant l'initiative, il passe devant les navires convoyeur, et fait feu de toutes ses batteries. — Les corvettes ripostent aussitôt. — Le combat est engagé; bientôt un nuage épais de fumée enveloppe les combattans. — Les corvettes, habilement dirigées, voudraient serrer *Miss Lucy*, et la placer entre deux feux. Le capitaine du brick qui devine l'intention des ennemis, paralyse leurs efforts par ses brillantes manœuvres. — Le léger corsaire voltige de droite et de gauche, déroute les combinaisons de ses adversaires par la vivacité de ses mouvemens et lâche toujours ses bordées avec une précision admirable. Une demi-heure suffit pour mettre une des corvettes hors de combat. — Son gréement désemparé, la moitié de son équipage blessé ou tué, sa carène trouée par les projectiles du brick, une voie d'eau, qui se déclare, le forcent de se retirer de la mêlée afin de réparer ses avaries et de prévenir une submersion imminente. — Mais la *Miss Lucy* a beaucoup souffert aussi; ses voiles criblées par la mitraille et flottant au hasard ; un de ses mâts coupé par un boulet, l'autre tenant à peine; vingt-cinq de ses hommes, morts ou horriblement mutilés, donneront aux lecteurs une faible idée du triste état auquel le corsaire se voyait réduit.—Il devenait impossible de gouverner un vaisseau rasé comme un ponton.—Le capitaine envisagea d'un coup d'œil exercé sa position déplorable.—Une seule ressource lui restait encore ; les ordres sont donnes en conséquence.

—« L'abordage ! l'abordage ! s'écrie-t-il d'une voix sonore qui domine le bruit des caronades et les cris des combattans.

»Les grappins qu'on tenait tout prêts sont jetés sur l'*Américain* au moment où celui-ci, rasant la poupe du brick, se disposait à en balayer le pont dans toute sa longueur.—Les navires, ainsi accrochés, les deux équipages se battent à l'arme blanche.—L'acharnement est égal des deux côtés.—Trois fois, guidés par leur chef intrépide, les hommes de la *Miss Lucy* s'élancent, comme des lions furieux, sur le pont de la corvette ; trois fois ils sont repoussés avec perte.

» Cette résistance opiniâtre redouble l'ardeur du capitaine anglais, qui jure de vaincre ou de mourir.

»Il se précipite une quatrième fois sur la planche flottante qui relie les deux bâtimens; électrisés par son exemple, ses compagnons le suivent à l'envi, au milieu d'une grêle de balles. Bientôt un hourah retentissant annonce la défaite des Américains.

»Deux jours après cette brillante affaire, la *Miss Lucy* rentrait au port traînant à sa remorque les deux corvettes ennemies ; elle escortait en même temps trois des bâtimens marchands, qui étaient devenus sa proie avec leur riche cargaison. Le courage a reçu en cette circonstance une récompense magnifique; car, la part de l'amirauté prélevée, il est revenu à l'équipage du brick 235,000 dollars.

» Honneur au capitaine et à l'équipage de la *Miss Lucy* ! »

Pendant cette lecture, que l'orpheline avait écoutée avec une grande attention, les yeux de mistress Sarah reflétaient une inquiétude extrême ; le cou tendu, la respiration haletante, émue et ag tée, elle semblait tenir son âme suspendue aux lèvres de Griffith. Aussitôt que celui-ci eut terminé son récit :

— Et le nom ! le nom du capitaine du brick ? demanda-t-elle d'une voix empressée ?

— Le journal n'en parle pas, répondit le vieux garçon.

— Ah ! fit la vieille dame avec accablement.

— Honneur donc au capitaine et à l'équipage de la *Miss Lucy* ! s'écria Griffith, sans remarquer l'accablement de mistress Sarah... mais profit aussi, honneur et profit vont bien ensemble.

— Fi donc, monsieur Walker ! dit la jeune fille en prenant la parole. Laissez le soin au journaliste qui a écrit le récit du combat, de supputer les bénéfices qui reviendront aux hommes de la *Miss Lucy*; ne voyons, nous, que le noble dévoûment, la bravoure merveilleuse dont ils ont fait preuve en cette circonstance.

— Mais, deux cent trente-cinq mille dollars ne sont pas à dédaigner, miss ; et je ne puis m'empêcher d'applaudir doublement à l'issue d'une action qui porte avec elle une si magnifique récompense.

— Mais la gloire, monsieur Walker, la gloire que ces braves gens ont recueillie, ne la comptez-vous pour rien ? Je la compte pour tout, moi, et sans aucun doute le capitaine du brick et son équipage pensent comme moi à cet égard, ajouta l'horpheline, dont le visage, la voix, l'attitude témoignaient d'une généreuse exaltation.

— Oh ! la gloire ! la gloire ! certainement c'est une belle chose, une bien belle chose; je suis loin d'être d'un avis différent ; aussi ai-je dit : « Honneur aux hommes de la *Miss Lucy* ! » Mais j'ai ajouté : « Profit, à l'exclamation du journaliste ; car deux cent trente-cinq mille dollars ont bien leur prix aussi ; ils forment aussi une belle somme. Et, tenez, miss, permettez-moi de vous faire connaître toute ma pensée : Je suis persuadé que l'espoir d'un riche butin ne contribue pas peu à enflammer d'une noble ardeur les marins les plus braves et les plus courageux.

— Comment, monsieur, vous supposez ?...

— Si je ne craignais d'encourir votre courroux, miss, je dirais plus fort que cela.

— Que diriez-vous donc, monsieur ?

— Tenez... le capitaine du brick est un homme intrépide et vaillant, n'est-il pas vrai ? Il a fait ses preuves en maintes occasions, cela est incontestable... Eh bien ! je suppose que le chiffre de sa part de prise s'élève à cent mille dollars, je suis certain qu'il troquerait volontiers, et sans hésiter, sa part de gloire contre une pareille somme de cent mille dollars. Eh! eh! je ne voudrais pas lui en faire la proposition.

— Oh! monsieur, quelle pensée !

— Quoi qu'il en soit, ce capitaine est un fier luron, et malgré votre partialité pour les Américains, vous ne refuserez pas, miss, et vous, mistress, j'imagine, de vider votre tasse à sa santé.

— Dieu me garde de dire non ! répondit aussitôt la jeune fille d'une voix éclatante. Heureux ou malheureux, le courage possédera toujours mes plus vives sympathies. Tout en faisant des vœux pour la cause des opprimés, je bois avec plaisir, avec orgueil, à la santé du capitaine et de l'équipage de la *Miss Lucy*.

— S'il se trouvait beaucoup d'intrépides commandans comme celui du brick, reprit le vieux garçon, malgré vos ardens souhaits pour le triomphe des Américains, je ne douterais pas un seul instant de l'issue de la guerre. Eh ! eh ! qu'en pensez-vous, mistress Sarah ?

— Je pense, monsieur Walker, répondit celle qu'on interpellait, que les braves ne sont pas rares dans l'armée anglaise, et que le capitaine du brick n'est pas le seul qui sache faire son devoir.

— Bien répondu, mistress !... C'est aussi mon avis ; mais avouez que les maladroits y abondent aussi, témoin le capitaine de frégate qui a laissé échapper le Pirate Noir, au moment où le bandit allait devenir sa proie.

— Le Pirate Noir ! s'écrièrent en même temps les deux dames.

— Il s'est échappé ! ajouta aussitôt l'orpheline...

— Oui, ce redoutable écumeur de mer, dont les journaux ont tant parlé, et qui est parvenu à se soustraire, jusqu'à présent, aux recherches les plus actives... Mais comme vous voilà pâle, miss Lucy ! Est-ce le nom du forban qui produit cet effet sur vous, nous sommes ici à l'abri de ses fureurs...

— Il s'est échappé ! dites-vous ? répéta miss Lucy, dont le sein s'élevait par bonds inégaux, dont la respiration haletante, la voix entrecoupée, trahissaient une violente agitation.

Griffith la considérait attentivement.

— Cet homme paraît vous intéresser beaucoup, miss ? observa-t-il après un moment de silence.

— La curiosité seule me fait vous questionner à son sujet, répondit l'orpheline en s'efforçant de sourire. On prétendait que la goëlette du Pirate Noir était tombée au pouvoir d'un officier de la marine royale, et je soupçonnais que lui-même avait été fait prisonnier.

— Plût à Dieu qu'il en fût ainsi ! Son compte n'aurait pas été long à régler ; dans les vingt-quatre heures, jugé, condamné et pendu à la grande vergue, voilà le sort qui l'attendait.

En entendant ces paroles, miss Lucy ne put retenir un geste douloureux dont Griffith ne put comprendre la signification.

— On vous a dit vrai, poursuivit-il ; on s'est emparé de la goëlette, mais elle était vide ; c'est-à-dire, vide, ce n'est pas là le mot. En l'abandonnant, le Pirate Noir avait laissé, pour la défendre, un gardien aussi cruel que lui... C'était un tigre du désert dont les rugissemens sauvages faisaient croire à la présence d'une légion d'esprits infernaux, dans l'entrepont de la goëlette... Son maître avait eu soin de le déchaîner avant de quitter son navire ; l'animal, furieux, se rua sur nos matelots épouvantés, et en déchira cinq avant de recevoir la mort... Voilà quel était le personnel de la goëlette au moment où elle fut capturée par nos marins... Depuis lors, on a perdu les traces du Pirate Noir... Cependant, M. Shrewsbigh m'a assuré qu'il était à Londres, il y a quinze mois à peu près.

— Il y a quinze mois! répéta miss Lucy.

— Oui, à l'époque précisément où des malfaiteurs vous volèrent vos deux mille livres.

— A l'époque aussi où elles nous furent envoyées avec tant de mystère, murmura la vieille dame. Mais Griffith ne l'entendit pas ; il poursuivit :

— Le cadavre d'un de ses lieutenans a été retiré de la Tamise et reconnu par le shérif Perthinross. Plus tard, la police a été informée qu'on avait vu, dans une taverne de faubourg, un autre des compagnons du Pirate Noir nommé Francis. Les vols et les méfaits étant plus nombreux à Londres dans ce moment, on a conclu de cette recrudescence de crimes que la bande des pirates opérait dans la ville, sous les ordres de leur ancien chef.

— Il n'est guère probable, cependant, que cet homme, traqué de toutes parts, ait choisi pour lieu de sa résidence une localité où la police dispose d'agens si nombreux et si actifs. Le péril était plus grand pour lui à Londres que sur tout autre point du royaume, observa miss Lucy d'une voix émue.

— Le lieutenant et Francis s'y trouvaient bien! objecta Griffith. Quoi qu'il en soit, on n'est pas parvenu à le découvrir, à moins que nous n'apprenions bientôt qu'il fait partie de la bande capturée par la police; mais il est trop rusé pour que nous nourrissions cet espoir. Lorsqu'il aura vu ce déploiement de forces, il aura quitté Londres pour s'enfuir sur le continent ; il sera allé offrir ses services, peut-être, aux ennemis de l'Angleterre : un pirate, ça n'a ni foi ni loi.

— Dites plutôt que, sous un nom supposé, il se sera enrôlé dans les troupes royales, dit mistress Sarah ; qu'il brave chaque jour la mort, sous la bannière de la patrie, pour mériter, à force d'exploits, une réhabilitation éclatante, acheva la vieille dame.

Quelque chose d'étrange se passait alors dans le cœur de miss Lucy; car, à cette supposition de sa compagne, le visage de l'orpheline s'empourpra soudain d'une vive couleur, et son regard brilla d'un éclat extraordinaire.

— Est-ce vous que j'entends? mistress Sarah, proféra le vieux garçon, qui croyait avoir mal compris, et parlez-vous en effet du Pirate Noir? Lui, rechercher une réhabilitation! lui, combattre sous le drapeau national, comme un brave soldat! Qui sait? c'est lui, peut-être, qui commandait la *Miss Lucy*, ce bruit dont le journal nous racontait la victoire sanglante, ajouta-t-il avec un sourire railleur.

Un frisson glacé parcourut les membres de la jeune fille à ces mots du vieux garçon; elle tressaillit sur son siége et mit la main sur son cœur pour en comprimer les battemens tumultueux. Cette pantomime singulière n'échappa pas à mistress Sarah.

— Peut-être bien, monsieur Walker, répondit celle-ci ; cela ne m'étonnerait pas; car le Pirate Noir, sur le compte duquel le vulgaire met tant de crimes atroces, est capable des actions les plus héroïques, croyez-le bien, des dévoûmens les plus sublimes, des résolutions les plus extraordinaires.

— Vous le connaissez donc? s'écria Griffith en bondissant sur son fauteuil.

— Que trop!

— Qu'entends-je! vous connaissez le Pirate Noir! répéta le vieux garçon en pâlissant à son tour.

— Aussi bien que je vous connais, monsieur Walker. C'est lui qui a causé tous nos malheurs sans qu'il lui fût permis de les réparer.

— Le Pirate Noir?

— Lui-même.

— Et vous en parlez en des termes si pompeux!

— Je suis juste envers lui, monsieur Walker; cet homme mérite tout le bien que j'en dis et une partie seulement de la réputation détestable qu'on lui fait. Interrogez miss Lucy, elle vous affirmera qu'il a eu pour nous les attentions les plus délicates, les prévenances les plus exquises, pendant tout le temps que nous sommes restées à son bord.

— Vous étiez sur le bord du Pirate Noir! répéta Griffith d'une voix altérée.

— Nous avons dû y passer six semaines. Miss Lucy vous déclarera aussi qu'il n'a pas tenu à lui qu'elle ne jouît aujourd'hui des richesses dont les pirates s'étaient emparés.

— En vérité, je crois rêver, proféra le vieux garçon dont la terreur allait toujours croissant.

— Vous ne connaissez donc pas l'histoire des malheurs de miss Lucy, et par suite de quels événemens elle a perdu toute sa fortune? je croyais que M. Shrewsbigh vous avait appris ces détails...

— M. Shrwsbigh ne m'a rien appris du tout, répondit Griffith, qui ne pouvait parvenir à dissimuler ses alarmes.

— Tranquillisez-vous, monsieur Walker, tranquillisez-vous... A la frayeur que vous manifestez, on croirait presque que vous nous prenez, miss Lucy et moi, pour des complices du Pirate Noir, ajouta-t-elle en souriant.

— Mistress..., balbutia Griffith en roulant dans leur orbite de grands yeux effarés.

— Un récit exact de nos aventures vous prouvera, monsieur Walker, que nous sommes dignes de l'intérêt que vous avez pris à notre malheureuse position, reprit la vieille dame d'une voix calme, mais froide. La soirée est trop avancée aujourd'hui... Demain, monsieur Walker, demain vous connaîtrez la nature des rapports que le destin nous a forcées d'avoir avec le Pirate Noir. A demain donc!

Le vieux garçon ne put fermer l'œil de toute la nuit. Jamais sa position ne lui avait paru aussi triste, aussi... terrible,—c'est le mot,—qu'en ce moment. Depuis douze longs mois, il avait subi de violentes secousses, auxquelles il était bien loin d'être habitué. La visite de l'*Inconnu* dans la nuit du 29 janvier avait apporté un bouleversement total, une perturbation complète dans l'existence si calme, si uniforme du vieux garçon. Son esprit n'éprouvait ni craintes, ni soucis auparavant; mais depuis lors que de veilles agitées! que de dures insomnies! que de journées passées à maudire la vie. La lettre de l'*Inconnu* n'avais pas mis un terme, tant s'en faut, aux tortures qui déchiraient l'âme de Griffith. D'abord cette lettre ne lui annonçait que la rentrée de la moitié de la somme si bizarrement empruntée. Restait à savoir si les 12,500 autres livres lui seraient également restituées. On le lui promettait, et plus encore; mais Griffith, nous le savons, était un homme éminemment positif. Il n'était pas dans sa nature de nourrir de douces illusions, de conserver un chimérique espoir, Griffith ne pouvait croire à la restitution complète de sa créance que lorsqu'il en tiendrait le montant en bonnes bank-notes dans son portefeuille. Cependant il n'avait pas voulu se mettre dans le cas de s'adresser un reproche à lui-même; il avait adhéré à toutes les propositions qui lui étaient imposées. Malgré son amour pour un intérieur paisible, pour un train modeste, quoique confortable, il avait ouvert, sans hétitation, la maison qu'il occupait à deux femmes inconnues. De ce nouveau genre de vie résultait un surcroît de dépenses, des obligations pénibles à remplir, des rapports journaliers, des frais d'amabilité, toutes choses qui n'étaient guère dans les goûts du vieux garçon. Il avait accepté, cependant, cette atteinte portée à ses habitudes casanières, en considération du but qu'il se proposait. Vingt-cinq mille livres valent bien qu'on renonce à ses aises pendant un an. C'est ce que se répétait Griffith, et cela plutôt dix fois par jour qu'une seule. Mais il ne laissait pas de nourrir une inquiétude indicible en pensant au lien mystérieux qui unissait l'Inconnu et les deux dames. Il ne professait pas une estime bien grande pour le meurtrier de Williams, et cette mauvaise opinion rejaillissait naturellement sur les protégées de cet étrange personnage. Son empressement à leur égard était forcé, ainsi que la généreuse hospitalité qu'il leur avait offerte.

Or voilà qu'il venait d'apprendre que ces deux personnes ne bornaient pas à cet individu leurs connaissances équivoques ; elles avaient entretenu des relations avec un homme dont la moralité, non suspecte cette fois, pouvait cadrer avec celle des malfaiteurs les plus gangrenés. Etait-ce hasard, fatalité, un concours de circonstances extraordinaires qui les avait ainsi rapprochées, pendant six semaines, du farouche Pirate Noir, ou bien un motif caché, mais criminel, avait-il nécessité ce long séjour à bord de la goëlette maudite ! et alors que penser de la reconnaissance de l'Inconnu ! quoi augurer de l'introduction chez lui de ces deux femmes qui comptaient parmi leurs amis des individus d'un si mauvais acabit ? avaient-elles reçu une mission ? et cette mission, quelle était-elle, sinon de le dépouiller ! Et lui qui s'était laissé prendre au charme que miss Lucy mettait dans toutes ses actions, dans toutes ses paroles ; à la séduction perfide qui rayonnait autour d'elle.

— Oh ! malheur ! malheur ! si ses soupçons sont fondés ! si cette jeune fille si naïve, si douce, si timide en apparence, si cette vieille femme, si prévenante, si digne, si respectable, n'étaient au fond, que deux créatures corrompues, dressées à tendre des piéges à la crédulité. M. Shrewsbigh a bien connu le père de miss Lucy ; c'était, affirme-t-il, un homme probe et estimable... mais il l'a perdu de vue depuis long-temps... Qui peut répondre que M. Norton a continué de marcher dans des voies honnêtes... Et encore, dans cette hypothèse, M. Shrewsbigh est-il en mesure de certifier que la fille de son ami ne s'est pas écartée des traces de son père... Il est bien difficile de croire à la moralité de deux femmes qui entretiennent ou qui ont entretenu des relations avec l'Inconnu et le Pirate Noir.

La perplexité, l'inquiétude de Griffith étaient extrêmes. Le jour, en se levant, éclaira le vieux garçon se promenant dans sa chambre, et se livrant à tous les écarts d'une pantomime exagérée. Il plaquait fréquemment la main à son front, par un geste brusque et heurté ; il portait le désordre de ses idées jusque dans les mèches, abondantes encore, de sa noire chevelure ; il allait même jusqu'à heurter sa tête contre les murailles de l'appartement. Ajoutons, toutefois, que Griffith, en accomplissant cette dernière manœuvre, avait bien soin de mesurer son désespoir sur la sensibilité extrême de cette partie de son individu.

Après le déjeûner, qui fut triste et silencieux, miss Lucy sortit pour se rendre auprès de mistress Shrewsbigh, dont la santé était fort en mauvais état depuis quelque temps.

Mistress Sarah et Griffith restèrent seuls. Suivant son habitude, le fidèle Tom était étendu aux pieds de son maître. Le vieux garçon portait sur sa figure les marques d'une fatigante insomnie ; il était pâle et défait, et le regard oblique qui s'échappait de ses petits yeux gris trahissait une anxiété profonde. Il faisait tous ses efforts, cependant, pour maîtriser ses sensations intérieures ; mais la nature était plus forte que la volonté de Griffith. Il ne réussissait qu'à rendre plus apparent le trouble qui l'agitait.

Mistress Sarah attachait son regard perçant sur M. Walker, et semblait deviner les tourmens de cette âme bouleversée, un vague sourire glissait à peine, cependant, sur ses lèvres fines moqueuses; mais, à l'âge de mistress Sarah, on sait donner tant d'expression à un sourire!

— Monsieur Walker, dit la vieille dame, nous vous devions, depuis le jour où votre maison nous fut généreusement ouverte, le récit des événemens que je vais vous raconter. La persuasion dans laquelle nous étions, miss Lucy et moi, que M. Shrewsbigh ne vous avait rien laissé ignorer de ce qui nous concerne, l'impression pénible que réveillent toujours des souvenirs tristes et douloureux, vous expliqueront le motif de notre silence obstiné à cet égard.

— Mistress, je vous écoute, proféra Griffith, que cet exorde laissait avec toutes ses préventions, mais en exécutant une gracieuse inclination de tête.

— Vous savez, reprit la vieille dame, que M. Norton est mort aux Indes, laissant une immense fortune. En se voyant privée de ses soutiens naturels, dans un pays qui n'était pas le sien, miss Lucy résolut de retourner en Angleterre. Son intention était de vivre auprès d'une parente qu'elle avait à Londres, et qui devait lui accorder la protection dont une jeune fille a toujours besoin. Attachée à miss Lucy en qualité de dame de compagnie, j'entrepris, à sa suite, ce voyage, qui s'annonçait sous les plus heureux auspices.

Pourquoi, mon Dieu, n'avons-nous pas accepté l'offre du gouverneur de la Compagnie, qui nous engageait à attendre deux mois encore, jusqu'au départ d'un vaisseau de guerre, qu'il expédiait à la métropole? Le désir de toucher plus tôt la terre de la patrie fit refuser à miss Lucy cette proposition conseillée par la prudence. Nous montâmes donc à bord d'un navire de la Compagnie des Indes, en destination pour Liverpool. Ce bâtiment, qui comptait douze hommes d'équipage, contenait, avec une riche cargaison, la fortune tout entière laissée par M. Norton, réalisée avant notre départ, et se montant à deux cent mille livres sterling!

— Deux cent mille livres! répéta Griffith en levant les yeux au ciel.

— Deux cent mille livres! reprit mistress Sarah en poussant un soupir.

— Depuis un mois déjà nous voguions dans l'Océan, reprit la vieille dame, lorsqu'un matin nos gabiers aperçurent au loin, sur l'horizon, un point noir qui grandissait à chaque instant. A mesure que ce point se rapprochait de nous, il prenait des proportions plus vastes, des formes plus distinctes. Bientôt on signala une voile qui s'avançait dans notre direction avec la rapidité du vent. Deux heures après le premier avertissement de la vigie, un tumulte affreux régnait à notre bord; on n'entendait que des lamentations et des cris de désespoir, des pleurs et des prières.

— C'était le Pirate Noir?.. s'écria le vieux garçon, qui prenait intérêt, malgré lui, à la narration de mistress Sarah.

— Vous l'avez dit, monsieur... On avait reconnu la noire goëlette, surmontée du fatal drapeau noir. Les pirates nous atteignirent bientôt.

— Adieu les deux cent mille livres! murmura Griffith, qui s'apitoyait plutôt sur la perte de cette somme considérable que sur le sort de l'équipage tombé au pouvoir des forbans.

Mistriss Sarah poursuivit son récit:

Il n'est pas un des passagers qui ne s'attendît à une mort certaine. Des récits exagérés qu'on racontait en tous lieux, et qui représentaient le Pirate Noir comme un tigre altéré de sang, ne nous laissaient aucun espoir de l'attendrir. On prétend que le féroce forban avait coutume de dire, en précipitant dans la mer ceux qu'il venait de dépouiller :

— Voilà mon confident! l'Océan ne me trahira pas.

— Ah! il disait cela! s'écria Griffith avec un accent singulier.

Le vieux garçon venait de se rappeler involontairement les paroles prononcées par l'*Inconnu*, après le meurtre de William, en annonçant son intention de jeter le cadavre du malfaiteur dans la Tamise. Ces paroles proférées alors, étaient les mêmes que celles attribuées au pirate par mistress Sarah, et Griffith avait été frappé de cette circonstance.

— La rumeur publique le prétendait, du moins, répondit la vieille dame, et en cela, comme en tout ce qui se disait du Pirate Noir, il y avait du vrai et du faux tout à la fois; sa conduite à notre égard va vous en fournir la preuve.

— Au fait! tous les malfaiteurs doivent penser ainsi; pirates et voleurs, meurtriers de terre et de mer, sont mus également par le désir d'anéantir toutes les preuves d'une action criminelle, se dit Griffith *in petto*.

—Trois hommes seulement perdirent la vie en cette rencontre, reprit mistress Sarah, le capitaine et deux de ses matelots qui essayèrent d'opposer une résistance inutile. Nous apprîmes plus tard que les forbans en agissaient toujours ainsi, par l'ordre formel de leur chef; ils se contentaient de piller les navires qui devenaient leur proie, ne faisant usage de leurs armes que dans les cas où ils rencontraient une opposition énergique. Les trois cadavres, ayant chacun un boulet aux pieds, furent lancés dans l'Océan. Le reste de l'équipage, et tous les passagers qui se soumirent à leur malheureux destin, n'éprouvèrent aucuns mauvais traitemens de la part des pirates; ceux-ci n'en voulaient qu'à l'argent et aux riches cargaisons; les meurtres inutiles n'étaient pas leur fait; ils volaient, mais ils n'assassinaient pas, ainsi qu'ils le déclaraient eux-mêmes. La visite de notre navire dura vingt-quatre heures. Les sommes qu'il contenait, l'or et l'argent, ainsi que les objets qu'on peut facilement, et en tous lieux, convertir en espèces, furent transportés sur la goëlette. Cette opération terminée, le bâtiment capturé devint libre de continuer sa route; mais avec deux passagers de moins.

Le chef des forbans, celui que nous avions vu donner des ordres et présider à toutes les perquisitions accomplies sur notre bord, était un homme d'un aspect dur et repoussant; le regard qui jaillissait de son ardente prunelle, sa parole brève et saccadée, ses gestes vifs et heurtés, témoignaient d'une organisation emportée et violente. Ces indices n'étaient pas trompeurs. Les passions de cet homme étaient impétueuses, terribles, indomptables. Pour les assouvir, rien ne lui coûtait, car la perversité de son âme égalait seule en profondeur celle des abîmes de l'Océan. Lorsqu'il aperçut ma jeune compagne, les lèvres du forban se contractèrent sous un affreux sourire; une pensée impure venait de traverser son esprit. Nous avions passé sur la goëlette, ainsi que la majeure partie des hommes que portait le navire de la Compagnie des Indes. Cette mesure de précaution était toute naturelle dans la position respective que les événemens faisaient aux deux équipages. Mais la visite une fois terminée, et lorsque nous voulûmes retourner à bord avec les autres passagers, ce misérable nous déclara, dans des termes qui nous firent rougir, qu'il ne fallait plus songer à quitter la goëlette. Miss Lucy tomba dans mes bras en versant des larmes abondantes; le courage dont elle avait fait preuve jusque alors au milieu des circonstances terribles que nous avions dû traverser, l'abandonna complétement, lorsqu'elle comprit le sort affreux qui lui était réservé. J'élevai la voix pour reprocher au pirate l'indignité de sa conduite. Il me répondit, avec un ricanement farouche, que je me plaignais à tort, que je n'avais rien à craindre personnellement, et que j'étais libre de rejoindre mes compagnons de voyage. Il ajouta que si je continuais à proférer des imprécations et des menaces, il allait me faire transporter de force à bord de notre navire qui s'apprêtait à s'éloigner.

Que faire, que résoudre dans un moment pareil? L'extrême affection que je portais à miss Lucy me fit braver tous les dangers pour rester avec elle. J'avais imploré les hommes qui entouraient le forban, au nom de Dieu d'abord, et ensuite de leurs mères, de leurs femmes et de leurs filles, s'ils en avaient. Ils répondirent à mes accens désolés par des éclats de rire et des plaisanteries brutales. Dieu? il n'existait pas pour eux. Leurs femmes et leurs filles? A part quelques uns d'entre eux qui s'estimaient très heureux de les avoir abandonnées, les autres n'avaient jamais connu les joies de la famille. Quant à leurs mères, quelques uns les avaient fait mourir de douleur et de honte; la plupart ignorait même le nom de celle qui leur donna le jour. Il fallut donc nous résigner.

Nous étions renfermées dans une petite chambre située à l'extrémité de l'entrepont de la goëlette. Depuis deux heures, nous n'avions pas discontinué de pleurer amèrement, les yeux tournés vers le ciel, en invoquant la protection divine, lorsque la voix du pirate retentit à travers la cloison. Sur notre refus d'ouvrir, la porte fut violemment ébranlée; nos angoisses étaient horribles, en ce moment fatal. — Si je ne m'y étais opposée, miss Lucy, conseillée par le désespoir, se fût précipitée à la mer; pendant que j'essayais de ranimer sa confiance en Dieu, une nouvelle secousse fut imprimée à la frêle barrière qui nous séparait de cet homme, et le misérable s'ouvrit jusqu'à nous un passage par la force.

Vous devinez la scène affreuse qui se passa alors dans l'entrepont de la goëlette. — Le pirate, excité par l'ivresse, laissa tomber le poignard qui l'avait aidé à briser la serrure de la cabine, et s'approcha de sa victime en lui tenant d'infâmes propos.—Miss Lucy et moi tombâmes à ses genoux, et cherchâmes à l'attendrir. — Nos paroles désolées, nos pleurs, nos invocations douloureuses frappent en vain les oreilles du forban, sans pénétrer jusqu'à son cœur.—Bien loin de là. Le désespoir de miss Lucy, au contraire, semble redoubler, au lieu de l'éteindre, la violence des désirs qui bouillonnent dans son âme. Sans s'inquiéter de ma présence, le misérable avait saisi sa victime par la taille; le plus odieux des attentats allait être consommé, lorsque n'écoutant que mon indignation et ma juste fureur, je ramasse le poignard du pirate, et d'une main mal assurée, hélas! je lui fais au bras une blessure légère.—Le monstre rugit et lâche aussitôt sa proie pour me châtier; mais il renonce à son projet de vengeance pour courir après ma compagne, qui s'était élancée hors de la cabine. — Ma faiblesse était extrême; depuis une heure à peu près, j'étais assise sur un câble, sans pouvoir faire un mouvement, lorsqu'un officier de la goëlette vint me chercher, de la part du capitaine. En le suivant, je me préparai à la mort; je recommandai mon âme à Dieu, en franchissant le seuil d'une cabine située à l'autre extrémité de l'entrepont; cette pièce était meublée avec un luxe exquis. — Un homme, jeune encore, d'une figure noble et martiale, mais pâle et fatiguée, était étendu sur un riche canapé de soie. — A sa droite se tenait miss Lucy, dont le cœur battait avec force encore, mais dont le regard ne reflétait plus une expression d'effroi et de terreur. En m'apercevant, elle se précipita dans mes bras en murmurant ce seul mot: sauvée! sauvée! dont je ne comprenais pas bien encore toute la signification. En face de cet homme étendu sur le canapé, se trouvait le misérable dont miss Lucy devait être la victime; mais son humble contenance, ses yeux sournoisement baissés vers la terre, l'embarras qui se peignait sur sa figure, me révélèrent aussitôt qu'il était un pouvoir au dessus du sien.

—C'est donc à dire que vous oserez, en toute circonstance, enfreindre mes ordres! s'écria l'homme au visage pâle, en attachant sur son subordonné un regard irrité. Retenir de force deux faibles femmes! vouloir abuser de leur position malheureuse! mais c'est de la lâcheté, Williams! de la lâcheté, entendez-vous! Une fois le navire visité en tout sens, vous deviez le laisser s'éloigner avec son équipage et ses passagers. Trois hommes ont péri, en tentant une résistance inutile; c'est fâcheux; mais ce sont eux qui ont provoqué votre vengeance ; je ne vous reprocherai pas leur mort. Ce dont je vous ferai un crime, Williams, c'est de déshonorer notre pavillon par vos débordemens. Nous pouvons exercer notre métier sans verser inutilement le sang. Dépouiller les riches, prendre leur superflu et leur laisser le champ libre ensuite pour continuer leur route, voilà notre règle de conduite, dont personne ici, tant qu'on me reconnaîtra pour chef, ne devra se départir. Si nous n'exerçons pas de mauvais traitemens envers des hommes inoffensifs, à plus forte raison, de faibles et timides créatures ont-elles droit à tous nos égards. L'homme qui insulte une femme est plus vil à mes yeux que celui qui, aveuglé par la vengeance, poignarde son semblable.—Malade et alité, je vous avais remis le commandement de la goëlette, comme au premier de mes lieutenans. Je vous retire cette autorité supérieure, dont vous n'êtes pas digne. John exercera, à dater d'aujourd'hui, ces hautes fonctions. Quant à vous, Williams, vous aurez à répondre de cet attentat commis envers deux dames que je prends, dès ce moment, sous ma souveraine protection. — Je vous ai pardonné une fois déjà ; ce nouveau crime mérite une punition exemplaire. Je suis votre capitaine, votre chef, votre roi, ne l'oubliez pas ; comme tel, mes ordres doivent être sacrés pour tous les hommes de l'équipage ; malheur à celui ou à ceux qui tenteront de me braver !

En achevant ces mots, il enjoignit à un forban d'aller quérir l'officier auquel il déléguait, en attendant son rétablissement, le souverain pouvoir.

— John, dit-il, après lui avoir fait connaître ses nouvelles intentions, vous allez conduire Williams dans sa cabine ; un homme armé se tiendra à la porte, avec la consigne d'intercepter toute communication avec l'équipage. D'ici à peu de jours, j'aviserai à ce qui me reste à faire.

— Et c'était le Pirate Noir qui parlait ainsi ! demanda Griffith, au comble de l'étonnement.

— Lui-même. Je vous ai averti que cet homme était chaque jour calomnié par le vulgaire ; qu'il ne mérite pas, tant s'en faut, la réputation détestable qu'on lui fait.

— C'est un pirate, cependant, un pillard et un voleur toujours, un meurtrier dans l'occasion.

— Sans doute ; mais, à mes yeux, aujourd'hui que je le connais à fond, cet homme est encore plus malheureux que coupable.

— Allons ! Tom ! allons ! s'écria M. Walker en repoussant avec le pied le folâtre basset, qui s'amusait à mordre, à belles dents, les courroies qui retenaient les boucles d'argent des souliers de son maître ; ce qui n'était pas du tout du goût de celui-ci.

—J'avoue, poursuivit-il en s'adressant à mistress Sarah, que la résolution du pirate de punir son féroce lieutenant, me prévient en sa faveur ; mais ce Williams... Je voudrais vous demander...

— Permettez-moi de terminer mon récit. Je répondrai ensuite à toutes les questions qu'il vous plaira de m'adresser.

Ainsi que vous, ainsi que le public, nous nous étions formé une idée... affreuse (c'est le mot) du caractère, des allures, des instincts et même de la figure du Pirate Noir... Avant de le connaître, nous estimions que ce devait être un monstre par le visage, aussi bien que par le cœur. Son lieutenant, que nous prenions pour lui dans le principe, résumait bien, au physique comme au moral, le type que nous avions entrevu.

Quelle différence, mon Dieu ! entre le capitaine de la goëlette et son subordonné !

Autant celui-ci avait une physionomie dure, cruelle, repoussante ; autant celui-là possédait un extérieur prévenant, noble et distingué.

Autant Williams se montrait brutal, barbare, cynique, autant son supérieur mettait, dans sa conduite à notre égard, de l'affabilité, de la douceur, de la bonté. Ses procédés délicats étaient ceux d'un homme du monde. Rien en lui ne sentait le pirate. Après quelques jours de fréquentation, je ne pus m'empêcher de lui témoigner la surprise que j'éprouvais. Il parut touché de cet aveu et ne me laissa rien ignorer des événemens qui l'avaient poussé dans cette voie funeste. Daniel, c'est le nom du Pirate Noir, appartenait à une des premières familles du comté de Carnarvan; avide de plaisirs, il avait dissipé en quelques années la brillante fortune qu'il tenait de son père. Le luxe et toutes les jouissances qu'il comporte, étaient devenus une nécessité pour Daniel. Afin de pouvoir satisfaire ses goûts ruineux, il endoctrina une partie de ses compagnons de débauche, et se livra avec eux à la plus active contrebande. Pendant dix huit mois, ils exercèrent impunément leur coupable industrie; mais trahis par un faux frère, ils furent surveillés de près, et enfin, surpris en flagrant délit par un détachement de douaniers. Les hardis contrebandiers soutinrent un combat acharné contre leurs ennemis, et réussirent à gagner le large avec le lougre qui contenait de riches marchandises. Cinq douaniers avaient trouvé la mort dans cette rencontre. Le nom et le signalement de Daniel, ainsi que ceux de plusieurs de ses compagnons, furent envoyés par l'administration sur tous les points du royaume. Leur résistance aux agens du gouvernement les exposait à une condamnation capitale. Le désespoir s'empara de Daniel. Ne pouvant plus vivre à terre au milieu de ses compatriotes, il résolut de s'isoler complétement du contact de ses semblables, et de prendre l'Océan pour unique patrie. Les contrebandiers devinrent pirates. Traqués par les navires de toutes les nations, ils déclarèrent la guerre à l'univers entier.

Voilà l'histoire de Daniel. Mais cette nature généreuse, dans son égarement, ne s'abandonna pas aux horribles excès qu'entraîne ordinairement, que conseille toujours la liberté illimitée dont jouissent les forbans. Ainsi, il établit à son bord une discipline sévère; il mit de l'ordre dans le désordre. Piller les riches convois, débarrasser les heureux de ce monde de leur superflu, ne répandre le sang que dans les cas extrêmes, tels furent les principaux articles du code que Daniel fit accepter à son équipage.

L'audace des pirates ne connaissait pas de bornes. Guidés par un chef intrépide, ils attaquaient, sans hésiter, les navires d'une dimension supérieure à celui qui les portait. Le butin qu'ils conquirent ainsi à la pointe de l'épée, s'accroissait de jour en jour; chaque rencontre en augmentait la valeur, et le terme fixé par Daniel pour renoncer à cette existence périlleuse n'était pas éloigné, lorsque le destin nous fit tomber au pouvoir de ses compagnons. A cette époque, le lougre qui servait autrefois à leurs expéditions, avait été remplacé par une élégante et svelte goëlette, dont le pavillon noir était redouté de tous les navigateurs qui traversaient la mer des Indes, l'Océan Méridional et l'Océan Atlantique.

Daniel, blessé dans un combat récent, soutenu contre un vaisseau espagnol, s'était vu forcé de déléguer momentanément ses pouvoirs au premier lieutenant. Sa faiblesse le condamnait à garder le lit, et à se reposer sur son subordonné pour tout ce qui regardait le service. On lui soumettait chaque matin un rapport détaillé de ce qui s'était passé la veille, et il se contentait de donner ses ordres, qui variaient suivant les circonstances.

Daniel avait approuvé la conduite de son lieutenant, lors de la capture de notre navire; mais on s'était bien gardé de lui apprendre le rapt de deux femmes et leur présence forcée à bord de la goëlette... Williams savait trop bien que le capitaine n'autoriserait pas un acte arbitraire si odieux. Dernièrement encore, et dans une circonstance semblable, Daniel avait vertement tancé son subordonné en le menaçant d'un châtiment sévère. L'attentat avait été consommé cette fois, et la malheureuse victime de la brutalité du lieutenant, jeune femme délicate et frêle, était morte, le lendemain, en appelant la malédiction du ciel sur la tête du coupable. C'était à cette action criminelle que Daniel avait fait allusion, dans la semonce qu'il venait de donner au lieutenant. Celui-ci ne pouvait donc pas ignorer que sa conduite à notre égard, si elle était connue du capitaine, n'obtiendrait pas l'approbation de ce dernier; mais ses passions fougueuses ne lui permirent pas d'écouter les conseils de la raison. Il espérait toutefois avoir le temps et la facilité de perpétrer son crime, avant que Daniel fût entièrement rétabli. Il se serait débarrassé alors, d'une manière ou d'une autre, par un nouveau forfait, s'il l'avait fallu, de celle dont le témoignage aurait pu l'accabler. Le ciel en décida autrement : il conduisit miss Lucy, au moment où elle fuyait les poursuites du forban, dans la chambre du capitaine. Vous savez ce qui en était résulté de cette entrevue providentielle, et l'accueil qui fut fait à ma compagne.

Quelques jours après notre installation dans notre nouvelle cabine, je profitai des bonnes dispositions que Daniel nous avait témoignées, pour l'interroger à notre égard. Quelque généreux que fussent les procédés du Pirate Noir, vous comprenez que nous avions hâte de quitter sa goëlette et ses affreux compagnons; cette ouverture parut faire une certaine impression sur le cœur du capitaine. Il s'engagea cependant, sur mes instances, à nous débarquer au premier endroit favorable où nous pourrions aborder, sans trop exposer la sécurité de son équipage. Mais le terme de notre séparation était encore très éloigné, puisque nous nous trouvions alors à près de cinq cents lieues du cap de Bonne-Espérance, le point habité le plus rapproché de nous. Daniel nous promit, non seulement de nous rendre à la liberté, mais encore de nous faire restituer les deux cent mille livres qui nous avaient été enlevées.

Le capitaine était ému en nous parlant ainsi; la pâleur qui couvrait sa figure semblait augmenter encore. Deux semaines s'écoulèrent ainsi. Le chef des pirates, dont l'état de santé restait toujours le même, continuait à se reposer sur son subordonné pour tout ce qui tenait au commandement de la goëlette. La marche enflammait la blessure qui lui entamait la jambe. Le médecin de la goëlette avait fini par prescrire un séjour forcé dans la chambre, de plus, une complète immobilité et une privation absolue d'un narcotique puissant dont Daniel faisait un fréquent usage.

Vous vous rappelez ce chef de brigands syriens qui fut en contact, du temps des croisades, avec Philippe-Auguste et saint Louis de France. Vous connaissez l'empire que le *Vieux de la Montagne* avait su acquérir sur l'esprit fasciné de ses séides. Cet empire, il le devait aux visions célestes, aux songes resplendissans, aux extases voluptueuses qu'il procurait aux fanatiques qui l'entouraient. Une préparation de chanvre égyptien, appelée *hachich* (d'où est venue la désignation d'*hachachich* et le mot français *assassin*), donnait ce pouvoir surnaturel au chef syrien. Ces hallucinations étranges, ces plaisirs enivrans, cette ivresse absorbante qui résultaient du breuvage versé par le Vieux de la Montagne, Daniel les recherchait avec une ardeur frénétique. Tant que durait ce sommeil de plomb, qui pesait sur ses paupières, tant que durait cet engourdissement rempli de charmes, il perdait la conscience de sa position misérable, il échappait à la voix irritée de sa conscience. Mais l'abus qu'il faisait du hachich énervait sa forte constitution et paralysait les efforts que la médecine tentait pour sa guérison. Vous n'ignorez pas que les effets du chanvre égyptien sont plus terribles mille fois et agissent d'une manière plus directe sur l'économie animale que l'opium lui-même. Il fut donc expressément ordonné à Daniel de s'abstenir, dorénavant, de cette boisson soporifique et excitante en même temps. A ce prix-là seulement, et à celui d'un repos absolu, on pouvait compter sur un lent, mais sûr rétablissement. Privé des moyens de tromper le remords, condamné à une longue réclusion, à un isolement qui ne convenaient guère à son organication ardente et enthousiaste, le capitaine nous avait prié de l'*honorer*, c'est l'expression dont il s'est servi, de nos fréquentes visites.

Bien que notre cabine touchât à la sienne, vous comprenez quels devaient être l'inquiétude, l'effroi, la terreur de deux faibles femmes, pendant chaque minute de la journée et de la nuit. La solitude de la pièce que nous habitions, les bruits étranges, les lambeaux de conversation qui parvenaient jusqu'à nous, n'étaient guère capables de nous rassurer sur les dangers de notre triste position. Daniel était le seul homme de son équipage avec lequel nous pussions entretenir des rapports pendant la traversée. Il avait préservé miss Lucy d'un sort affreux ; il nous avait pris toutes deux sous sa puissante protection ; il s'engageait à nous rendre, avec la liberté, la fortune dont ses compagnons avaient fait leur proie. Voilà plus de motifs qu'il n'en fallait assurément pour nous engager à déférer à l'invitation du capitaine. Il n'en était pas moins pirate et chef de pirates ; mais il avait sauvé l'honneur à ma compagne et la vie à toutes deux ; et puis il était malade, souffrant, il avait besoin de nos services. La pitié, la reconnaissance nous dictaient notre conduite.

La cabine de Daniel nous vit chaque jour prodiguer nos soins attentifs à cet homme que la loi déclarait criminel, que la morale condamnait, et auquel cependant nous ne pouvions refuser une compassion involontaire. J'insiste sur cette espèce d'intimité qui s'établit alors entre nous et le chef des pirates, pour l'intelligence de ce qui va suivre.

— Eh bien ! encore ! Tom ! encore ! murmura Griffith, en menaçant l'animal indocile ; laissez tranquilles les boucles de mes souliers et allez trouver mistress Puddingham, allez !

Le doigt tendu dans la direction de la porte traduisait clairement au basset intelligent l'ordre qui lui était donné. La queue entre les jambes, la tête baissée vers la terre, Tom se dirigea vers l'antichambre. Mais à cette démonstration se borna l'obéissance du basset, car il revint aussitôt sur ses pas, en tournant du côté de son maître des regards supplians. Ne voyant point de rancune dans les yeux de Griffith, le chien s'approcha peu à peu du vieux garçon en poussant un cri plaintif ; arrivé tout près de lui, il lécha la main que M. Walker tenait appuyée sur son genou ; il employa toutes les câlineries que l'instinct lui révélait, pour obtenir une parole affectueuse, un geste d'amitié.

— Allons, soit ! restez et soyez sage ! murmura le vieux garçon, en lui caressant la tête.

Le basset se coucha de nouveau à sa place accoutumée, se contentant, pour le moment, de regarder les boucles luisantes qui lui faisaient envie, sans oser encore y mettre les dents et les pattes.

Cet incident domestique n'avait pas interrompu le récit de mistress Sarah, qui poursuivit en ces termes :

— Je vous ai fait remarquer déjà que Daniel n'avait pas entièrement perdu, au milieu des agitations incessantes, au milieu du désordre, des folles joies de l'existence aventureuse qu'il menait depuis trois ans, ce germe précieux que les mères inculquent dans le cœur de leurs enfans. Daniel avait cherché à s'étourdir, à oublier, mais sans atteindre son but. Après l'enivrement de l'orgie, après le bruit, le tumulte du combat, la surexcitation éphémère de son cerveau se calmait tout à coup, et le criminel, seul avec sa conscience, tremblait devant la pensée de sa dégradation. Depuis que l'usage du hachich lui était interdit, surtout, les heures de répit étaient plus rares qu'auparavant.

Dieu, à défaut des hommes qui ne pouvaient atteindre le pirate rusé, Dieu le châtiait sans relâche, avec le souvenir de ses crimes.

Expiation terrible, mais méritée !

Oh ! si Daniel avait pu revenir sur ses pas !

S'il avait pu déchirer du livre de la vie l'horrible page sur laquelle était écrite l'histoire de ces trois dernières années !

S'il avait été en son pouvoir d'effacer de la mémoire des hommes ce jour fatal où un jugement le déclara infâme!

Avec quelle force de volonté il aurait maîtrisé, subjugué les violentes passions qui l'avaient poussé à sa perte.

Mais les hommes ne pardonnent jamais: leur justice est inflexible, et malgré lui Daniel devait continuer à vivre en dehors des lois humaines.

Vous devinez, M. Walker, combien, après de semblables entretiens, notre intérêt croissait encore pour le Pirate Noir; nous ne pouvions nous empêcher de plaindre cette nature fière et généreuse, poussée dans une voie funeste par un destin fatal. Daniel, lui, qui avait cent fois affronté la mort avec courage; Daniel, dont le nom n'était répété qu'avec effroi, Daniel pleurait de honte devant nous au souvenir de ses fautes.

— Il n'est plus de bonheur pour moi, répétait-il alors, en tenant ses yeux fixés sur le chaste et doux visage de miss Lucy; le Pirate Noir est un épouvantail pour tous, et jamais une âme sympathique ne voudra répondre à la voix désolée de la sienne.

Ces paroles de désespoir faisaient sur nous une vive impression; mais je ne devinais pas encore combien Daniel pouvait souffrir.

Voici une conversation qui m'a frappé entre toutes; elle achèvera de vous révéler la sensibilité exquise, les sentimens élevés que cet homme avait conservés au milieu de ses affreux compagnons.

Le pirate était assis dans un large fauteuil de velours rouge, sa jambe blessée appuyée sur une chaise. Je me souviens des moindres circonstances, des détails les plus futiles de notre entretien; j'aperçois encore là devant moi le capitaine de la goëlette, tel que je le vis alors, la figure pâle et blême, le regard éteint et radieux tour à tour, l'attitude alternativement humiliée et triomphante.

Il nous avait initiées aux phases diverses de sa vie romanesque; il nous avait parlé ensuite de son dégoût pour l'existence, des idées de suicide qui l'assaillaient fréquemment pendant ses longues et cruelles insomnies.

L'émotion de Daniel nous avait gagnées, miss Lucy et moi; le pirate essuyait une grosse larme qui venait de s'échapper de ses paupières, lorsque d'une voix altérée:

— Il est une pensée, dit-il, qui s'acharne à me poursuivre. Cette pensée n'a pas cessé de remplir mon esprit depuis le jour de votre arrivée à bord de mon navire, elle seule suffirait pour me plonger dans un sombre désespoir, pour me rendre la vie odieuse. A vous voir là, dans ma cabine, devisant toutes deux avec moi, on dirait les membres d'une même famille s'entretenant de ce qui les intéresse! Et, pourtant, quel abîme nous sépare! Avec une âme aussi pure, aussi noble que la vôtre, il est impossible que vous ne ressentiez pas une indicible horreur pour un homme que la société réprouve, pour un homme que ses crimes ont mis au banc de l'humanité.

— Nous vous plaignons, monsieur, répondis-je, et nous ne nous souviendrons jamais que de l'éminent service que vous nous avez rendu.

— C'est le privilége de la vertu d'être compatissante et secourable, même envers des individus chargés d'opprobre et d'infamie. Vous me plaignez, mistress, au lieu de me mépriser et de me haïr! Oh! merci! merci! pour cette parole sympathique.

— Le remords vous poursuit; c'est un signe infaillible que votre cœur n'est pas gangrené encore comme celui de vos compagnons. — Quand le remords arrive, l'expiation commence! proféra miss Lucy.

— Oh! parlez, parlez toujours; vous êtes descendue dans une nuit sombre, comme un ange du ciel envoyé pour une mission providentielle; parlez toujours, car votre voix, vos accens, vos discours, versent sur les plaies de mon âme un baume salutaire et bienfaisant.—En vous écoutant, mon courage se ranime.

— Je ne suis qu'un enfant naïf, dont les yeux s'ouvrent à peine à la clarté du jour ; ma parole est bien faible pour ranimer le courage d'un homme, mais elle peut consoler, car elle vient du cœur.

— Oh ! parlez encore ! parlez encore !

— Quelles que soient vos fautes, poursuivit la jeune fille avec une éloquence persuasive, quelque grandes, criminelles, irréparables au point de vue humain, que soient vos erreurs, il me semble, à moi qui ne sais juger qu'avec le cœur, qu'il est un moyen d'obtenir la paix de votre conscience. La conscience, c'est la voix de Dieu, et Dieu pardonne toujours au repentir.

— Mais comment donner les preuves de mon repentir ? comment satisfaire à cette voix terrible du remords qui me poursuit sans cesse ? Ce n'est pas la mort que je crains, oh ! non ; je l'ai bravée trop souvent pour la redouter ; mais la loi est sourde aussi bien qu'impitoyable ; si je lui livrais ma tête, elle frapperait le criminel sans le réconcilier avec les hommes, sans le réconcilier avec lui-même, ajouta-t-il en laissant tomber son front sur ses mains.

— Dieu répond toujours à celui qui l'implore, et ses consolations sont bien puissantes, dis-je à mon tour.

— Mais mon nom est flétri, déshonoré par une condamnation infamante ! reprit Daniel. Oh ! si une réhabilitation éclatante était possible, au prix de tout mon sang ! que je le verserais volontiers en expiation de mes forfaits ! acheva-t-il en levant les yeux au ciel.

— Votre désespoir est immense ; mais la miséricorde divine est inépuisable. Renoncez à l'espoir de rentrer dans votre patrie ; résignez-vous à savoir votre nom couvert d'une horrible flétrissure, et retirez-vous sur une terre étrangère, où, par une vie d'expiation, vous vous efforcerez de racheter trois ans d'une existence criminelle.

— Destin fatal ! se condamner à un exil éternel ! vivre ignoré, flétri, déshonoré, loin des lieux qui vous ont vu naître, lorsqu'on sent là, dit-il en mettant la main sur son front, et là, continua-t-il en l'appuyant sur son cœur, l'énergie et la volonté nécessaires pour accomplir de grandes choses ! Maudits soient les hommes qui ont fait des lois répressives, impitoyables dans leur juste sévérité, et qui ont oublié de faciliter au malheureux, un moment égaré, un retour sincère à la vertu ! Cette existence tranquille, paisible, obscure me tuerait en quelques mois ; il me faut, à moi, du mouvement, de l'air, de la lumière ; ce besoin d'agitation qui me dévore, comment le satisfaire dans une retraite isolée, sur un sol étranger ? Oh ! regrets impuissans ! oh ! fatal destin ! murmura-t-il avec accablement.

— Monsieur Daniel, reprit miss Lucy, d'un ton pénétré, Dieu vous tiendra compte, si vous suivez le sage conseil de mistress Sarah, des souffrances qu'il vous faudra endurer ; et la paix de votre conscience, cette paix qui vous fuit au milieu des agitations de votre existence criminelle, vous la retrouverez dans le calme d'une obscure retraite.

— Seul ! abandonné de l'univers entier ! sans une voix amie qui réponde à mes accens désolés ! dit le pirate en se laissant tomber sur son lit de douleur.

— Pourquoi s'abandonner ainsi au désespoir ? repris-je en m'approchant de Daniel ; pourquoi désespérer de l'avenir ?

— Le repentir est comme le feu ; il purifie, ajouta l'orpheline.

— Qu'avez-vous dit ! s'écria le capitaine d'une voix éclatante ; le repentir purifie ! Ainsi donc, à vos yeux, un homme couvert de crimes perdrait cette auréole fatale qu'un jugement humain a jetée autour de son front, du jour que le repentir remplirait son âme ! Vous retireriez votre mépris, vous accorderiez votre estime à cet homme ! Le repentir l'aurait dépouillé de sa souillure, pour le rendre aussi pur qu'auparavant... Est-ce là votre idée, miss, et pensez-vous, en effet, ce que vous venez de dire ?

— Mais, sans doute; et n'est-ce pas se conformer à l'esprit et à la lettre des livres saints que de penser ainsi? N'y aura-t-il pas dans le ciel plus d'allégresse pour la conversion d'un pécheur, que pour la persévérance de dix justes? L'Evangile n'est pas le code des humains... Celui que le repentir a touché ne cesse pas d'être déchu et dégradé parmi eux; mais, à mes yeux, à moi, il a reconquis sa pureté primitive, il est remonté au rang qu'il occupait avant sa chute, un peu plus haut, peut-être. Déshérité de l'estime de ses semblables, il sera complètement réhabilité dans mon esprit...

— Oh! merci, miss, murmura Daniel d'une voix entrecoupée; c'est un ange du ciel qui parle par votre bouche; merci pour ces paroles vivifiantes! Elles ont retenti dans mon cœur; elles y resteront gravées jusqu'à mon dernier jour...

— Il faut convenir que ce Pirate-Noir est un être bien extraordinaire, s'écria Griffith, qui avait prêté la plus grande attention au récit de son interlocuteur... Un homme qui vole, qui tue dans l'occasion, et qui nourrit de pareils scrupules! un forban qui regrette l'estime de ses semblables, de ceux qu'il dépouille chaque jour! En vérité, un tel caractère est rare, et je doute fort que les annales maritimes nous présentent un pendant à Daniel.

— Vous ne comprenez donc pas, monsieur Walker, qu'on soit forcé, par les circonstances, de se détourner du chemin qu'on suivait, pour prendre une direction qui n'était pas la vôtre? Vous ne comprenez pas qu'une fois engagé dans une voie funeste, l'homme soit contraint d'y persévérer, repoussé qu'il est par la société qu'il a outragée? Ne pouvant expier que par la mort un crime commis ici-bas, le malheureux, un instant égaré, est entraîné, pour conserver sa vie, pour s'assurer l'impunité, souvent, à perpétrer de nouveaux forfaits. Le repentir aurait pu le purifier; mais le repentir est nul au tribunal des mortels. Le repentir n'a jamais empêché la hache du bourreau de frapper une tête condamnée par la loi. Les hommes comme Daniel sont rares, monsieur, dites-vous? Hélas! oui, ils le sont; car il est plus facile de persévérer dans la dégradation, que de sortir du gouffre dans lequel on est tombé. Le remords est le partage de tous ceux qui ne sont pas encore entièrement avilis et corrompus; les natures nobles et généreuses, qui n'ont rien perdu du sentiment de leur valeur, après une chute fatale, sont seules accessibles au repentir.

— Vous venez de dire là de bien belles choses, mistress Sarah, j'en conviens. Avouez, à votre tour, que la chambre du capitaine Daniel présentait alors un spectacle singulier... Deux timides prisonnières consolant leur vainqueur! deux faibles femmes prêchant un chef de pirates!

— En effet, cela se voit rarement, mais n'est pas impossible, puisque je viens de vous en fournir un exemple. Mais, qu'avez vous? monsieur Walker; que vous a fait Tom pour vous mettre si fort en colère?

Le basset s'était dit que bon gré, mal gré, il aurait les boucles d'argent de son maître; aussi, pendant que Griffith prêtait une oreille attentive aux paroles de mistress Sarah, l'animal patelin et entêté, avait réussi à ronger l'extrémité de l'allonge qui retenait une des boucles. Poursuivant son œuvre de destruction, le chien avait attaqué la courroie opposée, en prenant si bien ses précautions, que Griffith ne s'était aperçu de rien. Sa persévérance hypocrite venait d'obtenir un plein et entier succès. L'objet brillant qu'il convoitait depuis une heure était en son pouvoir. Tom saisissait la boucle avec les dents; il se préparait à emporter le fruit de sa ténacité laborieuse, lorsque, pour le malheur du basset, le vieux garçon dirigea son regard vers le soulier, veuf de son plus bel ornement. Bien en prit à l'animal d'être leste et dispos; sans une conversion heureusement exécutée, il recevait en plein, dans le museau, le coup de pied le plus perfide qu'ait jamais envoyé un vieux garçon. Ses reins se ressentirent seuls des atteintes cruelles du soulier de Griffith. Endommager une chaussure neuve! ronger les courroies et les allonges! laisser l'empreinte d'une dent destructive sur les barres d'une boucle d'argent massif! Oh! c'était mériter un châtiment exemplaire. On le lui fit bien voir et sentir aussi.

Ah! polisson! ah! coquin! s'écriait Griffith, lequel, non content d'avoir contusionné le bas du dos de l'incorrigible Tom, le poursuivait pour lui imprimer une correction plus complète encore. Voilà donc le motif secret qui le poussait à me câliner, à me lécher la main, à m'adresser des regards supplians. Ah! coquin! tu vas me payer cela, proférait-il d'une voix irritée.

Après une promenade rapide autour de l'appartement, pendant laquelle l'animal sut éviter, par des soubresauts accomplis au moment opportun, les effets de la colère de son maître, le basset lâcha sa proie et parvint à sortir du salon. Il était à l'abri du ressentiment de Griffith; mais celui-ci devait payer cher le coup de pied qui avait endolori les reins du chien vindicatif.

Griffith, en voyant sa victime lui échapper, ramassa la bouche d'argent, murmura des imprécations contre l'hypocrite basset, et revint s'asseoir auprès de mistress Sarah :

— Des boucles toutes neuves! des souliers que je mets pour la première fois! grommelait-il entre ses dents, en considérant alternativement et son soulier détérioré et l'objet brillant que les canines de Tom étaient parvenues à bossuer.

Il n'osa pas cependant, en présence de mistress Sarah, s'abandonner à toute la violence de sa colère contre le basset; mais s'il se contraignait en ce moment, dans son esprit, Tom ne devait rien y perdre.

— Je vous écoute, mistress, dit-il enfin tout haut à sa narratrice, et tout bas il ne cessait de murmurer : Le coquin! des boucles toutes neuves! oh! il me le paiera! c'est sûr!

— Depuis plusieurs semaines, reprit la vieille dame, nous naviguions dans la mer des Indes; nous entrâmes enfin dans le canal de Mozambique, que nous traversâmes en longeant la côte occidentale de Madagascar. Ces parages, peu fréquentés par les navires de guerre, permettaient aux pirates de s'en approcher sans être découverts. La goëlette franchit avec bonheur la passe du canal, et dix jours après elle jeta l'ancre dans l'anse formée par le cap des Aiguilles. Il était convenu que le lendemain un homme dévoué et prudent se rendrait à la ville pour retenir un logement provisoire; qu'au retour de l'embarcation, nous quitterions la goëlette, et qu'enfin cette même embarcation, chargée de notre bagage, nous déposerait sur le continent.

Ce jour-là le capitaine me semblait être plus malade que d'habitude; son visage amaigri par la souffrance physique, portait, de plus, toutes les traces d'une violente douleur intérieure. Jamais il ne m'avait paru aussi pâle, aussi fatigué, aussi oppressé. Plusieurs matelots allaient et venaient apportant les sacs d'or et d'argent qui nous appartenaient, et les entassaient dans une caisse. S'il l'avait osé, Daniel aurait ajouté encore à ces richesses; mais il connaissait nos intentions à cet égard. La crainte de nous offenser l'empêcha de nous offrir des dons dont la propriété ne lui était acquise que par des moyens iniques et violens. Il présidait, assis dans son large fauteuil, aux préparatifs nécessités par notre départ prochain, et à chaque instant, à la dérobée, s'échappait de sa mobile prunelle un regard qui se reposait sur miss Lucy avec une expression étrange. Les deux cent mille livres placés au fond du coffre, celui-ci fut fermé, cadenassé avec soin, et déposé dans notre cabine. Daniel resta seul avec nous, et entama d'une voix émue, un dernier entretien. Il était désolé de nous débarquer sur un point aussi éloigné de notre destination; sa position exceptionnelle lui défendait de s'engager plus avant, dans une mer sans cesse sillonnée par des navires ennemis; mais cependant nous n'avions qu'à dire un mot. Sur notre désir, il bravera tous les périls ; il rebroussera chemin, entrera dans la mer Rouge, et nous laissera sur le rivage égyptien ; ou bien il nous conduira par la route opposée, jusqu'au golfe de Guinée, jusqu'au Cap-Vert, jusqu'au détroit de Gibraltar. En dépit des croiseurs, il nous déposera sur la terre d'Espagne, d'où il nous sera facile de retourner en Angleterre.

Ce dévoûment extraordinaire nous toucha profondément; il me laissa deviner ce qui se passait dans l'âme de Daniel, et ce que son admiration respectueuse pour miss Lucy l'empêchait d'avouer. Vous pensez bien que nous refusâmes les propositions généreuses du capitaine.

Au moment de nous retirer, Daniel parut faire un effort violent sur lui-même ; il posa la main sur son cœur, qui battait à lui rompre la poitrine, et se penchant vers ma jeune compagne :

— Miss, lui dit-il d'une voix tremblante, votre séjour à bord de ma goëlette me laissera des souvenirs bien doux et bien douloureux en même temps. Avant de nous séparer, pour ne plus nous revoir... jamais, poursuivit-il en poussant un soupir; permettez-moi de vous adresser une prière, dont l'accomplissement me rendrait aussi heureux qu'il m'est donné de l'être encore.

— Une prière! à moi! répéta la jeune fille, que ces paroles et le ton dont elles étaient prononcées, firent soudain tressaillir.

— Une prière que je vous adresse, reprit le pirate, avec le même désir de la voir exaucée que si, désolé, je demandais à Dieu la vie de mon enfant.

— Parlez, monsieur, répondit miss Lucy, que cette invocation touchante avait émue à son tour.

— Vous avez refusé les trésors précieux, les parures, les bijoux que je vous destinais. Je comprends les scrupules sacrés qui dictaient votre conduite ; non, des richesses acquises au prix de l'infamie ne pouvaient être acceptées par vous. Mais un objet vénéré par tous les cœurs sensibles, une relique sainte pour moi, sera-t-elle rejetée avec le même mépris? Cette bague, poursuivit-il en tirant de son doigt un magnifique diamant, provient d'une personne que vous auriez aimée, miss, si vous l'aviez connue, d'une personne respectable pour tous, adorée par moi, dont les longues erreurs ont précipité le terme de son existence. Ma mère me la remit à son lit de mort ; recevez-la de mes mains, aujourd'hui, comme un gage d'un repentir sincère. Portez-la en souvenir de la promesse solennelle que je fais en votre présence, d'obtenir ma réhabilitation ou de mourir.

Il y avait tant d'éloquence, tant de feu, tant de noblesse dans ces paroles et sur les traits de Daniel ; la conviction qui remplissait l'âme du capitaine était si profonde, si entière, si facile à communiquer, par conséquent, que miss Lucy, émue au dernier degré, fut obligée de s'asseoir sur le siége qu'elle venait de quitter. Les sensations qui m'agitaient n'étaient ni moins fortes, ni moins violentes. Ma langue, comme celle de ma compagne, se refusait à traduire ma pensée.

— Oh ! de grâce ! ne me repoussez pas ; acceptez mon offrande, murmurait Daniel, qui était tombé aux genoux de miss Lucy. Et vous, mistress Sarah, unissez votre voix à la mienne ; dites-lui que cette bague, don de ma mère, recouvrera sa pureté primitive en touchant le doigt d'un ange. Miss, c'est un gage de ma réhabilition future ; à ce titre, vous ne pouvez le refuser.

— Ce diamant est d'une valeur bien grande, dis-je enfin, en recouvrant l'usage de la parole.

— Je n'ai à offrir à miss Lucy que cet objet dont la source ne soit pas impure. Oh! de grâce! miss, ne prolongez pas mon supplice, ou vous me ferez croire que vous doutez de ma sincérité.

— Pour vous prouver que j'ajoute une foi entière à votre résolution de racheter un passé criminel, j'accepte, dit la jeune fille d'une voix éteinte

Je refermais la porte sur moi, lorsque Daniel, par un mouvement soudain, se leva et fit deux pas de notre côté.

— Mistress, dit-il en étendant la main vers moi, le repentir est comme le feu, il purifie ; c'est un ange du ciel qui l'a répété l'autre jour ; mais il est un autre sentiment qui donne le même résultat... c'est l'amour ! ajouta-t-il avec un accent puissant et énergique.

— Ah ! voilà donc le motif de la conduite du pirate à votre égard ! s'écria Griffith ; voilà le mot de l'énigme que je ne pouvais pénétrer jusqu'à présent. Et miss Lucy a-t-elle entendu l'exclamation du capitaine ?

— Je ne sais ; j'en doute cependant. Miss Lucy avait déjà regagné notre chambre ; en entrant je la trouvai affaissée sur une chaise et, jamais, depuis lors, il n'a été question entre nous de cette scène singulière, de cette conversation remarquable.

Le lendemain, à la pointe du jour, nous traversions le pont de la goëlette, accompagnées de John qui avait reçu les instructions de son chef. En arrivant à l'échelle, nous aperçûmes Williams dont le regard triomphant, dont le visage radieux, me glacèrent d'effroi. J'ai oublié de vous dire que Daniel, à la prière de miss Lucy, avait octroyé son pardon au forban ; ce misérable, en recouvrant la liberté, fut déchu de son grade ; il prit rang parmi les derniers de l'équipage. Cette humiliation qu'il lui fallut subir, inspira à Williams un désir immodéré de vengeance. Nous d'abord, Daniel ensuite, devions éprouver les effets de son ressentiment.

Du moment que je remarquai cette expression de triomphe sur les traits de Williams, je frissonnai malgré moi et j'eus comme le pressentiment de quelque nouveau malheur. Je ne me trompai pas. En atteignant notre destination, nous donnâmes au forban qui nous avait accompagnés une attestation pour déclarer que nous étions satisfaites des services de cet homme, ainsi que de ceux de ses compagnons. Daniel l'avait ainsi voulu, afin que, même après nous avoir perdues de vue, sa protection ne cessât pas de nous protéger contre les instincts cupides des misérables qui lui obéissaient.

Hélas ! Daniel n'avait pas tout prévu ! ou plutôt la haine de Williams avait rendu illusoires toutes ces précautions ingénieuses.

Quelle fut notre surprise ! notre désappointement ! notre déception ! lorsque, ouvrant le coffre qui renfermait nos richesses, nous acquîmes l'affreuse certitude que nous étions victimes d'une ruse infernale. L'or et l'argent s'étaient transformés, pendant la nuit, en une matière vile et de nulle valeur. Au lieu de livres et de souverains, les sacs déposés au fond de la caisse ne contenaient plus que des balles, des clous, du fer, des coquillages, des cailloux et de la menue monnaie.

— Oh ! le misérable ! s'écria Griffith, qui oublia un instant de gémir sur la torsion des barres de sa boucle, tant il était navré du tour infâme joué aux deux dames. Le misérable ! il avait soustrait les deux cent mille livres ! s'écria-t-il de nouveau, d'une voix concentrée.

— La vengeance de Williams était complète pour ce qui nous concernait ; car nous ne doutons pas de la part active que le forban hypocrite et vindicatif avait prise à notre ruine. Ce monstre avait acquis un certain empire sur l'esprit des plus pervers de ses compagnons ; cet empire sera funeste à Daniel ; pour le moment il a servi à nous dépouiller. A défaut de preuves matérielles, palpables, évidentes qui nous désignaient le coupable, l'expression de férocité radieuse que j'avais remarquée sur les traits du pirate, les pressentiment qui m'avait saisie alors, ne me laissaient pas le moindre doute sur l'auteur de cette substitution perfide.

Quel sort affreux que le nôtre !

Des deux cent mille livres laissées par M. Norton, enlevées par l'équipage de la goëlette et restituées par le capitaine, il ne nous restait que la bague donnée à miss Lucy par Daniel. Le diamant était de la plus belle eau ; il valait largement deux cent vingt livres. Un estimable marchand du Cap, juif et joaillier de profession, nous le prit pour cent soixante dix. Grâce à cette petite somme, nous pûmes enfin, après une longue traversée, aborder en Angleterre.

Vous n'ignorez rien du reste de nos aventures.

Vous savez quel est l'accueil qui fut fait à miss Lucy par la sœur de sa mère, et le dénûment complet de toutes choses qui devint notre partage, jusqu'au jour où vous avez pris à notre sort un si vif intérêt.

Voilà, monsieur Walker, l'histoire de nos malheurs ; voilà comment, par suite d'événemens et de circonstances extraordinaires, nous avons dû rester six semaines à bord du Pirate Noir ; voilà pourquoi aussi j'affirmais hier que Daniel est plus malheureux que coupable ; bien que cet homme soit la cause première de notre ruine, nous ne pouvons, miss Lucy et moi, nous empêcher de le plaindre. Sans votre généreuse hospitalité, monsieur Walker, nous aurions dû travailler assidument pour ne gagner que le strict nécessaire ; mais on supporte facilement un sort misérable quand la conscience n'a rien à vous reprocher. Le remords trouble les joies les plus bruyantes, les plus folles, les plus étourdissantes ; le remords, convive inattendu, s'assied aux festins les plus joyeux ; il prend sa part des orgies les plus tumultueuses, et sa présence importune, là où il n'est pas appelé, commence ici-bas la punition des coupables. Voilà pourquoi, ruinées, abandonnées, manquant de tout, nous avons encore des paroles de pitié pour celui qui, regorgeant des biens de ce monde, a traîné pendant trois ans, sur l'immensité des mers, une existence vouée aux remords vengeurs.

Griffith avait écouté avec la plus religieuse attention le récit de mistress Sarah. Non seulement ses préventions défavorables, ses injustes soupçons sur le compte des protégées de l'Inconnu, s'étaient évanouis devant le ton de franchise et d'émotion naturelle de la vieille dame, mais encore une espèce de sentiment sympathique avait pénétré dans le cœur du vieux garçon, à travers le triple airain qui le recouvrait. Cela tenait à l'organisation particulière de Griffith.

Bien que miss Lucy commençât, depuis quelque temps déjà, à ne pas lui être indifférente, comme l'état de l'âme de Griffith n'était déterminé que par la pensée d'un avantage purement personnel, le vieux garçon n'aurait été que faiblement touché du sort affreux que Williams réservait à la jeune fille ; en évoquant ces douloureux souvenirs, mistress Sarah aurait produit bien peu d'impression sur cette nature endurcie, sans une particularité qui l'avait vivement frappé, dans le cours de la narration de la vieille dame. Désespoir des deux femmes, tentatives criminelles de Williams, intervention du chef des pirates, remords de Daniel, rien n'aurait vivement affecté Griffith, sans la perte considérable qu'essuyait miss Lucy.

L'argent, nous l'avons fait observer, représentait un symbole aux yeux de Griffith. Pour lui, ce n'était pas un but, comme pour l'avare, mais un moyen tout-puissant, un moyen unique de ne jamais connaître la douleur. Toutes les choses de ce monde avaient un taux dans son esprit, un taux que le riche seul pouvait atteindre. Le bonheur lui-même était renfermé dans un portefeuille bien garni. Félicités sans nombre, joies ineffables, bien-être matériel, satisfaction du cœur, tout cela se traduisait par livres sterling, tout cela reposait dans le coffre, à l'abri d'une triple serrure. L'idée d'une volupté insaisissable, immatérielle, d'une jouissance pure, complète, au milieu d'un dénûment absolu, ne s'était jamais présentée, jusqu'à ce jour, à cet homme pratique entre tous.

Mais cette disposition d'esprit rendait l'égoïste plus apte que tout autre à comprendre le sort affreux réservé à l'orpheline, après le vol de l'héritage de son père ; car là tout était patent, sensible, palpable.

Deux cent mille livres! mais c'était là une fortune considérable ! c'étaient une retraite élégante et confortable, un intérieur paisible et charmant, des jouissances certaines et durables. Deux cent mille livres! Goddem ! c'était, pendant une longue vie, une suite non interrompue de jubilations de toute espèce.

L'absence de cet élément de bonheur produisait les conséquences les plus opposées. Corps et âme, matière et intelligence, devaient ressentir les terribles effets d'un dépouillement aussi perfide.

Aussi M. Walker avait-il senti l'intérêt qu'il leur portait déjà, à miss Lucy principalement, s'accroître encore pour les victimes du forban, en raison de l'élévation du chiffre auquel se montaient les sommes enlevées. La conscience de son désespoir, si un vol pareil était commis à son préjudice, amena sur ses lèvres des paroles simples et naturelles, dans leur éloquence, pour exprimer à mistress Sarah combien il se sentait touché de leur malheur.

Il n'avait pu s'empêcher pourtant de faire de singulières réflexions sur les volontés capricieuses du destin, pendant le récit de la vieille dame. Le hasard qui, depuis deux ans, ne cessait pas de déranger, avec un malin plaisir, les combinaisons ingénieuses conçues par le vieux garçon pour s'assurer une existence paisible, ce même hasard mettait dans la bouche de mistress Sarah le nom d'un homme qui avait failli deux fois consommer sa ruine. Ce Williams ne pouvait être que le gérant infidèle des forges de Swansea, et le même qui plus tard reçut la mort des mains de l'INCONNU; mais ce Pirate Noir ? ce Daniel ? quel est il ? Williams, avant de s'élancer sur l'INCONNU avait-il, en effet, comme il avait cru l'entendre, appelé son adversaire : le capitaine ! Williams Thompson était le lieutenant du Pirate Noir, celui-ci aurait-il donc quelques rapports avec l'emprunteur des 25,000 livres ? Telles étaient les pensées qui traversaient l'esprit du vieux garçon, pendant que mistress Sarah parlait. — Aussitôt qu'elle eut terminé son récit :

— Ce Daniel, demanda Griffith, n'est-il pas un homme de trente ans, à peu près ?

— Il avait cet âge, lorsque nous tombâmes en son pouvoir ; mais il paraissait beaucoup plus âgé. — La maladie et les remords le vieillissaient au moins de dix ans.

— Ah ! Et n'est-ce pas un homme de haute taille ? brun ? avec de larges favoris qui lui couvraient le visage ? N'a-t-il pas la voix forte et sonore ?

— Mais vous paraissez prendre un bien vif intérêt, vous aussi, monsieur Walker, à ce qui concerne le Pirate Noir ? demanda la vieille dame.

— Oh ! la curiosité ! pas davantage ; j'ai entendu faire le portrait du forban, et je désire savoir s'il est tel qu'on me l'a dépeint.

— Ce n'est pas tout à fait cela ; Daniel est brun. Quant à sa taille, elle n'a rien qui puisse le faire remarquer. Dans un combat, la peur qui grossit les objets lui trouvera peut-être des proportions exagérées; mais calme, tranquille, assis ou souffrant, comme à l'époque de notre rencontre, il me paraissait être d'une taille ordinaire. Quant à sa voix, bien loin d'être forte et rude, elle était douce et plaintive, d'habitude. Un jour seulement elle eut le caractère que vous lui attribuez, il reprochait alors à Williams l'indignité de ses procédés à son égard.

— Et vous n'avez pas reçu de ses nouvelles depuis votre séparation ?

— Des nouvelles? Nous en avons appris, comme tout le monde, par la rumeur publique, répondit la vieille dame avec un certain embarras. Une révolte a éclaté à bord de la goëlette. Williams, qui en était le fauteur, en a recueilli le bénéfice. Reconnu chef suprême par ses complices, il a ordonné de jeter leur ancien capitaine dans une embarcation qui fesait eau de toutes parts.

Il paraît que Daniel n'est mort ni d'épuisement, ni des suites de sa blessure. puisque vous dites que le shérif Perthinross a signalé sa présence à Londres, il y a quinze mois environ.

— C'est-à-dire le shérif Perthinross ne l'a pas vu; mais de ce qu'on a reconnu plusieurs de ses anciens compagnons, il a conclu que le Pirate Noir ne restait pas étranger aux méfaits sans nombre qui se commettaient à Londres, à cette époque.

— Vous comprenez que tout lien étant brisé entre lui et ses anciens complices, Daniel, bien loin de les aider, aurait déjoué les projets de ceux qui l'avaient traité avec tant de barbarie.

— Je me rends à votre raisonnement, mistress Sarah ! répondit Griffith, en pensant, malgré lui, au meurtre de Williams... Oui, il se serait vengé de son lieutenant, bien loin de le servir.

— Sans doute, il se serait vengé de Williams, ou de Francis, ou de tout autre de ceux qui l'abandonnèrent ainsi à la fureur des flots Vous devez voir, en rapprochant les dates, que Daniel ne se trouvait plus sur la goëlette, alors qu'elle tomba au pouvoir de la frégate de Sa Majesté, et qu'il n'est pour rien dans la ruse infernale imaginée par les forbans, avant de quitter leur navire.

— Ah ! oui, le tigre déchaîné, après trois jours passés sans nourriture, afin d'exciter davantage sa fureur... Il n'y a que Williams capable de concevoir une pensée aussi abominable. Aussi, Dieu l'a-t-il puni de ses nombreux forfaits... Et Daniel, vous ne l'avez plus revu dans aucune circonstance ?

— Daniel?... non, non, répondit mistress Sarah après un moment d'hésitation. Et comment l'aurais je vu, reprit-elle aussitôt. Mais, poursuivit-elle, il est impossible que la curiosité seule vous porte à m'adresser toutes ces questions... Vous voilà pâle, comme miss Lucy l'était hier, vos traits ont perdu leur expression habituelle. En ce moment même; votre agitation a redoublé... Me trompé-je en supposant qu'il y a peut-être entre vous deux quelque lien mystérieux ?

— Un lien entre le Pirate Noir et moi, mistress?

— Un lien dont l'existence me serait révélée par la lecture de la lettre que vous avez mise sous mes yeux autrefois, proféra la vieille dame.

— La lettre !... vous supposeriez !... s'écria Griffith de plus en plus troublé.

— Eh ! mon Dieu ! pourquoi vous émouvoir ainsi; c'est une supposition que je fais, une simple supposition qui ne repose sur aucune preuve et qui ne doit pas vous affecter ainsi, à moins que...

— Ah! oui, interrompt aussitôt le vieux garçon, c'est une supposition, je comprends... une simple supposition... Ah! ah ! fit il en s'efforçant de sourire, c'est singulier tout de même que cette lettre ne soit pas sortie de votre mémoire. Je puis vous apprendre maintenant le motif qui me portait à vous demander si vous en connaissiez l'écriture.

— Ah ! vous pouvez m'apprendre?...

— Sans doute... Cette lettre m'annonçait la déconfiture d'un homme qui possédait, à moi appartenant, une somme considérable, et je voulais vous interroger à ce sujet... Depuis, j'ai appris la fausseté de cette nouvelle.

— Je connaissais donc celui qui l'avait écrite ?

— Assurément, répondit Griffith sans hésiter.

— Et comment le savez-vous ? demanda mistress Sarah.

— Comment je le sais? répéta le vieux garçon, qui resta un moment interdit par cette interrogation inattendue. — Ceci est mon secret, reprit-il, en affectant un air badin, sous lequel il dissimulait un embarras réel.... Ah! ah! ah! vous ne vous attendiez pas à cette réplique, n'est-il pas vrai?

— Il est de fait qu'elle me laisse beaucoup à apprendre.

— Oui, oui, c'est mon secret, mistress Sarah. Un jour, bientôt, je pourrai vous en dire davantage; pour le moment, cela m'est impossible. Ah! mon Dieu! et moi qui oublie une visite très importante que j'ai à faire cet après-midi, observa Griffith en prenant son chapeau. Cette pauvre mistress Shrewsbigh, dont l'état est plus alarmant que jamais; il faut que j'aille offrir mes services à l'époux désolé!

— Vos consolations, voulez-vous dire, car hier, elle était déjà à toute extrémité, et l'absence prolongée de miss Lucy ne me paraît pas d'un augure favorable.

— C'est vrai! c'est vrai! Je n'ai pas de temps à perdre. C'est dans le malheur qu'on peut apprécier la sincérité de ses amis, proféra l'égoïste d'une voix solennelle. Adieu, mistress; votre récit m'a vivement intéressé; recevez mes salutations, et l'assurance de la considération toute particulière que je professe pour votre noble caractère.

Après le départ du vieux garçon, mistress Sarah était plus intriguée que jamais. La fausse discrétion de M. Walker lui donnait matière à réfléchir profondément. Il avait beau se renfermer dans un mutisme obstiné, il avait beau s'ingénier à tromper la perspicacité, à dérouter la pénétration de la vieille dame, celle-ci n'était pas dupe du stratagème employé par son interlocuteur. Un mobile puissant dictait la conduite du vieux garçon; un motif caché présidait à chacune de ses actions. Quel était donc le mystère qu'elle entrevoyait, sans pouvoir le pénétrer? Comment expliquer l'embarras qui se peignait, en dépit de tous ses efforts, sur la figure de Griffith? l'air contraint et gêné que reflétait toute sa personne, lorsqu'il s'agissait de la lettre en question? Plusieurs solutions contradictoires se présentaient à l'esprit de la vieille dame; mais quelque vraisemblables qu'elles pussent lui paraître, les preuves à l'appui manquant tout à fait, il lui était bien difficile de s'arrêter à l'une d'elles de préférence aux autres. Le hasard devait mettre un terme à cet état d'incertitude.

Mistress Sarah fut arrachée à son recueillement par un grognement sourd et continu qui retentit à ses côtés. Elle tourna la tête aussitôt, et aperçut Tom tenant aux dents un portefeuille de chagrin qu'il secouait avec colère. Oui, il y avait de la fureur, de la haine, de la rage dans l'agitation extraordinaire du basset, dans les violens soubresauts qu'il exécutait à différentes reprises, dans le mouvement rapide qu'il imprimait au portefeuille. La joie sauvage de l'Indien, au moment où il lui est donné de torturer son ennemi, n'est pas plus grande que celle qui brillait dans le regard enflammé de l'animal. Ce n'était pas une masse inerte, un objet insensible qu'il semblait mordre avec ivresse, mais un corps plein de vie et de forces, un corps abhorré dont il avait senti le sang jaillir à chaque coup de dents. Après une série de bonds désordonnés, le basset traîna sa proie tout autour de l'appartement, comme Achille autrefois le cadavre d'Hector, en continuant son grognement anti-harmonique, mais très significatif. Ces sons avaient, en effet, une expression singulière; on aurait dit des imprécations, des apostrophes, des menaces qui sortaient du gosier de Tom. Pendant cette marche triomphale, les papiers que renfermait le portefeuille, avaient été semés sur le parquet; mais peu importait au farouche basset qui s'acharnait toujours sur l'enveloppe de sa trouvaille. Satisfait, à la fin, de ce raffinement de vengeance, Tom s'étendit tout de son long auprès de la fenêtre, et se mit à dépecer bel et bien, des griffes et des dents, la proie qu'un destin malencontreux lui avait livrée.

Croyant au peu de valeur de l'objet ainsi tourmenté par le basset, mistress Sarah n'était guère pressée de le lui arracher. Bien loin de là, si comique, si grotesque lui paraissait être l'agitation grognonne de Tom, qu'elle suivait en souriant toutes les évolutions qu'il accomplissait; le plaisir qu'elle éprouvait à ce spectacle drôlatique dura jusqu'au moment où. des flancs du portefeuille, s'échappa une myriade de lettres, de billets, de papiers de toute espèce. La vieille dame conçut alors des soupçons sur la légitime possession de cette trouvaille; elle se leva de son siége et se mit en devoir de disputer à Tom le portefeuille qu'il avait déjà à demi éventré; mais le chien était aussi entêté qu'une mule; il tint bon, et pour se soustraire aux manœuvres de mistress Sarah, il se sauva dans l'antichambre avec le chagrin devenu sa conquête. — La vieille dame ramassa alors quelques unes des feuilles gisantes sur le parquet; — quels ne furent pas le saisissement, le trouble, la surprise de mistress Sarah, en reconnaissant parmi ces papiers la lettre dont Griffith lui avait, autrefois, montré la suscription; oui, c'était bien elle, en effet; cette écriture qui n'avait éveillé en elle, à cette époque, aucun souvenir, lui causa, en cet instant, une impression pénible et douce tout à la fois, dont elle ne pouvait se rendre compte. Mistress Sarah retournait ce papier entre ses mains, sans pouvoir se résoudre à le confondre avec les autres. Elle avait un pressentiment que l'explication de la conduite de M. Walker était renfermée dans cette lettre. — le mot de l'énigme qui la tourmentait depuis la visite au pensionnat, il était là... quelque chose le lui disait. Les regards de la vieille dame restaient attachés sur la suscription, et, bien malgré elle, la pensée d'un dépouillement furtif se présentait obstinément à son esprit. — L'indélicatesse de ce procédé la révoltait; sa haute moralité, l'élévation de ses sentimens, combattaient cette tentation puissante.—Mais la lettre qu'elle retournait en tous sens, c'était la boîte de Pandore.—La curiosité qui posséda Epiméthée s'empara de mistress Sarah; — les scrupules finirent par s'évanouir et ses doigts impatiens déplièrent le papier.

Nous n'essaierons pas d'analyser les sensations étranges que ressentit la vieille dame, pendant cette lecture. Elle pâlissait et rougissait tour à tour, une sueur froide inondait son front; son cœur battait avec force, et des exclamations étouffées s'échappaient de ses lèvres.

— C'est lui! oh! c'est bien lui! disait-elle à voix basse. Il a tenu une partie de sa promesse... Il sera fidèle à l'autre... Il n'en saurait être autrement... Ah! M. Walker! voilà donc votre secret pénétré! voilà donc le motif de la généreuse hospitalité que vous nous avez offerte!... Mais quel est le lien mystérieux qui l'unit, lui, à un homme comme M. Walker? Comment expliquer cet emprunt de 25,000 livres? Par quels moyens a-t-il pu déterminer l'égoïste à se dessaisir d'une si forte somme? Il a signé l'INCONNU! l'inconnu! sans doute, il ne pouvait pas écrire son véritable nom au bas du billet. Il y a dans tout cela quelque chose qui m'échappe encore; mais, dans cinq mois, nous connaîtrons la vérité tout entière; dans cinq mois! fasse le ciel que ses nobles projets se réalisent! murmura-t-elle en repliant la lettre avec soin.

Dans ce moment, mistress Puddingham pénétrait dans le salon, à la poursuite de Tom, auquel elle avait voulu arracher, mais en vain, le portefeuille de son maître.

Un impie a prétendu que la vengeance était le plaisir des dieux.

Un médisant n'a pas craint d'ajouter que c'était aussi le plaisir des femmes.

Il paraît que la vengeance n'est pas sans attrait aussi pour la race canine, pour l'espèce des bassets principalement; le coup de pied dont sir Walker avait gratifié les reins de Tom, n'avait pas été oublié par l'animal vindicatif; l'instinct du mal régnait dans toute sa puissance sous la robe grise du basset; chassé brutalement par Griffith, le chien s'était réfugié dans la chambre du vieux garçon. Un portefeuille frappa ses regards; le hasard seul le mit à sa portée; Tom, qui joignait alors au besoin de mordre et de détruire, un désir immodéré d'assouvir sur un objet quelconque le ressentiment qu'il nourrissait contre son maître, Tom s'était précipité sur l'élégant carnet. De là, sa joie féroce, son grognement triomphal, l'expression sauvage de son regard, pendant qu'il déchirait le portefeuille. Chaque coup de dent imprimé dans le chagrin, s'il ne guérissait pas ses reins endoloris, lui permettait du moins de se venger du vieux garçon. Il lui fallait une victime; à défaut de Griffith, Tom avait pris le portefeuille.

Ce ne fut pas sans peine que mistress Puddingham parvint à reconquérir l'objet sur lequel s'acharnait le basset vindicatif. Mais autant aurait-il valu le lui abandonner, tant le portefeuille était réduit à un état affreux de mutilation! La vengeance de Tom était complète! Le portefeuille devenait impropre désormais à un service utile. Ce n'était plus qu'une masse informe, une ruine, un débris.

Miss Lucy, qui rentrait en ce moment, aida les deux femmes à recueillir les papiers épars dans le salon; mistress Puddingham les réunit avec soin, et le soir, en revenant au logis, M. Walker put s'assurer par lui-même qu'il n'en manquait aucun. Un doute, cependant, traversa l'esprit de Griffith; il interrogea adroitement sa gouvernante; les réponses de celle-ci, le ton calme de mistress Sarah, à propos de l'incartade du basset, rassurèrent complétement l'égoïste; il resta persuadé que nul ne possédait encore son secret. Tom s'était enfui, après sa glorieuse équipée; un pressentiment instinctif l'avait averti qu'il ne faisait plus bon pour lui d'habiter sous le même toit que le vieux garçon; il avait déserté la demeure de Griffith, pour retourner auprès de son ancienne maîtresse, la gentille Betzy.

Le soir, à dîner, et pendant qu'on prenait le thé, il ne fut question que des vicissitudes surprenantes qu'avaient essuyées les deux dames depuis leur départ de l'Inde. Rassuré maintenant sur la moralité de ses pensionnaires, le vieux garçon oublia presque entièrement le déplaisir que lui avait causé, à deux reprises différentes, la dent destructrice de Tom, pour s'abandonner au charme qu'il éprouvait, et à son insu, à voir, à entendre la jeune orpheline.

Les jours se succédèrent, sans offrir de changement dans la position respective des divers personnages de cette histoire. Mistress Sarah s'était bien gardée de rien révéler à miss Lucy, au sujet de la découverte qu'elle avait faite. Quelle importance qu'elle vit, pour sa compagne, à connaître les secrets motifs de la conduite de M. Walker, elle n'aurait jamais osé lui avouer par quel moyen indélicat elle les avait pénétrés. La satisfaction intérieure qu'elle ressentait elle-même ne la défendait pas contre les reproches mérités de sa conscience. La vieille dame méprisait Griffith, depuis qu'elle connaissait le mobile qui le faisait agir; mais elle convenait bien, *in petto*, qu'elle ne devait pas se glorifier de sa faiblesse. Plus ses sentimens étaient élevés, plus ses principes étaient sévères, plus elle avait à rougir d'avoir violé le secret d'une lettre qui ne lui était pas adressée. Aussi, telle était sa réserve depuis lors, qu'un observateur intéressé serait seul parvenu à saisir, à la dérobée, quelques paroles piquantes qui lui échappaient malgré elle, certaines allusions à demi voilées, qui faisaient tressaillir le vieux garçon sans rien lui apprendre, ni à la jeune fille; un observateur aurait seul remarqué le sourire railleur qui glissait alors sur les lèvres de la vieille dame, et qui, en dépit d'elle-même, trahissait une disposition peu favorable pour M. Walker.

Miss Lucy était toujours, en apparence du moins, cette naïve enfant que nous avons présentée aux lecteurs. Son insouciance était bien affectée pourtant dans certaines circonstances: la mélancolie qui s'emparait de l'orpheline, aux heures de solitude, la langueur de ses larges yeux bleus, lorsqu'elle se croyait seule dans son appartement, ne s'accordaient guère avec l'humeur joyeuse qu'elle manifestait en présence de M. Walker et même de sa compagne. — Depuis la matinée où mistress Sarah raconta au vieux garçon l'histoire des cruelles épreuves que la jeune fille avait dû traverser. miss Lucy s'efforçait de paraître plus calme, plus enjouée qu'auparavant ; elle s'étudiait à vouloir prouver à son bienfaiteur que ses nobles procédés éloignaient d'elle, tous les jours davantage, le souvenir de ses souffrances passées; que, grâce à lui, la blessure de son âme se cicatrisait peu à peu. — Douée d'une délicatesse exquise de perception, elle comprenait qu'un bienfait, qui sèche les larmes dans les yeux d'une infortunée, porte avec lui sa plus douce, sa plus désirable récompense; elle croyait donc témoigner sa reconnaissance à M. Walker en se présentant toujours devant lui la joie au front et le sourire sur les lèvres. — Mais que d'études, que de soins, que de peines, pour remplir convenablement le rôle qu'elle s'était imposé ! Que de soupirs refoulés au fond de sa poitrine! que de pleurs, derrière ses paupières! de douloureuses pensées, dans les replis les plus cachés de son âme! Miss Lucy n'était pas heureuse ; mistress Sarah avait deviné le secret de ses tourmens, mais si grande était la discrétion de l'orpheline, que la vieille dame n'avait jamais osé l'interroger à cet égard. — Et pourtant! une confidence déposée dans le sein d'un ami véritable offre des consolations si puissantes! si lourd était le fardeau, avant un entretien intime! si sensible est le soulagement d'un cœur oppressé qui vient de s'épancher auprès d'un être sympathique! mais la fierté naturelle de la jeune fille l'empêchait de s'ouvrir à personne, pas même à mistress Sarah, pour laquelle elle nourrissait une affection profonde. — Il est certaines natures qui ne peuvent se résoudre à inspirer un sentiment de compassion ; la pitié les blesserait : elles préfèrent souffrir et dévorer leurs larmes. — Il y a de l'orgueil sans doute, un orgueil exagéré chez les individus organisés ainsi, mais il est rare que cette disposition ne s'allie pas avec un caractère noble et généreux, avec un esprit distingué et supérieur, avec une âme sensible et exaltée.

Telle était miss Lucy.

Quant à M. Walker, il ne discontinuait pas de se montrer galant et empressé auprès des deux dames; mais sa conduite, inspirée d'abord par un froid calcul, lui était dictée maintenant, et sans qu'il se l'avouât lui-même, par un mobile plus pur et tout aussi puissant. Un événement, qui frappa M. Shrewsbigh dans ses plus chères affections, força Griffith à descendre dans son âme; il arrêta définitivement, dans l'esprit du vieux garçon, une combinaison restée vague et indécise jusqu'alors. Cet événement était la mort de la femme du notaire.

Deux mois à peu près s'étaient écoulés depuis la perte irréparable qu'avait éprouvé M. Shrewsbigh. Celui-ci venait plus fréquemment chez Griffith, pour chercher des distractions qu'il ne trouvait pas dans l'isolement de son intérieur. La présence de l'orpheline, sa touchante sollicitude pour lui retrempaient le courage du notaire. L'union de M. Shrewsbigh avait été stérile ; mais Dieu ne l'avait pas condamné à un douloureux abandon; à défaut d'une épouse tendrement aimée, il retrouvait une fille dévouée et reconnaissante. Expansif et bon, M. Shrewsbigh n'aurait pu vivre sans se reposer sur une âme sympathique. C'était, comme on le voit, une nature toute différente de celle de M. Walker. Un jour qu'il se retirait, plus pénétré encore que de coutume, des attentions affectueuses de l'orpheline, M. Shrewsbigh déclara au vieux garçon qu'il avait une communication à lui faire. Une fois seul avec Griffith :

— Monsieur Walker, dit le notaire, vous savez que, depuis la mort de mon ami Norton, je me suis toujours considéré comme le père de sa fille... Je ne lui ai jamais fait défaut, moi, lorsque ses soutiens naturels lui ont manqué. J'aurais voulu pouvoir lui offrir un asile dans ma maison, mais vous n'ignorez pas les raisons qui m'ont forcé de renoncer à ce projet... Le ciel vous a inspiré la pensée de lui donner une magnifique hospitalité. Ce procédé, qui comblait tous mes vœux, vous a acquis des droits éternels à ma reconnaissance..... Merci, monsieur Walker, merci pour votre généreuse conduite envers miss Lucy.

— Ne revenons pas sur ce sujet, répondit le vieux garçon, qui, en recevant les félicitations de M. Shrewsbigh, savait bien qu'elles n'étaient pas légitimement méritées.

— Votre modestie est un nouveau titre à mon estime, reprit le notaire; mais la présence chez vous de l'orpheline, poursuivit-il, entraîne avec elle des charges, des dépenses, des embarras auxquels je désire vous soustraire.

— Mais je...

—Permettez que je vous instruise de la combinaison que j'ai conçue ; Dieu vient de m'éprouver cruellement, en me retirant la compagnie que je m'étais choisie. Que sa volonté soit faite ! maintenant, rien ne s'oppose plus à la réalisation du projet que j'avais formé à l'arrivée de miss Lucy en Angleterre. Mon âge, ma position dans le monde, s'accordent, en cela avec mes sentimens tout paternels. Je suis le soutien naturel de l'orpheline et j'accomplirai un devoir sacré en lui donnant chez moi la place qu'elle occupe dans mon cœur, c'est-à-dire la première. Il n'est pas juste qu'un autre que moi s'impose des obligations dispendieuses, pour miss Lucy.

Cette déclaration, à laquelle il s'attendait si peu, laissa M. Walker un instant interdit. Revenu enfin de son saisissement, le vieux garçon essaya de combattre la résolution du notaire; mais c'est en vain qu'il fit valoir le plaisir qu'il éprouvait lui-même, en étant agréable à l'orpheline; sa position de fortune, qui lui permettait d'augmenter le train de sa maisons sans lui créer des embarras pour l'avenir ; M. Shrewsbigh loua beaucoup la générosité de M. Walker, il le combla d'éloges, l'accabla de remercîemens, exalta son désintéressement sincère, et ne renonça pas au projet qu'il avait formé.

— Mais, au moins, faut-il savoir si miss Lucy approuve votre résolution, dit M. Walker.

— Il est bien entendu qu'elle sera libre d'accepter ou de refuser le sort que je lui réserve, répondit le notaire. Mais je ne doute pas de la décision que prendra cette chère enfant ! Sa reconnaissance, bien légitime, pour vos bontés, ne la laisse pas insensible à l'affectueuse sollicitude qu'elle m'inspire. Elle sait combien était profonde l'amitié qui m'unissait à M. Norton, et je me trompe fort, ou celle que je regarde comme ma fille ne voit en moi qu'un père intéressé à faire son bonheur.

M. Walker était troublé, inquiet, agité, en entendant ces paroles. Il ne devinait pas encore la nature du sentiment qui s'était emparé de son âme, mais il comprenait que le départ de l'orpheline entraînerait pour lui des conséquences désastreuses. Aussi, sans se rendre bien compte du motif qui le guidait, il se pencha vers le notaire, et d'une voix émue :

— Monsieur Shrewsbigh, dit-il, ne parlez pas encore de votre projet à miss Lucy; donnez-moi quelques jours pour réfléchir. J'ai une idée, moi aussi, une idée qui pourra changer votre détermination.

Le notaire le regarda en souriant.

— Je consens au délai que vous me demandez, répondit-il enfin. Dans huit jours je dois m'absenter de Londres pour une affaire très importante qui m'appelle à Edimbourg. Ce voyage durera deux ou trois semaines à peu près. A mon retour, nous prendrons un parti. Au revoir, monsieur Walker, au revoir.

Pendant une semaine entière, Griffith ne put retrouver le calme dont il jouissait avant l'ouverture de M. Shrewsbigh. Il allait, il venait, il sortait de chez lui, et cherchait, dans un mouvement perpétuel, le moyen d'échapper à l'inquiétude qui le dévorait.

Consentir à l'éloignement de miss Lucy ! c'était là une pensée qui lui paraissait irréalisable, au point de vue de son intérêt et aussi de son repos.

L'orpheline était un gage aux yeux du vieux garçon. Habitant sa demeure, elle restait une preuve vivante de son obéissance aux ordres de l'INCONNU. Elle partie, que résulterait-il de la créance de ce mystérieux personnage? Dans deux mois le terme du remboursement échéait ; si les deux dames n'étaient pas là pour servir de garant de ses généreux procédés, qui pouvait répondre de la rentrée des 25,000 livres? Le débiteur inconnu se paierait-il des raisons qui lui seraient données? N'avait-il pas expressément recommandé de garder ses deux protégées, jusqu'au moment où il viendrait lui-même, ou par l'entremise d'un mandataire, réclamer ce dépôt précieux? Consentirait-il à s'exécuter, si lui, Griffith, n'observait pas religieusement ses injonctions? Il fallait donc, il fallait à tout prix empêcher l'exécution du plan de M. Shrewsbigh; miss Lucy emportait avec elle, par le fait de sa sortie du logis de M. Walker, les 25,000 livres dont sa présence assurait la rentrée. Le jour où le projet du notaire se réaliserait, Griffith perdait le fruit de son obéissance aveugle. Le vieux sénateur romain tenait la paix ou la guerre renfermée dans le pli de sa toge; la ruine ou la fortune de Griffith dépendait du déplacement de l'écharpe de l'orpheline. Suspendu dans la demeure de M. Shrewsbigh, ce léger tissu s'interposait entre les banck-notes et M. Walker; l'écharpe ne devait point franchir le seuil du notaire.

Deux moyens se présentaient à Griffith pour atteindre son but. Le premier consistait à tout avouer. Mais déclarer à miss Lucy que l'intérêt seul, un intérêt sordide, était le mobile qui le faisait agir! que son cœur n'entrait pour rien dans les offres généreuses qu'il lui avait faites! que cette hospitalité magnifique lui était prescrite, sous peine de perdre une somme considérable! oh! c'était là, il le sentait, une nécessité bien dure, un parti bien difficile à prendre. Jadis, avant sa visite au pensionnat de mistress Winchetland, Griffith se serait hardiment soumis à la rigueur des circonstances; car, à cette époque, entre se couvrir de honte et renoncer à 25,000 livres, il n'y aurait pas eu à hésiter pour un homme aussi intéressé que le vieux garçon.

Mais les temps n'étaient plus les mêmes! M. Walker éprouvait maintenant une répugnance insurmontable à découvrir le véritable motif de sa conduite. C'est là un sentiment qui ne peut manquer de surprendre les lecteurs auxquels nous avons expliqué l'insensibilité raisonnée de Griffith. Comment admettraient-ils, en effet, qu'un homme qui restait indifférent devant des infortunes imméritées ; que cet homme qui ne croyait qu'à la puissance de l'or, qui ne voyait que lui seul dans la nature entière, qui sacrifiait tout à sa satisfaction personnelle, pût redouter le jugement d'une simple et naïve jeune fille? Comment admettraient-ils que cet homme, dont le cœur, jusque alors, n'avait accueilli que des idées étroites, ingrates, égoïstes, que des idées purement *métalliques*, pût s'émouvoir du mépris qu'une pauvre orpheline nourrirait pour lui?

C'était la vérité, pourtant.

Depuis sa conversation avec M. Shrewsbigh, Griffith avait interrogé les fibres les plus cachées de son âme ; il avait sondé les profondeurs de son être, en quelque sorte matérialisé, et son étonnement, sa perplexité, son embarras avaient été extrêmes en comprenant qu'un grand changement s'était opéré en lui. Il aurait pu encore se mettre au dessus de l'opinion du monde entier; il courbait la tête devant celle de miss Lucy. S'avilir, se dégrader, se montrer l'esclave d'un sentiment abject, d'une basse, d'une honteuse passion : oh! non ; il ne le pouvait plus.

L'estime de l'orpheline lui devenait nécessaire, comme l'air qu'il respirait. Maintenant qu'il se sentait sous le charme d'une pensée vivifiante, Griffith comprenait que l'or ne suffit plus pour rendre complétement heureux ; ses désirs, ses espérances, ses vœux ne se concentraient plus uniquement en la possession d'un portefeuille bourré de bank-notes ; il devinait une félicité plus parfaite que celle entrevue jusque alors ; il se surprenait à rêver un avenir brillant et fortuné, qu'on pouvait réaliser sans le secours des souverains et des couronnes : il sentait en lui de généreux élans, des pensées fécondes, des émotions douces et bienfaisantes ; il avait cessé de se renfermer dans un égoïsme inintelligent. La plus noble, la plus sainte de toutes les passions, avait éveillé en lui des cordes engourdies jusqu'à ce jour, des ressorts rouillés par une trop longue inaction. Maintenant Griffith croyait au dévoûment, à la pitié, à la sympathie ; Griffith croyait à la vertu, enfin, car il aimait !

L'amour purifie le cœur, ainsi que le prétendait le Pirate Noir ; mais il développe aussi l'intelligence,

Il vivifie, il féconde les idées, en même temps qu'il maîtrise les instincts vicieux, les penchans vifs et bas, les tendances criminelles.

Cette passion puissante entre toutes pouvait seule parvenir à changer l'état de l'âme du vieux garçon ; à corriger, à modifier la direction de ses pensées. Elle seule, ainsi qu'un soleil pénétrant, pouvait réussir à se frayer un passage à travers la dure enveloppe de son cœur, à en ramollir les fibres desséchées, à triompher enfin de cette froide insensibilité qui le remplissait tout entier.

Ce résultat obtenu par l'amour, vient à l'appui de la thèse que nous soutenions au commencement de ce récit.

L'égoïsme n'est pas inné chez nous ; il est le fruit du dégoût, des déceptions, de l'expérience. Puisque des circonstances déterminent son invasion dans le cœur d'un individu, il est évident que d'autres circonstances pourront aussi l'en chasser, ce qui n'arriverait pas, si nous apportions avec nous, en venant au monde, cette disposition d'esprit.

L'égoïsme est une difformité de l'âme ; tout comme le pied-bot, le strabisme, l'écrasement du front, sont des difformités du corps. Mais la première est le fait de l'homme, les secondes de la nature. Or, les erreurs de la nature sont bien difficiles à corriger. Toutes les ressources de l'orthopédie restent impuissantes à allonger une jambe trop courte, à changer l'expression ignoble et repoussante d'une physionomie, à effacer une protubérance exagérée qui s'étale entre deux épaules grotesquement façonnées. L'intelligence bornée de la créature ne peut pas deviner les moyens efficaces de combattre avec succès certaines défectuosités choquantes qu'elle croit remarquer dans l'œuvre du créateur. L'homme, lui, au contraire, est toujours apte à modifier, à corriger, à détruire l'ouvrage qu'il a édifié. La difformité de l'âme est son fait ; la volonté lui suffit pour rendre à cette partie de son être sa pureté, sa splendeur, sa perfectibilité primitives. Il est vrai qu'il veut rarement. Il faut, pour l'amener à reconnaître sa laideur morale, une cause déterminante et énergique, dont l'action paralyse les effets des mauvaises passions. L'amour avait été cette cause chez Griffith. Du jour qu'il avait pénétré dans le cœur du vieux garçon, l'égoïsme en était sorti.

Cela devait être.

Mais ce changement s'était opéré lentement, peu à peu, et à l'insu même de Griffith ; aussi lui avait-il fallu long-temps, à cet homme si froid, si positif, pour acquérir la certitude qu'une femme était maintenant nécessaire à son bonheur ; le jour où cette certitude devint irrécusable pour lui, c'était après son entretien avec M. Shrewsbigh, il ressentit une terreur profonde. Après le départ du notaire, il chercha à éloigner la pensée qui s'obstinait à le poursuivre ; il lutta pendant quatre semaines, jour et nuit, à toutes les heures, à tous les instans ; mais ses efforts furent vains : plus il voulait le repousser, plus le souvenir de l'orpheline se mêlait à toutes ses visions, à tous ses rêves, à toutes ses insomnies. Ce n'était plus là ce sentiment banal, léger, superficiel qu'il éprouvait autrefois, en considérant le minois éveillé et mutin de Betzy. L'espiéglerie, la gentillesse de son ancienne gouvernante ne produisaient chez le vieux garçon qu'une sensation extérieure et fugitive. La tête de Griffith, sa tête seule, se troublait en présence de Betzy. Miss Lucy, elle, régnait souverainement sur son cœur.

Nous ne prétendrons pas, cependant, que l'objet des anciennes adorations de M. Walker fût devenu pour lui une chose méprisable et de nulle valeur; non pas ; on ne se transforme pas ainsi complétement, en quelques jours. L'or, les bank-notes, la fortune, conservaient bien encore tout leur prix à ses yeux ; mais la première place dans ses affections était occupée présentement par l'orpheline. Et s'il avait eu à choisir entre elles, bien certainement il aurait sacrifié les 25,000 livres que lui devait l'INCONNU, pour acquérir des droits à l'amour de miss Lucy.

Mais il y avait un moyen de conserver l'orpheline chez lui, sans perdre un farthing de cette somme. Ce moyen lui assurait la possession de tout ce qui lui était cher au monde. Griffith le choisit avec empressement.

Après un mois d'absence, M. Shrewsbigh fut de retour à Londres ; le lendemain de son arrivée, le notaire s'empressa de se rendre auprès de miss Lucy, dont les entretiens affectueux lui manquaient depuis si longtemps. On sortait de table, et le vieux garçon parcourait son journal.

— Eh bien ! monsieur Walker, votre *London Advertiser* vous donne-t-il des détails sur le procès qui se juge présentement devant la haute-cour? dit le notaire.

— Le procès de cette bande de malfaiteurs que la police a pris dans ses filets, il y a six ou huit mois, demanda mistress Sarah ?

— Précisément.

— Le *London Advertiser* est sobre de détails, répondit Griffith ; il se contente de relater sommairement les faits de la cause.

— Il y a parmi ces misérables un ancien compagnon du Pirate Noir, dont le cynisme est révoltant.

— Francis ? dit le vieux garçon.

— Oui, on le nomme Francis ; — c'était l'âme damnée de ce redoutable Williams Thompson, l'ancien gérant de votre père, dont on a trouvé le cadavre dans la Tamise, et que le shérif Perthinross a reconnu. Francis a expliqué la mort de son compagnon, dont on n'avait pu percer le mystère jusqu'à ce jour.

— Ah ! on a pénétré le mystère de la mort de Williams ! répéta M. Walker d'une voix étouffée.

— Oui ; Williams s'était introduit, par une brumeuse et froide nuit d'hiver, dans la maison d'un riche célibataire qui avait touché une somme d'argent considérable dans la journée. Mais il a eu affaire à forte partie; car à peine eut-il franchi le balcon de la fenêtre, qu'une lutte s'est engagée entre lui et celui qu'il venait dépouiller, et Williams est tombé sur le carreau, frappé d'une balle qui lui a traversé le cœur. Un second antagoniste se tenait en face de Francis, le pistolet braqué sur la poitine du bandit, et prêt à faire feu, s'il avait tenté de voler au secours de son compagnon.

—Et... voilà tous les détails que Francis a donnés sur cette entreprise manquée? demanda le vieux garçon, dont l'anxiété allait toujours croissant.

— Voilà tout... Il n'a pu fournir d'autres indications sur le célibataire dont la fortune tentait leur cupidité, non plus que sur le quartier habité par lui. Si nombreux sont les méfaits commis par ce scélérat, qu'il n'y a rien que de très facile à comprendre dans ce manque de mémoire à propos de quelques uns d'entre eux.

— Ouf ! fit le vieux garçon, à qui le notaire venait d'enlever, par cette déclaration, un poids énorme de dessus le cœur.

— Mais il s'est vanté effrontément d'être un des malfaiteurs qui ont dévalisé complétement un modeste appartement de Magdalen-Street.

— Le nôtre?... s'écrièrent en même temps mistress Sarah et l'orpheline.

— Le *London Advertiser* a oublié de mentionner ce vol, dit Griffith.

— Le dossier est si volumineux en ce qui concerne cette bande infernale, répondit le notaire, qu'il n'est pas étonnant non plus que les journaux commettent des omissions à ce sujet... C'est une peccadille en comparaison des crimes affreux dont Francis est accusé.

— Mais il faudrait révéler cette circonstance au ministère public! il faudrait se porter partie civile! reprit le vieux garçon.

— Oui, s'il y avait une lueur d'espoir de recouvrer la somme enlevée, ou seulement une fraction imperceptible de cette somme; mais Francis n'a rien, ne possède rien, et, en sus des désagrémens qui résulteraient pour miss Lucy de déposer, en personne, dans cette affaire, il lui faudrait supporter les frais de l'instance, qui seraient à sa charge... Il vaut mieux se résigner et ne pas élever la voix... C'est le conseil que je lui donne.

—Et c'est aussi celui que je suivrai, monsieur Shrewsbigh, répondit la jeune fille.

— J'ai murement examiné cette question, en me rendant ici, car c'est ce matin seulement que le fait m'a été connu; mais, pour celui auquel les habitudes du palais sont familières, il ne saurait y avoir la moindre hésitation à ce sujet... Miss Lucy doit savoir combien je lui suis dévoué... Certes, je ne balancerais pas un seul instant à plaider sa cause devant la justice, s'il devait lui revenir la plus petite partie des objets qui lui ont été enlevés.

La jeune fille ne répondit qu'en tendant la main au notaire qui la serra affectueusement dans les siennes.

— Pauvre miss, Dieu a voulu que vous fussiez absente ce jour-là, poursuivit M. Shrewsbigh. S'ils vous eussent rencontré, et mistress Sarah avec vous, vous seriez devenues les victimes de ces féroces bandits.

— Que dites-vous?

— La cupidité seule ne guidait point les pas de Francis. Williams, le même qui, à bord de la goëlette, outrageait votre pureté de ses désirs honteux, avait découvert votre retraite à Londres. Il se proposait de consommer son odieux attentat, de concert avec Francis, et de se venger ensuite de vos dédains, en anéantissant la preuve de son crime. Après la mort de son complice, Francis a voulu réaliser son infernal projet. Dieu a déjoué les calculs du brigand, en vous inspirant la pensée de prolonger, ce jour-là, votre promenade. Vous trouvant absente, Francis s'est contenté de vous ruiner.

Cette révélation produisit une sensation profonde sur les auditeurs du notaire. Après quelques instans de silence, M. Shrewsbigh continua :

— Francis se vante de ses forfaits les plus horribles avec une impudence qu'on a peine à comprendre dans sa position. Plus il inspire d'horreur à ses juges, plus il grandit à ses yeux. La sellette des criminels lui sert de piédestal pour dominer la foule, de tribune pour lancer dans l'auditoire ses maximes impies. Francis se drape dans son infamie, avec autant de superbe qu'un bachelier dans sa cape trouée.

— Ce monstre vomi de l'enfer était, comme vous venez de le déclarer, l'âme damnée de Williams, à bord de la goëlette, proféra la vieille dame; je ne doute pas qu'il ne soit un de ceux qui ont fomenté la révolte des pirates, un de ceux qui ont opiné pour exposer leur capitaine, sur une mauvaise embarcation, à la fureur des flots.

— Oui; je sais que Daniel vous a traité avec les plus grands égards, répliqua le notaire; je professe même, pour ce chef de pirates, et sur la relation de votre séjour à son bord, plus de commisération que de haine;

mais avouez, mistress, qu'on ne formait guère de saints personnages sur la goëlette qu'il commandait, et que Francis, par sa froide férocité, nous édifie suffisamment sur le caractère des hommes qui en composaient l'équipage.

— Daniel était blessé lorsque nous tombâmes au pouvoir de ses compagnons, dit miss Lucy, en élevant la voix .. Il n'a trempé en rien, je le jurerais, dans les atrocités sans nombre qu'on reproche à l'équipage de la goëlette.

— Cela pourrait bien être , miss , répondit M. Shrewsbigh ; je ne partage pas votre enthousiasme pour ce maudit célèbre, dont une auréole romanesque ceint le front ; je ne le vois point à travers le prisme éclatant qui lui donne à vos yeux des proportions grandioses et surhumaines... Que voulez-vous? l'imagination est morte, à mon âge, et la raison seule me sert de guide... Mais, je le répète, la conduite de Daniel à votre égard, révèle des sentimens distingués qui me paraissent incompatibles avec une nature corrompue et dégradée... Le chef de pirates qui sauve l'honneur et la vie à deux femmes , est un homme auquel je m'intéresse malgré moi... Il m'apparaît, ainsi qu'à vous, comme un être qui aurait pu fournir une brillante carrière, si ses passions indomptable ne l'avaient pas poussé dans une voie funeste... comme une victime de la fatalité...

— Mais sait-on ce qu'il est devenu? Les débats n'ont-ils rien révélé à son sujet? demanda Griffith.

— Rien, absolument rien! répondit le notaire... On est certain qu'il se trouvait à Londres à l'époque où Francis épouvantait par ses crimes les paisibles habitans de cette ville, voilà tout ; depuis, on a perdu ses traces, il a été impossible de le découvrir.

— Quelle que soit l'admiration que professent pour lui les jeunes filles, dit Griffith en accentuant chacune de ses paroles, j'avoue que j'aimerais le voir assis à côté de Francis... Son compte ne serait pas long à régler.

— Ce discours n'est guère chrétien, monsieur Walker, murmura l'orpheline.

— Je préférerais , moi , le savoir revenu de ses erreurs, et purifié par un repentir sincère, ajouta miss Sarah.

— Bah ! bah ! malgré toutes ses belles phrases , Daniel est trop enfoncé dans le crime pour revenir sur ses pas. Il se repentira, le jour où le bourreau lui mettra au cou une cravate de chanvre ; pas avant.

Miss Lucy fit un geste d'horreur et passa un mouchoir sur son front , pour essuyer quelques gouttes d'une sueur froide que les paroles de M. Walker y avaient appelées.

— Allons, laissons-là ce sujet, dit le notaire, en se tournant vers le vieux garçon ; ne dissipons pas les croyances généreuses de deux âmes que, par ses procédés délicats, Daniel s'est rendues sympathiques. Je désire, moi aussi, qu'il se laisse toucher par un repentir sincère ; mais je ne nourris pas une foi bien vive en cet amendement miraculeux, je l'avoue.

— Monsieur Walker, j'ai rédigé un contrat de mariage ce matin, reprit M. Shrewsbigh ; je vous le donne en cent pour deviner le nom des parties intéressées.

— Je les connais donc?

— Parfaitement ; l'une d'elles, du moins. Voyons, je vais aider votre mémoire. La future épouse est une jeune fille de vingt-deux ans ; elle est vive, alerte, pétulante comme une carpe qu'on jette dans la poêle ; jamais gouvernante n'a possédé des yeux aussi éveillés, un minois aussi fripon, des allures aussi dégagées.

— Betzy ! s'écria Griffith.

— Précisément ; elle épouse un de mes cliens, dont la position est des plus heureuses, pour un homme de sa condition. Il est établi dans le voisinage de mon étude et sa taverne ne désemplit pas du matin au soir. Je parie que dans dix ans d'ici, grâce à la soif insatiable des nombreuses pratiques de son mari, Betzy, votre ancienne gouvernante, sera une adorable petite rentière, possédant à Piccadilly un charmant cottage, pareil à celui qui orne votre salon.

— Je le désire de tout mon cœur, répondit le vieux garçon, en attachant ses regards sur le pâle visage de miss Lucy.

— Fort bien! je vous apprendrai, de plus, que John, c'est le futur de Betzy, est un drôle qui ne doute de rien, pas même de la fidélité de sa femme.

— Heureux ceux qui croient! proféra Griffith, en songeant à la coquetterie de son ancienne gouvernante.

— Aussi, dans neuf mois, il m'a fait promettre d'être le parrain de son premier né. Pour lui, le baptême est infaillible, les douceurs de la paternité ne peuvent lui manquer à l'époque déterminée.

— Heureux époux d'abord, heureux père ensuite! Il en est qui pourront envier son sort! proféra de nouveau le vieux garçon, en contemplant une seconde fois, avec une expression singulière dans le regard, la douce et suave physionomie de l'orpheline.

Le notaire sourit et changea le sujet de l'entretien. La conversation s'engagea alors entre M. Shrewsbigh et les deux dames. M. Walker n'y prit qu'une bien faible part. Il paraissait absorbé par une pensée puissante.

Après une heure de douces causeries, le notaire se disposa à retourner auprès des cliens affairés qui l'attendaient dans son étude. Le vieux garçon l'escorta jusqu'à la porte, et là, d'une voix pénétrée :

— Monsieur Shrewsbigh, dit-il au notaire, vos occupations vous permettent-elles de me recevoir demain, dans la matinée? Nous reprendrons la conversation au point où nous l'avons laissée avant votre départ pour l'Ecosse, au sujet de miss Lucy.

— Venez demain, monsieur Walker, répondit le notaire. Quelque arriéré que je sois, à cause de ma longue absence, je trouverai bien le moyen de vous consacrer une heure ou deux. Il s'agit de miss Lucy; vrai Dieu! je négligerais les affaires de mon père, pour m'occuper de ce qui l'intéresse.

— Demain, donc, j'aurai l'honneur de me présenter chez vous.

— Ecoutez, venez sans façon prendre une tasse de thé et manger une tranche de roastbeef avec moi; nous serons seuls, et pendant le déjeûner, nous ne risquons pas d'être importunés; nous pourrons discourir à l'aise.

— Je me rendrai à votre aimable invitation.

— A demain donc, à dix heures, dit le notaire en souriant avec malice.

— Je serai exact, répondit Griffith

Et il rejoignit les deux dames.

Toute la nuit se passa pour Griffith à faire de nouvelles et profondes réflexions. Rien de plus sérieux que la démarche qu'il allait tenter; les anciens argumens qu'il opposait aux invitations matrimoniales de M. Shrewsbigh, se présentèrent en foule à son esprit. « La femme est un être éminemment léger et superficiel, foncièrement capricieux et tyrannique. » Mais ces paroles sentencieuses parurent renfermer, en ce moment au vieux garçon, une accusation banale et de nulle portée, en ce qui concernait miss Lucy, bien entendu. Cette formule dédaigneuse, qu'il débitait naguère avec une conviction profonde, retentissait maintenant dans son esprit comme un discours puéril et creux. Rien n'était changé, cependant, dans la nature de ce sexe que Griffith calomnia pendant trente-huit ans. Il n'y avait que son cœur, à lui, qui n'était plus le même.

Le lendemain, Griffith donna tous ses soins à une brillante toilette. L'habit de drap bleu, la culotte de casimir, le tricorne des grandes fêtes, furent tirés de la garde robe du vieux garçon. Les boucles d'argent, bossuées par le basset vindicatif, et restaurées complétement, s'étalèrent avec orgueil sur des souliers de daim. La perruque poudrée avec une tendre sollicitude par mistress Puddingham, les manchettes artistement ajustées, la tabatière dans la poche du gilet, la canne à la main, l'œil brillant et radieux, Griffith s'achemina vers la demeure du notaire.

En traversant une rue populeuse, un cortége, nombreux et animé intercepta momentanément le passage du vieux garçon. Au milieu d'une foule d'individus des deux sexes, parés, fleuris et endimanchés, on remarquait une jeune fille leste et pimpante, qui donnait le bras à un garçon vigoureux et à mine rebondie. Celui-ci, relevant fièrement la tête, semblait prendre tous les passans à témoin de son bonheur. Sa compagne, au contraire, tenait les yeux pudiquement baissés vers la terre; mais ce manége lui coûtait beaucoup, car, de temps à autre, elle clignait de l'œil, à la dérobée, ou bien elle décochait, à droite et à gauche, sur les fringans dandys, qui murmuraient des exclamations flatteuses à son intention, des regards qui n'avaient rien de farouche.

Ce cortége était celui de deux époux, qui se rendaient au temple pour faire bénir leur union.

Los Novios étaient : un jovial cabaretier de vingt-six ans et l'ancienne gouvernante de Griffith, la pétulante, la malicieuse, la coquette Betzy, dont la pétillante prunelle avait allumé un violent incendie dans l'âme du fabricant d'ale et de porter, ce qui avait déterminé un mariage entre le riche John Clawfort et la pauvre, mais jolie Betzy.

Griffith reconnut sur-le-champ son ancienne gouvernante ; l'aspect de ce minois mutin, sous le voile, sous les dentelles, sous les ornemens qui en faisaient mieux ressortir l'expression, arracha un soupir involontaire au vieux garçon. Jamais Betzy ne lui avait paru aussi agaçante que sous le bandeau nuptial. La coquette aperçut l'ingrat qui s'était privé de ses services; mais la jeune fille possédait une âme trop sensible, pour nourrir long-temps une pensée de haine, de colère, ou même de rancune. Toute sa vengeance contre Griffith se résuma en une œillade très expressive, qu'elle lui décocha habilement, pendant qu'elle serrait tendrement le bras de l'orgueilleux John.

Cette rencontre fortuite parut être au vieux garçon du meilleur augure. Le mariage de Betzy promettait au sien une issue favorable. L'accueil que lui fit M. Shrewsbigh le maintint dans sa douce croyance. La table était servie... Le notaire et son client firent largement honneur au menu, parlant peu d'abord, devenant ensuite plus expansifs, et abordant enfin franchement la question qui les réunissait. Le contenu d'une vieille bouteille de vin de Porto, que Griffith avait avalé sans y penser, déliait la langue du vieux garçon, et lui donnait une élasticité prodigieuse.

— Oui, monsieur Shrewsbigh, oui, mon cher et estimable notaire, disait M. Walker, je n'ai pu rester insensible aux charmes de votre protégée.

— Eh! parbleu ! je n'en ai jamais douté, répondit le notaire. Comment interpréter la généreuse hospitalité que vous lui avez offerte, autrement que par une affectueuse inclination qui vous portait vers elle?...

— Oui, oui, à cette époque déjà mon cœur ne m'appartenait plus... La beauté de miss Lucy, ses malheurs, ses malheurs surtout, m'avaient fortement prévenu en sa faveur. Je ne connaissais pas encore, cependant, tout ce qu'il y a de distingué, de remarquable, de réellement supérieur, sous la frêle enveloppe de la jeune fille. Aujourd'hui je suis sous un charme irrésistible... Tant de perfections m'ont subjugué sans retour, et je n'ambitionne plus qu'une chose pour être complétement heureux.

— C'est d'obtenir la main de l'orpheline ?

— Précisément.

— De ne plus la quitter, de ne plus redouter une séparation, de l'avoir sans cesse auprès de vous pour embellir vos jours?

— Une femme ne doit point déserter la maison conjugale?

— Aujourd'hui miss Lucy accepterait, sans hésiter, la proposition que vous vouliez lui faire, de se retirer dans votre demeure; car miss Lucy est une créature d'élite qui ne rompra jamais en visière aux convenances.

— Elle voit en vous un père affectueux; sa place est à vos côtés, sans contredit.

— Miss Lucy doit habiter sous le même toit que M. Shrewsbigh.

— Mais mistress Walker n'est à sa place qu'auprès de M. Walker, n'est-il pas vrai, mon cher notaire?

— Sans doute, sans doute; la loi de toutes les nations est formelle à cet égard; la femme n'a pas, ou plutôt, pour citer textuellement, ne doit pas avoir d'autre domicile que celui du mari.

— Il s'agit donc, maintenant que vous favorisez mes prétentions, d'obtenir l'assentiment de miss Lucy, afin que cette union, qui comble tous mes vœux, se réalisent incessamment.

— Diable! diable! vous êtes bien pressé, mon cher Griffith; à vous entendre, à voir l'animation de vos traits, on dirait un jeune homme de vingt-deux ans, plutôt qu'un citoyen d'un âge mûr et respectable déjà.

— D'un âge mûr! monsieur Shrewsbigh; je n'ai pas quarante ans encore, et mon cœur, lorsque je pense à miss Lucy, ne fait que commencer à vivre.

— Oui, oui, le cœur ne vieillit pas; je sais cela, et votre ardeur à conclure promptement le mariage projeté, me paraît très naturelle. — Très naturelle, répéta le notaire en poussant un soupir. — Eh bien! demain ou après-demain, je préparerai ma protégée à écouter l'aveu de votre amour, je sonderai ses dispositions à votre égard. — Dispositions qui ne peuvent être autres que celles inspirées par une affectueuse reconnaissance. — Je lui toucherai même un mot des vues que vous nourrissez sur elle, afin de vous rendre l'ouverture moins difficile.

— Oh! merci, merci, monsieur Shrewsbigh, de vos excellentes intentions. La flamme qui me consume ne peut s'accommoder ni des biais, ni des détours, ni des ménagemens que vous apporteriez dans cette négociation. Je désire devenir au plus tôt l'heureux époux de miss Lucy, et pour cela une conversation intime avec celle qui m'a séduit, est le meilleur moyen d'être bientôt fixé.

— Diable! comme vous y allez!

— Mon inquiétude est aussi grande que mon amour. Il me faut une réponse prompte, monsieur Shrewsbigh, et pour l'obtenir, il est nécessaire que miss Lucy connaisse toute l'étendue des ravages qu'elle a produits dans mon âme. Oh! je serais le plus malheureux des hommes si ma proposition n'était pas acceptée.

En proférant cette exclamation, Griffith savait bien ce qu'il devait penser de la réponse de l'orpheline. Dans leur position respective, un refus ne lui paraissait pas à craindre. M. Shrewsbigh partageait entièrement son opinion à ce sujet. Quelles que fussent ses vues ultérieures sur la fille de son ancien ami, Lucy, qui le savait mieux que lui? ne possédait rien au monde, en ce moment. La noble conduite de M. Walker à son égard lui garantissait le sort heureux qui attendait sa protégée. De plus, la fortune de Griffith était belle, et il prouvait, depuis un an, qu'il savait en faire un noble emploi. Ainsi, sous tous les rapports, le mariage en question se présentait sous un jour très avantageux. pour la jeune fille, Ce projet d'union ne pouvait manquer d'être favorablement accueilli par le notaire. Après avoir discuté quelque temps encore à ce sujet, M. Walker énumérant les avantages qu'il apportait, ceux qu'il était disposé à concéder à sa future épouse, M. Shrewsbigh exaltant le généreux caractère de Griffith, le notaire passa à son étude. Le maître-clerc reçut les instructions de son patron, et celui-ci, passant son bras sous celui de M. Walker, se dirigea avec lui vers sa demeure. Le notaire, on le voit, avait fini par céder aux sollicitations pressantes de Griffith. Il avait été convenu entre eux qu'on se rendrait auprès des deux dames. que M. Shrewsbigh proposerait, d'un air indifférent, une promenade à Hyde-Park; ildonnerait, lui, le bras à mistress Sarah, facilitant ainsi à Griffith le moyen d'entretenir la jeune fille.

Leur projet reçut un accomplissement immédiat. Le soleil qui, pendant la mauvaise saison, fait des apparitions si rares, si courtes dans le ciel de Londres, était parvenu, ce jour-là précisément, à percer le triple rideau de brouillards qui dérobait la Tamise aux regards des passans. L'air était moins vif, moins glacial que de coutume; la température, en un mot, se présentait aussi clémente qu'elle pouvait l'être; aussi un grand nombre de promeneurs s'empressait de profiter du répit que le froid leur accordait; ils se dirigeaient vers Hyde-Park, pour ne rien perdre, dans ses vastes espaces, de la bienfaisante chaleur de ce mince rayon de soleil. Miss Lucy et sa compagne acceptèrent volontiers l'offre qui leur était faite. Les deux dames s'enveloppèrent dans leurs fourrures et l'on descendit dans la cour.

Chaque fois que l'on avait entrepris ainsi, d'un commun accord, en semblable réunion, une promenade par la ville, le notaire avait toujours revendiqué la faveur d'être le cavalier de l'orpheline ; aujourd'hui il se hâta de présenter le bras à la vieille dame, sans fournir l'explication de cette infraction à ses habitudes. Il prit les devans avec mistress Sarah. L'empressement de M. Shrewsbigh auprès de celle-ci, en cette circonstance, et l'air radieux que reflétait la figure de M. Walker, en sollicitant l'honneur de la guider, n'échappèrent pas à miss Lucy ; mais elle était bien loin de deviner le motif de cette manœuvre.

Pendant le trajet, la conversation ne tarit pas entre elle et son cavalier. Griffith ne manquait pas d'esprit ; son intelligence avait été habilement cultivée; aussi, lorsqu'il voulait s'en donner la peine, il devenait un interlocuteur des plus intéressans. Il s'efforça de captiver l'attention de la jeune fille par le ton alternativement grave et enjoué qu'il sut donner à l'entretien. Ses réflexions ingénieuses, ses heureuses réparties, ses remarques piquantes, amenèrent plus d'une fois un charmant sourire sur les lèvres de l'orpheline. Jamais M. Walker n'avait été aussi aimable. Cette verve spirituelle ne se démentit pas tant qu'on resta sur le chapitre des banalités, des objets extérieurs, des choses indifférentes; mais en entrant à Hyde-Park, le couple sexagénaire avait doublé le pas, pour isoler davantage les deux jeunes gens. Griffith perdit un peu de son assurance. Cependant l'heure était sonnée, il fallait parler, d'autant plus que le regard de l'orpheline semblait l'interroger sur le motif secret qui éloignait d'eux le notaire et mistress Sarah. La pensée des 25,000 livres de l'INCONNU vint en aide à la violence de son amour et triompha de sa timidité.

N'oublions pas de mentionner ici que, aussitôt après leur entrée dans le jardin, un homme de moyenne grandeur, hermétiquement enveloppé dans un vaste manteau, à la démarche parfois chancelant et incertaine, s'attacha aux pas de M. Walker et de l'orpheline.

Les deux interlocuteurs ne remarquèrent pas sa présence. — Et Griffith entama ainsi cet entretien qui devait assurer son bonheur :

— Je ne puis jamais pénétrer dans Hyde-Park sans ressentir aussitôt une vive émotion, dit-il, de sa voix la plus caressante, en adressant un regard empreint d'une tendre sollicitude à la jeune fille.

— En vérité! s'écria miss Lucy en souriant, si la curiosité me piquait tant soit peu, je vous demanderais le motif de ce trouble involontaire qui vous saisit au-delà plutôt qu'en-deçà de la grille du jardin.

— Si j'osais, à mon tour, je répondrais à cette question en ces termes :

C'est sous ces allées ombreuses que j'ai aperçu, pour la première fois, une timide et naïve jeune fille, une céleste créature dont l'âme est aussi noble que la figure est belle. J'ignorais ce qu'était l'amour à cette époque, et pourtant, l'aspect seul de cette jeune fille me réjouissait le cœur. Assise sur un banc grossier, avec sa dame de compagnie, elle respirait un air pur et vif, elle livrait les boucles de sa blonde chevelure aux capricieuses caresses du vent, aux tièdes baisers d'un pâle soleil d'hiver; et moi, accoudé sur un pilastre voisin, les yeux tournés dans sa direction, je m'épanouissais, à mon tour, au reflet d'une pensée vague, indécise, mais douce et attachante. Le souvenir de ces rencontres, fortuites de sa part, recherchées par moi, se présente toujours à mon esprit, dès que j'entre dans ce jardin.

Miss Lucy était si loin de saisir le véritable sens de ces paroles, si loin de les interpréter à son intention, qu'elle répliqua aussitôt, d'un ton léger et badin.

— *Cette céleste créature dont l'âme est aussi noble que la figure est belle* ne serait guère flattée d'apprendre, je pense, qu'il vous faut vous transporter à Hyde-Park pour retrouver son souvenir.

— Mais je n'ai pas dit...

— Permettez; vous l'avez dit, monsieur Walker. — Elle serait en droit de supposer, poursuivit, en raillant toujours, l'orpheline, qu'elle a produit une faible, une bien faible impression sur votre cœur, quoique la poésie de votre langage, l'animation de vos traits, tendent à révéler tout le contraire.

— Mais, je vous jure...

— Quoique votre imagination transportée, continua impitoyablement la jeune fille, vous représente encore le charmant tableau des boucles soyeuses de sa belle chevelure blonde, qu'elle livrait aux capricieuses caresses du vent, aux tièdes baisers d'un pâle soleil d'hiver.

— Permettez-moi d'avouer, miss, et convenez-en avec moi, que les femmes sont bien habiles à saisir le côté ridicule d'un discours; à le trouver, ce ridicule, même lorsqu'il n'existe pas, put enfin articuler M. Walker.

— Ceci n'est guère flatteur pour moi, monsieur Walker, dit en souriant la protégée de M. Shrewsbigh, partant, pour le sexe enchanteur dont vous partagez en tous temps les opinions, vous le prétendez, du moins; mais je suis autorisée, en ce moment, à croire que votre déférence à ses avis est passablement équivoque. On respecte, on vénère, on honore ceux auxquels on se fait gloire d'obéir, proféra-t-elle avec un petit air mutin, avec une moue adorable, et une voix moitié sévère, moitié enjouée, qui réussirent à déconcerter un instant le vieux garçon.

— Pardon, miss, pour mon observation irrespectueuse à l'endroit des femmes, dit alors Griffith, en tournant vers l'orpheline son regard suppliant; vous n'ignorez pas combien est grande ma vénération pour les personnes de votre sexe. Vous savez que je professe pour toutes, en général, mais pour une, en particulier, le respect le plus absolu.

— La créature céleste de Hyde-Park? demanda miss Lucy, en souriant.

— Elle-même. C'est d'elle que je désire vous entretenir aujourd'hui.

— Vous voulez m'entretenir de la jeune fille qui vous inspire un si vif intérêt? proféra l'orpheline qui ne comprenait pas encore et qui manifestait un naïf étonnement.

— Oh! rassurez-vous, miss. Vous pouvez entendre sans crainte ce que je vais vous dire; c'est une affection pure, chaste, mais profonde et qui sera éternelle; je désire avoir votre avis sur les moyens à employer pour toucher son cœur.

— La confidente que vous choisissez est bien inexpérimentée en semblable matière, monsieur Walker, répondit miss Lucy en rougissant. Je doute fort que vous retiriez de cet entretien le profit que vous en attendez.

— Je ne partage pas cette opinion, miss; une femme sait toujours mieux que nous comment on doit s'y prendre pour les intéresser. Ce qu'elle n'a pas appris, elle le devine.

— Je ne sais si je dois prendre ceci pour une épigramme ou un compliment ; mais, dans tous les cas, mistress Sarah serait plus capable que moi de vous révéler ce que vous désirez connaître. Elle a été mariée, et son expérience acquise par l'âge, la rend plus propre qu'une jeune fille à vous guider en cette circonstance. Ainsi, monsieur Walker, souffrez que nous changions d'entretien.

— Permettez-moi, miss, de vaincre les scrupules que vous opposez à mon désir ; m'est avis que mistress Sarah serait un mauvais conseiller. Je ne vous dirai point que je m'imagine ne pas posséder toutes les sympathies de votre compagne et que, par suite de cette persuasion, je ne me sens guère disposé à m'adresser à elle.

— Comment, monsieur ! vous pensez que mistress Sarah ne vous garde pas, ainsi que moi, une reconnaissance inaltérable, pour la splendide hospitalité que vous nous avez offerte ?

— Je puis me tromper, miss ; mais dans tous les cas, mistress Sarah ne m'inspire pas autant de confiance que vous, et puis, vous êtes plus à même qu'elle de m'indiquer les moyens de plaire à celle que j'aime.

— Et comment cela, monsieur ?

— C'est que vous la connaissez, vous, proféra Griffith d'une voix émue.

— Je la connais, moi ! répéta l'orpheline de plus en plus étonnée.

— Sans doute, reprit M. Walker en s'encourageant à parler ; jugez-en plutôt par le portrait que je vais vous en tracer : celle qui règne souverainement sur mon cœur est une jeune orpheline que l'adversité à cruellement éprouvée jusqu'à ce jour. Riche, heureuse, enviée, elle est tombée tout à coup, par un concours de circonstances qui vous sont connues, dans un état peu fortuné. Tout autre se serait abandonnée au désespoir ; mais son âme était énergique, et son courage a grandi sous les coups du destin. Elle a courageusement lutté contre le sort ennemi, elle s'est condamnée aux travaux les plus pénibles, elle a accepté sans murmurer toutes les épreuves que la Providence lui a fait traverser, elle a déployé enfin, dans cet état d'abandon, toute la grandeur, toute la magnificence d'une nature d'élite. Un homme, dont le cœur n'avait jamais battu jusque alors, a été touché en voyant une résignation si extraordinaire chez une jeune fille qui n'avait pas vingt ans ; il n'a pu contempler tant de beauté sans reconnaître son empire, il n'a pu deviner tant de mérite sans être ému jusqu'au fond de l'âme. — Cet homme, c'était moi. — Aujourd'hui je sens que mon bonheur dépend uniquement de cette femme. Elle n'est pas fortunée, mais je suis en position de réparer à son égard l'injustice du sort. Sa dot, ce sont ses charmes enchanteurs, ses qualités exquises, ses rares vertus ; elle est plus riche, plus magnifique à mes yeux que celle que pourra apporter à son mari la fille du lord-maire. Aussi je m'estimerais le plus heureux des mortels si cette céleste créature consentait à accepter, avec le titre de mon épouse, la fortune que j'ai acquise par seize ans d'activité et de labeur ; et cette femme, objet d'une adoration respectueuse, cette femme, dont l'image remplit mon cœur tout entier, à laquelle se rattachent mes vœux, mes désirs, mes espérances, cette femme, miss, vous la connaissez mieux que moi encore, mieux que tous ceux qui lui ont voué une admiration exaltée, car cette femme, miss Lucy, c'est celle que je vois, c'est celle qui m'entend, c'est vous-même, enfin.

Pendant cette déclaration, l'orpheline, bien qu'elle fût loin de penser qu'elle en était l'objet, ressentait un trouble, un embarras qu'elle ne pouvait pas surmonter. Les paroles chaleureuses de M. Walker, l'accent pénétré qui les accompagnait, accéléraient, malgré elle, les battemens précipités de son cœur. Son visage avait perdu cette expression railleuse et enjouée; sa contenance, ce caractère libre et dégagé qu'ils reflétaient auparavant. Elle pâlissait et rougissait tour à tour, et paraissait en proie à une violente émotion. Elle n'avait pas jugé impossible qu'il pût s'établir, entre elle et M. Walker, d'autre rapports que ceux d'une affectueuse amitié; si elle n'avait pas été si fort absorbée, depuis le jour où elle entra dans la demeure du vieux garçon, par une pensée puissante; si elle avait été moins naïve, miss Lucy aurait pu remarquer le redoublement d'attention que dépensait Griffith pour lui plaire. Les regards chargés de tendresse que M. Walker lui adressait; son empressement à prévenir le moindre de ses désirs; les inquiétudes, les longs silences, l'agitation fébrile du vieux garçon lorsqu'il se trouvait en présence de l'orpheline, auraient révélé à celle-ci le secret qui le tourmentait. Il ne faut pas d'indices aussi nombreux d'habitude, pour qu'une femme devine l'impression qu'elle a produite. La plus novice ne s'y trompe pas ordinairement, mais miss Lucy joignait, à une naïveté extrême, une fierté tout aussi grande, tout aussi absolue. D'un côté, elle n'avait jamais été frappée de l'altération que reflétaient les traits de M. Walker; de l'autre, sa position précaire établissait un abîme si profond entre le vieux garçon et elle, qu'instruite des projets de Griffith, jamais elle n'aurait consenti à favoriser ses prétentions. Un bienfait n'est jamais octroyé sans intérêt, avait-elle déclaré à M. Shrewsbigh, lors de sa visite au pensionnat de mistress Winchetland; les discours du notaire étaient parvenus à chasser cette idée de son esprit, à lui persuader qu'un motif désintéressé dictait sa conduite à M. Walker. M. Shrewsbigh ne parlait pas alors d'après sa conviction profonde, mais il connaissait la susceptibilité de l'orpheline; il savait qu'il était nécessaire de lui donner le change à ce sujet, s'il voulait qu'elle acceptât l'hospitalité de M. Griffith. Maintenant le voile était déchiré, et la fierté de miss Lucy était mise à une rude épreuve. M. Walker était à ses yeux un homme noble et généreux. Il était mu par une idée personnelle, il est vrai, en ouvrant sa maison aux deux dames; mais ces procédés ne lui méritaient pas moins l'estime et la reconnaissance de celles qu'il avait si magnifiquement accueillies. Ces deux sentimens ne lui suffisaient plus. Il aspirait à un tendre retour; voilà qui compliquait douloureusement la question et rendait, présentement, très pénible la position de miss Lucy à son égard, car miss Lucy n'avait pas d'amour à lui donner.

Si l'orpheline n'avait pas nourri l'horreur la plus profonde pour le mensonge; si elle avait su dissimuler ses sensations et jouer avec ce qu'elle regardait comme saint et sacré, sa tâche, certes, n'aurait pas été aussi difficile; mais miss Lucy n'était pas femme à leurrer son interlocuteur d'un fol espoir, à le bercer de promesses vaines, à s'engager témérairement, sauf à revenir ensuite sur ce qu'elle aurait promis. Ce manége de la coquetterie lui était entièrement inconnu. Elle était trop pure, trop innocente, mais trop fière aussi, pour se résoudre à porter des atteintes à la vérité. Pour toutes ces causes, l'embarras de la jeune fille avait été extrême, en entendant l'aveu que M. Walker lui faisait de ses sentimens. Aux derniers mots de la déclaration de Griffith, elle avait baissé la tête, ne sachant comment sortir de cette fausse position.

Pendant qu'elle se consultait, l'homme au manteau, lui, s'était rapproché d'elle. L'irrégularité de sa démarche, les déviations qu'il exécutait parfois n'avaient pas cessé; évidemment cet individu devait être, ou un marin, peu familiarisé avec l'immobilité de la terre ferme, ou un dégustateur très prononcé des liqueurs alcooliques, que, de nos jours, le père Mathew aurait eu beaucoup de peine à ranger sous la bannière de ses tectotallers. L'habitude du roulis, en effet, ou des libations trop abondantes, pouvaient seules expliquer la gêne qu'il éprouvait à se soumettre aux lois immuables de la perpendiculaire. Le raisonnement nous amènerait cependant à pencher pour la version première. Un quidam qui ne jouit pas de la plénitude de ses facultés, ne saurait, au même degré que celui-ci, affecter une distraction apparente, tout en ne perdant pas un mot de ce qui se dit devant lui. Cette obstination à ne pas s'éloigner d'eux, à tenir sans cesse son oreille ouverte à leurs discours, témoigne nécessairement d'un intérêt quelconque à connaître le sujet et le résultat de la conversation de Griffith et de l'orpheline. Il est vrai que nous n'avons que de faibles indices pour étayer notre opinion à cet égard, et que jusqu'à présent, il nous a été impossible, vu la disposition de son manteau, de lire, sur la physionomie de cet homme, le sentiment qu'il nourrit au fond de l'âme. Mais voici qu'au moment où M. Walker a clairement indiqué le but qu'il se proposait, un brusque mouvement exécuté par le promeneur silencieux, est venu déranger le pan de l'étoffe ramené sur ses yeux. S'il ne nous permet pas de distinguer ses traits, ce geste heurté a suffi pour nous révéler l'expression et la direction du regard qui brille sous ses noires paupières. Ce regard attaché sur l'orpheline reflète une vive émotion, une secrète inquiétude, une anxiété cruelle. Cette homme souffre, en ce moment, on ne saurait en douter ; mais quel est-il ? d'où vient-il ? que veut-il ?

Tant de circonstances extraordinaires, se sont mêlées, depuis son départ de l'Inde, à l'existence de miss Lucy, que les lecteurs nous pardonneront de reculer encore l'explication de ce nouveau mystère.

Cependant le vieux garçon attendait toujours impatiemment la réponse de miss Lucy, rejetant sur sa timidité l'embarras qu'elle paraissait éprouver. Le silence se prolongeait, et l'orpheline n'avait pas encore recouvré l'usage de la parole. Quelles que fussent ses espérances, Griffith ne peut s'empêcher de ressentir une vague inquiétude sur l'issue de sa démarche..

— Eh bien ! vous ne répondez pas?... dit enfin le vieux garçon d'une voix émue. Vous ai-je offensée en vous ouvrant mon cœur, en le montrant rempli de votre image, en vous offrant, avec le titre de mon épouse, un rang, une position dignes de votre mérite?..

Pendant que Griffith parlait, miss Lucy venait de prendre une résolution... Après une lutte de quelques instans, elle eut la force de répondre en ces termes :

— Vos propositions m'honorent, monsieur Walker, autant que votre noble conduite à mon égard m'a pénétrée pour vous d'une vive reconnaissance... Mais, avez-vous bien réfléchi, avant d'aborder le sujet de cet entretien ?

— En doutez-vous, miss Lucy ?.. A mon âge, s'engage-t-on téméraire-ment et sans de mûres et sérieuses réflexions?

— Je suis orpheline, je suis seule en ce monde, abandonnée de mes soutiens naturels et ne possédant rien, tandis que vous, monsieur Walker, vous êtes riche, vous occupez dans la société un rang distingué. La fortune est comptée pour beaucoup par les hommes, aujourd'hui, vous ne l'ignorez pas...

— Qu'elle soit comptée pour beaucoup, pour tout même, par les esprits vulgaires, son absence ne saurait ébranler ma résolution. Je vous aime, miss, et vous êtes assez riche de vos rares vertus pour que je me contente de cette dot précieuse et magnifique.

— Mais je ne m'en contente pas, moi, monsieur Walker...

— Que voulez-vous dire?

— Ecoutez, je vais vous parler avec sincérité. Votre désintéresssement, en cette circonstance, comble la mesure de la générosité dont vous faites preuve à mon égard, depuis un an tantôt ; vous pouvez prétendre à la main de riches héritières, et pourtant vous préférez choisir une pauvre orpheline qui n'a pour tout bien que son honneur. Merci ! oh ! merci encore, monsieur Walker, lorsqu'on vous supposait l'esclave de la plus basse passion, celle de l'argent ; vous avez un cœur aussi noble que les plus nobles de la terre, monsieur Walker ; un cœur accessible aux pensées les plus belles, les plus grandes, les plus fécondes. Merci encore une fois, merci, pour l'offre magnifique que vous faites à l'orpheline ; l'orpheline n'oubliera jamais l'estime toute particulière que vous lui témoignez ; mais elle imitera votre générosité, elle restera digne de la protection que vous avez bien voulu lui accorder. Elle s'élèvera à votre hauteur, monsieur Walker, et pour cela elle refusera le sort heureux que vous lui destinez.

Dès que miss Lucy eut prononcé ces paroles, un murmure sourd et étouffé retentit derrière elle, poussé par l'homme au manteau. C'était comme un éclat de joie concentrée. Absorbés qu'ils étaient par leur conversation, M. Walker et l'orpheline n'avaient rien vu, rien entendu.

— Qu'entends-je ! vous refusez ? s'était écrié le vieux garçon qui ne pouvait croire à cette détermination de la jeune fille.

— Je refuse ! répéta celle-ci d'une voix assurée.

— Eh quoi ! est-il possible ? s'écria de nouveau M. Walker.

Il était si peu préparé à cette réponse, qu'il resta un instant sans voix et sans paroles ; le cou tendu, la respiration embarrassée, le regard fixe et hagard, le vieux garçon paraissait être le jouet de quelque vision fatale.

L'orpheline était également en proie à une vive agitation. Elle attendait dans les transes, mais avec un calme extérieur qui contrastait avec le trouble de son âme, l'issue de ce pénible entretien.

— Mais non, non, ce n'est pas là votre dernier mot, dit enfin Griffith d'une voix tremblante ; cela n'est pas possible. Je surmonterai les scrupules que vous m'opposez, miss ; je triompherai de votre résistance.

— Je ne dois pas vous laisser cette illusion, répliqua la jeune fille.

— Mais M. Shrewsbigh, dont vous connaissez pour vous le dévoûment tout paternel, favorise mes prétentions ; il me secondera, il s'unira à moi pour vous ramener. Puisque mes discours ne réussissent pas à vous émouvoir, ses paroles, à lui, seront plus efficaces ; ses conseils, dictés par une affection intelligente, n'échoueront pas auprès de vous ; ils parviendront à renverser les obstacles que vous interposez entre nous ; ils vous décideront à accueillir favorablement une demande d'où dépendent tout mon bonheur, et votre repos, peut-être.

— Ma résolution est inébranlable, monsieur Walker, et quelque déférence que j'accorde aux avis de M. Shrewsbigh, ils ne réussiront pas à la changer.

— Oh ! miss, ai-je bien entendu ! serez-vous insensible, à mes protestations de tendresse ? me vouerez-vous, en effet, au sort le plus affreux ? ne me laisserez-vous pas l'espérance de vous attendrir un jour ?

— Permettez que je reste fidèle au système de franchise que j'ai adopté jusqu'ici, en répondant à cette question. Je suis bien jeune encore, mais le destin cruel qui n'a pas cessé de me poursuivre, a retrempé mon courage ; il a versé dans mon âme l'énergie nécessaire pour supporter, sans me plaindre, ses coups les plus terribles. Ma raison s'est mûrie à l'école de l'adversité. Bien loin d'encourager vos préventions, il m'est doux de croire que vous ne vous obstinerez pas à nourrir un fol espoir ; que ma résistance blessera votre juste fierté ; que vous oublierez facilement celle que vous avez un instant distinguée.

— Vous oublier, miss ! Oh ! cessez, cessez de m'outrager ! vous oublier m'est désormais impossible.

— Je connais peu la vie, monsieur Walker, mais je soupçonne fort les hommes de prodiguer ainsi des sermens qui devront être éternels, et qui ne résistent pas à l'action des mois et des années. C'est l'opinion de mistress Sarah que je vous donne en cet instant.

— Mistress Sarah a été mariée, m'avez-vous dit; elle a ses raisons, peut-être, pour parler ainsi; mais permettez-moi de vous renouveler les sermens d'un attachement éternel; permettez-moi de vous jurer que votre souvenir vivra dans mon cœur aussi long-temps qu'il n'aura pas cessé de battre.

—Tant pis! monsieur Walker, tant pis. Cet aveu m'éclaire sur ma véritable position, désormais, vis-à-vis de vous, et me dicte la conduite qui me reste à suivre.

— Quelle est votre intention?

— Tant que je ne voyais en vous qu'un protecteur affectueux et... désintéressé, dit-elle, en tenant ses yeux baissés vers la terre, j'ai pu accepter la généreuse hospitalité que vous m'aviez offerte; ma fierté s'indigna bien des fois des charges que vous vous imposiez à notre intention, mais la confiance sans bornes que je plaçais en votre noble caractère, la déférence sans bornes aussi, que j'accordais aux conseils de mon second père, M. Shrewsbigh, parvenaient à étouffer sa voix. Aujourd'hui nos rapports ne sont plus les mêmes. Vous venez me faire l'aveu des tendres sentimens que je vous ai inspirés... Vous comprenez que je ne peux plus accepter l'asile que vous m'avez accordé dans votre maison.

— Comment! vous songeriez... balbutia Griffith.

— Mon devoir est tout tracé, dit l'orpheline en l'interrompant.

Cette nouvelle déclaration de miss Lucy laissa une seconde fois M. Walker sans force et sans voix. Perdre celle qu'il aimait était une pensée assez douloureuse déjà; elle suffisait pour l'accabler; et voilà qu'on lui fait craindre un départ prochain. Frappé du même coup dans les deux objets de son admiration exclusive : dans son amour pour l'orpheline, dans son affection pour les banck-notes; adieu les 25,000 livres de l'Inconnu, si la jeune fille persévère dans sa résolution.

Ces deux mobiles puissans réussirent à réveiller le courage abattu du vieux garçon; ils amenèrent sur ses lèvres tremblantes des paroles éloquentes dans leur désolation.

— Eh quoi! pousseriez-vous la cruauté jusque-là, miss Lucy? dit-il avec un accent pénétré. N'est-ce donc pas assez de repousser l'hommage de mes tendres sentimens? de vous opposer à la réalisation de mes vœux les plus chers? N'êtes-vous pas satisfaite de me condamner à des regrets éternels? voudriez-vous encore me retirer la seule consolation qui me reste dans mon infortune, celle de vivre auprès de vous, de contempler vos traits enchanteurs, d'écouter votre voix suave et douce, de m'enivrer, enfin, de ce charme indicible que votre présence seule répand aux lieux où elle se manifeste?

— Quelque pénible qu'il soit pour moi de prendre cette résolution, je dois m'y résoudre, monsieur Walker; oui, je dois m'y résoudre, au risque de vous sembler ingrate et insensible. M. Shrewsbigh, qui connaît vos intentions et les a favorisées jusqu'ici, dites-vous, se rangera de mon avis, j'en suis sûre; les convenances sont sacrées pour lui aussi bien que pour moi, et il ne saurait me blâmer de me soumettre à leur exigence.

— Mais je refoulerai au fond de mon cœur les paroles qui voudraient s'en exhaler, reprit Griffith, en tentant de nouveaux efforts; mais, je me condamnerai à un silence éternel! et nul ne se doutera que je brûle pour vous, miss trop cruelle, d'une flamme pure et sainte.

— Je le saurai, moi, proféra la jeune fille en se relevant de toute sa hauteur.

A cette exclamation, que l'accent et la noble attitude de miss Lucy rendaient plus éloquente encore, l'homme au manteau poussa une seconde fois ce murmure significatif que nous avons déjà signalé. Mais, soit qu'il eût oublié de veiller sur lui-même, soit qu'il ne pût en ce moment maîtriser assez ses sensations intérieures, cette manifestation d'une émotion violente ne se produisit pas avec la même prudence qu'auparavant. Le bruit singulier qui retentit derrière eux fut entendu de M. Walker et de l'orpheline, qui tournèrent la tête, et ralentirent le pas.

— Quel est cet homme? proféra miss Lucy, en tressaillant malgré elle.

— Je l'ignore, répondit le vieux garçon, en attachant son regard sur le manteau qui dérobait à sa vue les traits du promeneur.

Celui-ci avait exécuté un brusque mouvement, en comprenant qu'il avait attiré sur lui l'attention de ceux qu'il s'obstinait à suivre; mais reprenant aussitôt et avec une aisance remarquable, le rôle de flâneur qu'il jouait auparavant, il se mit à siffler un refrain joyeux, en affectant toujours une distraction très grande. La nonchalance de ses allures s'accordait mal, toutefois, avec le soin qu'il prenait de ramener sans cesse sur ses yeux le pan de son manteau. Le temps, nous l'avons dit, était très beau pour la saison; et, à cette heure de la journée, la clémence de la température ne comportait pas un enveloppement si minutieusement pratiqué chez un individu de l'âge que paraissait avoir le promeneur. En faisant cette remarque, Griffith ne put s'empêcher de la communiquer à sa compagne. La jeune fille, dont l'imagination exaltée, depuis le commencement du procès de Francis et de ses compagnons, lui faisait voir partout des malfaiteurs et des assassins attachés à sa poursuite, se serra aussitôt contre son cavalier, nourrissant une secrète inquiétude au sujet des intentions du promeneur silencieux.

L'homme à la démarche incertaine devina-t-il l'impression qu'il venait de produire sur l'âme de l'orpheline? ou bien, en avait-il assez entendu? était-il fixé, maintenant, sur ce qu'il désirait apprendre? Toutes les conjectures sont permises aux lecteurs. Le moment de satisfaire leur impatiente curiosité n'est pas venu encore. Nous nous contenterons de déclarer que l'homme au manteau, pendant que les yeux de M. Walker et de miss Lucy restaient attachés sur lui, sifflait toujours son joyeux refrain, et paraissait ne pas s'apercevoir de l'attention soutenue dont il était l'objet. Précipitant le pas, à mesure que le couple effrayé ralentissait le sien, il l'eut bientôt dépassé. Il disparut enfin derrière les arbres qui ombrageaient le banc où étaient assis M. Shrewsbigh et mistress Sarah.

— C'est étrange, murmura le vieux garçon, pendant que l'orpheline suivait du regard ce personnage mystérieux... on croirait... mais non, ce n'est pas possible. Il y a quinze jours encore d'ici au 29 janvier. Ce ne peut être lui.

En proférant ces paroles, M. Walker pensait à l'Inconnu, dont la tournure, autant qu'il pouvait se le rappeler, offrait quelque ressemblance avec celle de l'homme au manteau. Cette idée, toutefois, ne fit que traverser son esprit. Après avoir rassuré la jeune fille, dont la terreur ne s'était pas entièrement dissipée, en voyant disparaître le quidam emmantelé, le vieux garçon essaya de reprendre la conversation au point où elle avait été interrompue; mais tous les argnmens qu'il fournit pour atteindre son but restèrent inutiles. Il ne put parvenir à changer la détermination de miss Lucy. Prières, supplications, discours chaleureux, furent dépensés en pure porte. Il employa alors toute son éloquence à solliciter un délai assez long.

— Que tout ne soit pas perdu sans ressources! se disait Griffith.

Il s'efforça d'émouvoir l'orpheline par le spectacle de sa douleur, afin d'obtenir d'elle qu'elle ne songeât pas à s'éloigner avant un mois ou deux ou du moins avant l'expiration du terme fixé par l'Inconnu. Les nouvelles instances de M. Walker échouèrent encore devant l'inébranlable résolution de miss Lucy. La jeune fille se confondit en protestations d'une reconnaissance éternelle, mais elle prétendit ne pas pouvoir obtempérer au désir formulé par le vieux garçon.

— Les convenances s'y opposent, répétait-elle invariablement à chaque sollicitation qui lui était adressée.

Désespérant de réussir, pour le moment du moins, dans ce qu'il se proposait, Griffith n'osa plus élever la voix davantage. Il se dirigea avec miss Lucy vers l'allée du Park où se trouvaient, assis sur un banc de pierre, mistress Sarah et M. Shrewsghigh.

Après avoir donné le bras à la vieille dame et pendant le trajet, le notaire avait déclaré à mistress Sarah le motif qui l'avait porté à laisser M. Walker s'entretenir à l'écart avec l'orpheline. Cette confidence produisit une certaine impression sur la dame de compagnie. Elle était loin de se douter, en effet, depuis surtout qu'elle avait parcouru la lettre de l'Inconnu, des intentions matrimoniales du vieux garçon. Persuadée que M. Walker, dans tout ce qu'il faisait, n'avait en vue que son intérêt personnel, mistress Sarah ne pouvait comprendre les raisons qui le déterminaient à cette démarche. Miss Lucy, présentement, ne possédait rien au monde; il est vrai qu'elle était merveilleusement belle; mais ses charmes, qui auraient séduit un cœur enthousiaste et généreux, ne devaient exercer aucun effet sur l'âme froide et desséchée de Griffith. Un égoïste n'aime rien que lui-même. Aussi la vieille dame accueillit-elle avec un profond étonnement l'ouverture du notaire. Cependant le caractère grave et sérieux de M. Shrewsbigh ne permettait pas de suspecter la véracité de ses paroles. Mistress Sarah ne savait donc comment interpréter la conduite du vieux garçon ; car, pour elle, M. Walker était à l'abri des ravages d'une pensée amoureuse.

Les lecteurs savent à quoi s'en tenir à ce sujet, et si l'opinion de mistress Sarah est ou non fondée.

En atteignant leurs compagnons de promenade, Griffith et Lucy ne s'étaient pas encore remis de l'embarras provoqué par le sujet de leur entretien. Les convenances que l'orpheline avait invoquées empêchaient M. Shrewsbigh d'interroger en ce moment le vieux garçon. Toutefois, le notaire augura mal de l'issue de la conversation par la contenance irrésolue de M. Walker et le trouble que reflétaient les traits de la jeune fille.

Les deux couples se réunirent et prirent ensemble le chemin du logis.

On atteignait à peine la grille de Hyde-Park lorsque le cortége, que Griffith avait rencontré le matin en se rendant chez le notaire, s'offrit de nouveau, mais malencontreusement cette fois, à sa vue. Une commune joie épanouissait la figure ouverte et naïve de ces bons artisans. Le marié était plus fier, plus orgueilleux que s'il se fût appelé, au lieu de John Clawfort, Cid Campeador ou don Rodrigue. La gentille Betzy lui appartenait de droit présentement. Il ne redoutait plus d'être supplanté par les rivaux nombreux qui soupiraient pour elle, et que la coquette se gardait bien de désespérer autrefois, afin de tenir en haleine, d'entretenir, d'aiguillonner la passion du cabaretier. La même pensée remplissait l'âme de l'ancienne gouvernante de M. Walker. Bien qu'elle affectât toujours une timidité pudibonde, un trouble tout virginal, le contentement intérieur qu'éprouvait la jolie Betzy se reflétait sur son piquant minois, John avait mordu à l'hameçon : enlacé, séduit, fasciné par les œillades incendiaires qui s'échappaient des prunelles de la jeune fille, le riche cabaretier s'était soumis au *sine quâ non* qu'on opposait sans cesse à ses audacieuses tentatives. Un bon mariage, accompagné de toutes les formalités prescrites, avait pu seul mettre un terme à son amoureux tourment ; le manége habile de la rusée Betzy avait obtenu un succès complet. Un adorateur, deux, trois adorateurs, et plus encore, séduisent l'amour-propre d'une jeune fille ; mais lorsqu'on a l'expérience que possédait Betzy, on sent bientôt toute la vanité des galans propos, des paroles flatteuses, des ingénieuses hyperboles que les amans ont tous à leur service. On sourit toujours à un compliment adroitement tourné, même lorsqu'on sait qu'on le mérite; mais les éloges enivrans, les discours passionnés, les protestations chaleureuses, ne suffisent plus pour être parfaitement heureuse. La prose, la vile prose s'est glissée à travers les poétiques inspirations de la jeune fille. L'ambition la tourmente : un amant, c'est beau, c'est charmant, c'est mystérieux, c'est romanesque ; mais un mari !... c'est bien mieux encore ! un mari, c'est solide, c'est positif, c'est durable. Un amant a des ailes; après avoir profané la limpide corolle d'une fleur, il prend son élan et va butiner de nouveau à travers les parterres, les jardins, les prairies ; partout où un calice parfumé s'ouvre à la brise matinale, on est sûr de le voir voltiger, papillonner, folâtrer. Léger comme la demoiselle diaprée, sa place est partout et nulle part. Un mari, lui, est plus pesant, plus grossier; c'est vrai... mais un mari reste.

Telles étaient les réflexions qui se présentaient à l'esprit de Betzy pendant qu'elle se dirigeait, après la cérémonie nuptiale, avec John et ses camarades, à la taverne d'un oncle germain de son mari, où le repas des noces était préparé. La pensée que son avenir maintenant était assuré, se reflétait dans le vague, mais permanent sourire qui élargissait à peine les lèvres fines et roses de la coquette jeune fille.

Betzy, en apercevant les quatre personnages qui sortaient de Hyde-Park, se pencha à l'oreille de Clawfort et murmura quelques mots à son oreille. John, que l'orgueil de posséder une ménagère si jolie et si bien attifée préoccupait exclusivement, John porta alors la main à son chapeau et s'arrêta en face du notaire.

— Bonjour, monsieur Shrewsbigh, dit-il d'une voix vibrante et sonore.

— Tiens, c'est toi, mon garçon? répliqua le notaire.

— Moi-même, monsieur Shrewsbigh, pour vous servir, si j'en étais capable, ainsi que Betzy, qui est bien et légitimement ma femme à présent, et tous les amis qui viennent fêter, le verre en main, comme de véritables Anglais qu'ils sont, chez l'oncle Charles Clawfort, le jour de notre mariage.

— Merci, mon garçon, merci pour les sentimens que tu me témoignes; j'espère que tu as là une compagne dont la possession te fait bien des jaloux, mon ami John. Eh! eh! c'est qu'elle est charmante au possible, cette petite Betzy, ajouta le notaire, en lui passant la main sous le menton.

— Vous êtes bien honnête, murmura l'épousée, en accomplissant une gracieuse révérence.

—Dame! c'est le plus beau brin de fille du quartier, et il m'appartient! s'écria le cabaretier en embrassant Betzy d'un coup d'œil radieux.

Dans ce moment, un cri d'effroi ou de surprise retentit à côté du notaire; chacun se retourna aussitôt et partit d'un bruyant éclat de rire, lorsqu'il en connut la cause. C'était un des membres, non pas des moins joyeux du cortége matrimonial, que l'on n'avait pas aperçu jusque alors, et qui manifestait sa présence par une espièglerie de sa façon. Tom, comme un sergent qui connaît son service, sautait et caracolait sur le flanc du bataillon, mêlant ses jappemens aigus aux paroles qu'échangeaient entre eux les invités. Choyé et caressé sans cesse par l'excellente Betzy, depuis son retour auprès d'elle, il allait prendre sa part du festin que préparait le vénérable Charles Clawfort, le doyen des cabaretiers de Londres. Jusqu'à la rencontre de M. Shrewsbigh et de ses amis, le basset n'avait témoigné qu'une vive allégresse. On pouvait croire qu'il comprenait tout le bonheur de sa maîtresse et qu'il la félicitait dans son langage du sort heureux qui lui était réservé. C'était un animal intelligent et rusé que Tom. Sa fuite de la maison de M. Walker, après sa vaillante équipée, nous a donné la mesure de la sagacité que la nature lui avait départie, de même que son acharnement contre le chagrin du riche portefeuille nous a révélé les dispositions haineuses qu'il nourrissait contre ceux qui le maltraitaient.

En apercevant son ancien maître, Tom avait poussé un grognement de mauvais augure.

M. Walker, que le spectacle du bonheur de son ancienne gouvernante affectait vivement, car il le forçait d'établir un parallèle douloureux entre le sort de Betzy et le sien, Griffith feignait, pendant la halte du notaire, de rester indifférent à ce qui se passait devant lui. Il portait ses regards à droite et à gauche, sans jamais les laisser tomber sur les jeunes époux; mais il avait beau faire, en dépit de la contrainte qu'il s'imposait, il voyait John et Betzy par les yeux de l'âme; il entendait malgré lui les paroles que l'orgueilleux cabaretier échangeait avec M. Shrewsbigh, et la joie de tous ces braves ouvriers retentissait affreusement dans le cœur de M. Walker.

Une secousse imprimée à son habit bleu interrompit le cours de ses méditations amères et lui arracha ce cri qui avait fait tourner la tête à ceux qui l'entouraient. On vit alors le pétulant basset qui, debout sur ses pattes de derrière, mordait à belles dents dans les basques de l'habit, en accompagnant sa manœuvre de ce grognement sourd et continu que nous avons signalé déjà, lors de la trouvaille du portefeuille. L'ardeur de Tom était extrême, et les bonds qu'il exécutait à chaque mouvement de sa victime étaient plaisans à voir.

Il fallait que l'incorrigible animal ressentît une démangeaison bien grande d'exercer l'action de ses canines sur tout ce qui appartenait à son ancien maître; il fallait que sa mémoire fût bien rebelle à perdre le souvenir d'un coup de pied malencontreux! Evidemment l'instinct de la vengeance possédait Tom.

Avez-vous vu quelquefois, pendant vos flâneries prolongées à travers la ville, un malheureux chat dont la queue est embarrassée par un objet quelconque, un poêlon, une casserole, une sonnette, que d'espiègles collégiens y ont attachés? Effrayé, abasourdi, ahuri par les cris étourdissans de ces petits bourreaux, par le bruit infernal de l'orchestre qu'il traîne après lui, le malheureux animal court de ci et de là, tente des soubresauts prestigieux, et paraît en proie à une terreur profonde. Bien loin de s'attendrir sur son sort, les nombreux passans qui encombrent la rue mêlent leurs éclats de rire à ceux des collégiens, et applaudissent à chaque nouvelle contorsion de la victime.

C'est ce qui arrivait en cet instant à la porte de Hyde-Park.

Le chat, c'était Griffith; Tom s'acquittait à merveille du rôle de la casserole. Les invités de John, les deux époux, les promeneurs, M. Shreswbigh lui-même, mistress Sarah aussi, et jusqu'à Lucy, étaient tous en proie à une hilarité devenue épidémique, se tenaient les côtes, riaient jusqu'aux larmes, et ne songeaient pas le moins du monde à sortir le vieux garçon de cette position ridicule.

Telle est notre nature!

Dans quelques circonstances que nous nous trouvions, le premier travail de notre esprit est pour saisir le côté plaisant des choses.

Qu'une personne indifférente ou tendrement aimée s'offre à notre vue, avec une enflure disgracieuse au nez, notre premier mouvement, mouvement involontaire, mais blessant, est de nous moquer d'une incommodité qui occasionne souvent des souffrances aiguës. Nous trouverons ensuite des paroles sympathiques pour cette personne, mais nous n'en aurons pas moins commencé par l'offenser de nos plaisanteries inconvenantes.

Que nous entamions une conversation avec un bègue; bien loin de compatir à sa triste position et de le plaindre, nous ne pouvons nous empêcher d'accueillir par un sourire goguenard et malhonnête les premiers mots hachés et déchiquetés qui sortiront de sa bouche. Le malheureux nous devra même des remerciemens, si nous restons assez maîtres de nous pour ne pas éclater.

Il en sera de même si l'un de nos amis est précipité par son cheval dans un fossé boueux; si, chasseur imprudent, il s'est laissé entraîner à la poursuite d'une bécassine, jusqu'au milieu d'un marais profond. En le voyant barboter dans la vase, le visage, les vêtemens souillés d'une fange infecte, nous ne pouvons nous abstenir de le rallier impitoyablement. Nous ne songerons à lui tendre la main qu'après avoir épuisé notre arsenal de quolibets, de remarques déplaisantes, de comparaisons inciviles et déplacées.

Pendant cette sortie philosophique, la fureur de Griffith est arrivée à son paroxisme. Il s'agite, il se démène, il hurle comme un démoniaque. Par suite des mouvemens désordonnés qu'il imprime à son habit, il fait perdre au basset son point d'appui; il l'enlève de terre, le jette dans toutes les directions et le balance dans l'espace. Mais ses efforts sont vains pour se débarrasser des étreintes de son ennemi. Tom s'est cramponné, des dents et des pattes de devant, à la basque infortunée. Acharné après le fragment de drap qu'il a saisi, il se prête à toutes les évolutions qu'accomplit M. Walker; il se laisse ballotter en tous sens et ne lâche jamais prise.

Etourdi par les applaudissemens barbares qui semblent redoubler encore la rage du basset, épuisé par cette lutte opiniâtre, suffoqué par la honte de servir ainsi de risée à de nombreux spectateurs, Griffith sent ses forces s'épuiser. Heureusement pour lui, M. Shrewsbigh parvient à maîtriser ses transports; le notaire se précipite, la canne levée sur l'animal vindicatif ; mais avant qu'il eût pu lui infliger une correction efficace, Tom avait atteint son but. Le basset tenait dans sa gueule écumeuse la basque tout entière, qu'il avait réussi à séparer des vêtemens de Griffith. Poussant alors un grognement triomphal, et exécutant la plus grotesque de ses gambades, Tom se perdit dans la foule, emportant avec lui le trophée qu'il avait si glorieusement conquis.

Quant à M. Walker, depuis cinq minutes déjà il ne jouissait plus de la plénitude de ses facultés. Après la fuite du féroce basset, il tourna la tête à droite et à gauche, comme pour chercher une figure amie. Il ne vit aucun de ses compagnons de promenade. Les deux dames avaient disparu, tandis qu'un flot de curieux, poussés par le désir de contempler de plus près le héros de cette scène mémorable, s'étaient interposés entre lui et le notaire. Ces mille regards étincelans braqués sur le pauvre Griffith, joints aux quolibets cruels qui retentissaient à ses oreilles, achevèrent d'égarer sa raison. Poussé, serré, bousculé par cette foule railleuse et goguenarde, le vieux garçon suait sang et eau, sans pouvoir percer les nombreuses lignes de circonvallation établies autour de lui. Après des efforts inouis, cependant, il réussit à se frayer un passage; il se mit à courir alors, les cheveux ébouriffés, l'habit en lambeaux, la tête en feu, dans la direction de sa demeure, poursuivi par les huées d'une troupe de ces maudits gamins dont l'effronterie et l'insolence, à Paris comme à Londres, dépassent toutes les bornes. Le vieux garçon était harassé, haletant, à moitié mort et tout à fait fou en entrant dans sa maison.

La cause de ce rassemblement tumultueux n'existant plus, les badauds s'éloignèrent peu à peu dans des directions différentes. Lorsqu'il fut permis de circuler sur la voie publique sans craindre de se faire écraser, M. Shrewsbigh se mit en quête de miss Lucy et de sa compagne. Il les retrouva dans une maison voisine où les deux dames s'étaient réfugiées, de concert avec John, Betzy et quelques uns des invités. L'orpheline et mistress Sarah n'avaient éprouvé d'autre mal que la peur. Après quelques mots échangés, au sujet de cet incident burlesque, qui avait mis en émoi tout le quartier, le notaire offrit son bras aux deux dames.

— Je compte sur vous dans neuf mois, lui dit l'amoureux cabaretier, en le saluant.

— Je vous l'ai promis. Si Dieu me prête vie, votre premier né n'aura pas d'autre parrain que moi, répondit M. Shrewsbigh.

Montant aussitôt dans une voiture qui passait dans la rue, le notaire et ses protégées furent rendus en un quart d'heure à la maison de M. Walker. Mais c'est en vain que M. Shrewsbigh insista pour voir le vieux garçon; mistress Puddingham avait ordre de ne laisser parvenir personne jusqu'à lui. Accablé de honte, succombant sous la pensée du ridicule dont il était couvert aux yeux de Lucy, Griffith s'était mis au lit, en proie à une violente fièvre.

Avant de quitter les deux dames, le notaire s'entretint quelques instans avec elles. La poursuite obstinée de l'homme au manteau et la mésaventure de M. Walker défrayèrent ce court entretien, mais M. Shrewsbigh n'aborda pas le sujet qui les intéressait tous vivement. La pâleur de miss Lucy, la fatigue qu'elle paraissait éprouver, forcèrent le notaire à renvoyer au jour suivant l'explication qu'il brûlait de lui demander.

— A demain! dit-il en déposant un baiser affectueux sur le front de l'orpheline. A demain les affaires sérieuses! ajouta-t-il en souriant.

— A demain! répéta miss Lucy, car j'ai bien des communications à vous faire, monsieur Shrewsbigh, vous qui remplacez auprès de moi le père que j'ai perdu.

— A demain! répéta à son tour mistress Sarah; car, moi aussi, j'ai mon secret à vous révéler.

Le notaire venait à peine de tourner l'angle de la rue, que le promeneur mystérieux de Hyde-Parck se présenta au logis de M. Walker. Mais la consigne sévère donnée à mistriss Puddingham le força de renoncer à son projet de parler le soir même au vieux garçon. Quelque instance qu'y mît la curieuse gouvernante, l'homme au manteau s'obstina à ne pas dire son nom. — Je reviendrai demain, déclara-t-il en s'éloignant.

Les jours se suivent et ne se ressemblent pas, a dit quelque part un penseur de l'antiquité. Depuis deux ans, M. Walker avait eu, maintes fois, l'occasion d'apprécier la justesse de cet apophthègme. Présentement il venait d'en faire une nouvelle expérience.

L'horizon était si beau, si pur, si resplendissant, le matin, lorsqu'il se dirigeait vers la demeure du notaire!

Il nourrissait de si douces espérances! son cœur battait avec une précipitation si amoureuse en entrant dans le jardin!

Tandis que maintenant... maintenant que miss Lucy s'est prononcée, quel changement soudain s'est opéré dans la nature entière!

Les minces et diaphanes nuages d'argent qui s'étalaient naguère avec complaisance sur le front bleu du ciel, ont dispaau, remplacés par des masses noires, difformes, affreusement découpées. Le bouleversement arrivé dans son monde moral, il le voit jusque dans le monde physique. Si riant était l'avenir avec la ravissante créature qui possédait tout son amour. — Si triste il est devenu, et si sombre, depuis qu'il l'envisage avec la pensée d'un isolement éternel!

Oh! s'il pouvait deviner le motif qui portait l'orpheline à rejeter ses propositions! Car, enfin, on ne repousse pas ainsi inconsidérément, par simple caprice, une position honorable, brillante même. Mille interprétations, plus étranges les unes que les autres, étaient données à la conduite de miss Lucy en cette circonstance.

— Qui sait? se disait Griffith; les femmes se font des idées si singulières! se considérerait-elle comme outragée de ce que, depuis un an que nous habitons sous le même toit, j'ai attendu jusqu'à ce jour pour lui ouvrir mon cœur? Serait-elle piquée de mon hésitation? du retard que j'ai apporté à me reconnaître son esclave?

— Oh! non; cela ne se peut pas, ajoutait-il ensuite : miss Lucy est une nature d'élite; elle reste inaccessible aux faiblesses des personnes de son sexe. Nul doute qu'elle ne comprenne fort bien qu'un homme qui a dépassé l'âge des folies ne se décide pas à la légère pour une ouverture de cette importance.

— J'aurais dû peut-être parler depuis long-temps, répondit-il aussitôt. Oui... mais mon cœur était muet avant de la connaître ; c'est un rayon parti de ses yeux qui l'a réchauffé, ranimé, tiré de son engourdissement profond.

Puis l'amour-propre et la vanité avaient leur tour dans l'esprit de M. Walker ? Quel est l'homme qui ne se fait pas illusion à cet égard ? Et la femme donc ?

Griffith supposait alors que miss Lucy avait dissimulé ses véritables sentimens ; ou bien que, soutenue par la fierté seule, elle n'avait refusé le sort heureux qui lui était offert, qu'en raison de la disproportion de fortune qui existait entre eux. Pourquoi cette seconde hypothèse ne serait-elle pas admise ? L'orpheline ne s'est-elle pas expliquée clairement à ce sujet ? A-t-elle cherché le moins du monde à cacher ce qu'elle pensait? Non, assurément; l'espoir peut donc être permis encore à M. Walker. En le voyant ne se départir en rien de sa tendre sollicitude, de son dévoûment inaltérable, de sa constante affection, la jeune fille finirait par s'avouer que l'orgueil est un mauvais conseiller. Du jour où elle se rendrait justice, elle comprendrait que ses avantages extérieurs, que ses rares vertus, pouvaient entrer en ligne de compte avec les richesses du vieux garçon.

— Oui, oui, murmurait alors Griffith en se tordant sur sa couche brûlante, mais ce noble caractère qui se serait laissé attendrir par le spectacle de mes tourmens, aura-t-il pu se garantir de l'impression fâcheuse provoquée par l'algarade de Tom? Le ridicule qui rejaillit sur moi lui permettra-t-il de me voir autrement qu'en pitié? est-il possible d'aimer le baladin qui, par ses parades grotesques, excite l'hilarité de la foule? Oh! je suis déchu, dégradé à ses yeux... je suis ridicule... ridicule... ridicule ! répétait-il en cachant sa tête dans ses deux mains.

Toute la nuit, la chambre de M. Walker retentit de ses exclamations désolées. Le soleil, en brisant ses pâles rayons sur les persiennes des fenêtres, trouva le vieux garçon qui n'avait pu goûter encore un moment de repos. Cependant la nature, qui réclamait ses droits, remplaça à la fin cette surexcitation nerveuse par un engourdissement bienfaisant. Les pensées de Griffith s'égarèrent dans une vague obscurité; ses paupières s'abaissèrent peu à peu. Il céda aux invitations puissantes du sommeil.

Ce fut, du moins, un moment d'oubli... de bonheur.

Le réveil lui rendit toutes ses craintes, toutes ses souffrances, toutes ses appréhensions. N'osant affronter encore les regards moqueurs de miss Lucy et les sourires goguenards de mistress Sarah, M. Walker se fit excuser auprès de ces dames et commanda qu'on lui servît à déjeûner dans sa chambre. Il mordait machinalement dans la croûte appétissance d'un savoureux beefteack, qui lui semblait, à lui, fade et insipide comme un morceau de bois ou une semelle de soulier, lorsque le notaire se fit annoncer.

— Eh bien! monsieur Walker, dit-il en entrant, nous ne sommes donc pas remis encore des fatigues de la journée d'hier, puisque nous gardons l'appartement?

Le vieux garçon, après force circonlocutions, découvrit à M. Shrewsbigh le motif qui lui faisait éviter la présence de ces dames.

Le souvenir de la scène burlesque de la veille, évoqué par Griffith, fit perdre au notaire cet air grave et sérieux qu'il conservait d'habitude.

— Il est de fait, répondit-il avec un sourire railleur, que votre situation paraissait, à tous les spectateurs, être passablement singulière. — Ce damné chien, cramponné à votre habit, des pattes et des dents, et résistant aux secousses violentes que vous lui imprimiez, en tournant vous-même, comme un toton, offrait, en vérité, un tableau des plus drôlatiques.

— Vous aussi, monsieur Shrewsbigh! s'écria l'infortuné Griffith, du même ton déchirant que mit César à proférer son douloureux *Tu quoque*! Vous aussi, vous trouvez qu'il y a dans cette funeste mésaventure quelque chose de risible et de plaisant!

— Dieu me garde de vouloir insulter à votre malheur, monsieur Walker; le plus honnête homme du royaume, comme le plus noble et le plus riche, sont exposés tous les jours à pareil accident. — Qui peut répondre de ne pas rencontrer sur sa route un chien enragé, endiablé, facétieux? Car il y avait de tout cela dans l'acharnement de Tom après vous.

— De la rage? oui, de la diablerie? oui, mais de la facétie, pas le moins du monde, monsieur Shrewsbigh, pour votre serviteur, du moins; maudit Tom! va! Et dire que j'ai réchauffé ce serpent, ce chien plutôt, sur mon sein! ajouta-t-il en faisant un geste de colère.

—John et Betzy vantent à l'envi la douceur du basset, cependant; tous les individus qui composaient le cortége des jeunes mariés, n'ont eu, eux aussi, qu'une voix sur la gentillesse et l'humeur débonnaire de Tom. — Ce n'a été qu'en vous apercevant que les yeux du basset ont brillé d'un farouche éclat; qu'il a poussé un grognement menaçant, qu'il a interrompu les gambades incessantes qu'il accomplissait à la satisfaction générale; m'est avis que l'animal avait quelques griefs à vous reprocher.

— Il faut bien qu'il en soit ainsi. Le jour où mistress Sarah m'a fait le récit de la traversée de miss Lucy en Angleterre, cet animal, rongeur par excellence, s'est avisé d'essayer la force de ses canines sur les barres des boucles d'argent qui garnissaient mes souliers. Un coup de pied qu'il reçut pour sa punition a excité la rage du basset. Son premier exploit, après la correction méritée que je lui ai infligée, a été de se saisir d'un portefeuille en chagrin qui contenait mes papiers. Il ne l'a lâché que lorsqu'il l'eut mis hors de service. Redoutant un châtiment sévère, cet ennemi d'une nouvelle espèce s'est évadé de chez moi, allant demander un asile à son ancienne maîtresse. Notre rencontre fortuite a réveillé les instincts méchans de l'animal. Vous avez vu, et quatre cents personnes avec vous, avec quelle ardeur, quelle joie sauvage, quel énergique entêtement, le féroce basset résistait à mes efforts. Qu'on prétende, maintenant, que les animaux en général, les chiens surtout, les bassets en particulier, ne sont pas doués d'une mémoire prodigieuse! Qu'on affirme qu'ils n'ont pas d'âme, comme nous, pour y nourir un désir immodéré de vengeance! Tom est là, et moi aussi, pour prouver le contraire.

— La colère vous égare, M. Walker, répondit le notaire, et votre ressentiment contre le basset vous porte à battre en brèche l'opinion des théologiens et des philosophes. Un individu, à quelque espèce qu'il appartienne, dès qu'il est capable de s'attacher, est, par cela seul, capable de haïr. C'est là une loi naturelle. L'aptitude à un sentiment affectueux implique nécessairement l'idée de l'aptitude à un sentiment tout opposé, d'après cet axiome de géométrie : *Le contraire de toute proposition est vrai.* Mais la réflexion est inutile pour cela; l'âme ni le cerveau n'ont rien à démêler en cette affaire; c'est l'instinct, l'instinct seul qui nous pousse toujours, à l'amour comme à la haine, et les chiens, plus que tous les autres êtres que nous regardons avec raison comme incomplets, possèdent cet instinct que la nature a réparti aux animaux, mais à un degré différent.

— Que ce soit la réflexion ou l'instinct qui l'a guidé, Tom n'en est pas moins un ennemi fort redoutable. Voyez-vous, monsieur Shrewsbigh, je donnerais bien cent livres sterling pour que ce chien maudit ne se fût pas trouvé hier sur mon passage.

— Diable! comme vous prenez cela à cœur!

— Et mille livres ; oui, mille livres sterling, pour que miss Lucy n'ait point été témoin de cette scène.

— Je comprends cela; on se passerait fort bien de jouer un rôle...... désagréable.

— Ridicule ! dites ridicule ! monsieur Shrewsbigh.

— Ridicule, soit, en présence de la femme qu'on aime.

— Hélas ! combien cette réflexion est juste !

— On pourrait répéter, à propos du ridicule, les paroles qu'un jeune satirique français met dans la bouche de Bazile : « De la calomnie, ainsi que du ridicule, il en reste toujours quelque chose. »

— Hélas ! il n'y a donc plus d'espoir ! miss Lucy m'a repoussé lorsque je n'avais pas servi de risée encore à une populace sans pitié...

— Elle vous a repoussé !... qu'entends-je !

— La déclaration de mon malheur. Si elle m'a jugé indigne d'elle, en ce moment, que pense-t-elle de moi, lorsque Tom, ce maudit Tom, m'a marqué au front d'un signe ineffaçable ?

— Elle a refusé de devenir votre femme ! répéta le notaire sans s'arrêter aux doléances du vieux garçon ; c'est étrange ! miss Lucy a reçu de la nature une âme sensible et généreuse ; vos bontés pour elle l'ont touchée jusqu'au fond du cœur, je le sais ; elle ne se fait pas illusion sur le sort qui l'attend, si personne ne s'intéressait à elle. Les propositions d'un homme de votre caractère devaient combler tous ses vœux, puisqu'elles lui assuraient, en se réalisant, un brillant avenir... Et elle les a rejetées !

— Sans hésiter le moins du monde.

— Mais quelles raisons vous a-t-elle données pour justifier son refus ?

— Elle ne veut pas me laisser des regrets pour l'avenir. Je suis dans une belle position, ma fortune est considérable, je puis prétendre à l'alliance d'une famille riche, et mon intérêt, d'accord en cela avec sa fierté, s'oppose à l'accomplissement de mes projets. Pénétrée d'une vive reconnaissance pour mes généreux procédés, elle restera mon obligée et se montrera digne de moi en persistant dans sa résolution.

— Noble fille ! s'écria le notaire.

— Ce n'est pas tout, reprit Griffith, elle prétend que l'aveu que je lui ai fait de mes sentimens change entièrement la nature de nos rapports.

— Comment cela ?

— Que les convenances, toujours les convenances, s'opposent à ce qu'elle habite plus long-temps sous le même toit qu'un homme dont elle se sait aimée.

— Elle vous a dit cela !

— Eh oui !

— Et quel est son projet, en sortant de cette maison ?

— Elle veut retourner au pensionnat de mistress Winchetland, ou dans tout autre établissement où ses talens pourront être utilement appréciés.

— Noble fille ! répéta le notaire ; comme si je n'étais pas libre, maintenant, de lui ouvrir ma maison à deux battans !... Mais, reprit-il après un moment de silence, est-ce là le seul motif que vous lui supposez pour refuser le sort heureux que vous lui destiniez ?

— C'est du moins le seul qu'elle m'ait avoué.

— N'avez-vous pas été frappé quelquefois de la mélancolie qui s'empare de temps à autre de notre protégée ? En dépit des efforts qu'elle fait pour paraître calme et indifférente, je suis tenté de croire que son âme renferme un secret qu'elle nous cache à tous.

Le souvenir de ses malheurs peut bien expliquer cette tristesse qui s'empare de miss Lucy, et que j'ai effectivement remarquée en certains momens.

— Je ne serais pas surpris qu'une pensée obstinée la poursuivît depuis son voyage des Indes.

— Une pensée obstinée! celle d'un rêve heureux! d'un amant! s'écria le vieux garçon, en devenant tout pâle et d'une voix étouffée.

— Oui, son enthousiasme pour le Pirate Noir, enthousiasme qu'elle ne craint pas de manifester en toute circonstance, m'a fait beaucoup réfléchir. Le cerveau est si près du cœur à son âge! l'imagination joue un si grand rôle dans l'existence des jeunes filles! La pitié qu'elle a ressentie d'abord pour cet homme que le remords accablait, peut bien avoir changé de caractère et avoir tourné en tendre sollicitude. Une âme douloureusement atteinte à consoler, à ranimer, à soutenir, après qu'elle se sera purifiée par le repentir, est une tâche si attrayante pour les esprits romanesques et exaltés! pour les âmes sensibles et généreuses!

— Oh! ce n'est pas possible, répondit M. Walker. L'espoir est l'huile qui alimente la passion; or, miss Lucy ignorait, il y a quelques mois, que Daniel fût encore de ce monde. Depuis que nous lui avons révélé l'existence du Pirate, elle n'est pas plus instruite que nous tous, et que la police elle-même, sur le lieu où il s'est retiré. L'idée d'une réhabilitation morale, par le repentir, a été pleinement acceptée par miss Lucy et mistress Sarah; mais, en supposant que Daniel y songeât sérieusement, la société qu'il a outragée pendant trois ans, ne lui en laisserait ni le temps ni les moyens. Et Daniel, que nulle action éclatante de vertu ne recommanderait à son admiration, resterait pour miss Lucy un chef de pirates, un brigand et un fripon.

— Le fait est qu'elle ne possède rien; qu'elle ne connaît pas mes intentions de l'instituer mon héritière, et que cependant elle refuse le brillant avenir que vous lui offriez.

— Hélas! oui.

— Qu'elle veut quitter votre maison pour se retirer dans une obscure retraite, où des occupations nombreuses absorbent tous ses instans?

— Hélas! oui... Il faut que la haine que je lui inspire soit bien forte, puisqu'elle m'a déclaré qu'elle s'éloignerait au plus tôt, ces jours-ci, demain peut-être, tandis que je la suppliais instamment de m'accorder deux mois encore, un seul, du moins, pour m'accoutumer peu à peu à l'idée de notre séparation.

— Adieu donc tous vos projets et tous mes rêves!... Du jour que la fille de Norton entra dans votre demeure, mon cher Griffith, je m'imaginai qu'elle n'en sortirait plus. Je l'appelais d'avance mistress Walker dans ma pensée, et déjà je remerciais le ciel d'une union qui ferait deux heureux. Mais ce mariage désiré ne doit pas s'accomplir. Dès lors, en effet, la place de miss Lucy ne saurait être auprès de celui dont elle repousse les hommages. Je redeviens, moi, dès cet instant, son protecteur naturel, son père; et, comme tel, je me rends dans son appartement pour lui communiquer ce que j'ai résolu.

En achevant ces mots, le notaire se dirigeait vers la porte, lorsque Griffith se précipita au-devant de lui.

— Monsieur Shrewsbigh, dit-il avec une voix et un geste désolés, de grâce, obtenez de miss Lucy qu'elle reste ici un mois, quinze jours au moins... Je quitterai ces lieux, si elle l'exige; j'abandonnerai cette maison... Je n'y viendrai passer qu'une heure chaque jour, si elle consent à cet arrangement nouveau.

—Tant d'amour ne me trouve pas insensible, mon cher Griffith..... Je vous promets de m'employer et de plaider votre cause auprès de Lucy. Je ne réponds pas toutefois de pouvoir vaincre sa résistance.

—Si vous saviez!... reprit le vieux garçon, qui n'osait dire toute sa pensée au notaire.

— Quoi donc?

— Il y va pour moi du plus grand intérêt, balbutia M. Walker.

— Je comprends très bien le désir que vous devez éprouver à ne pas vous séparer si brusquement de l'orpheline. Quand on aime... la vue seule de l'objet préféré vous est une douce et ineffable jouissance.... Je sais cela, moi aussi; mais, en supposant qu'elle persiste à quitter votre demeure, je ne vois pas d'inconvénient à ce que vous nous fassiez de temps en temps quelques visites; ma maison vous sera toujours ouverte, monsieur Walker, et une fois placée sous ma sauvegarde, Lucy vous recevra très volontiers, je n'en doute pas.

Pendant que le notaire parlait, le vieux garçon venait de prendre une résolution désespérée.

— Écoutez, dit-il à M. Shrewsbigh, si miss Lucy s'éloigne d'ici avant le terme que je lui demande, mon cœur est brisé sans retour et... et je perds 25,000 livres, acheva-t-il d'une voix étouffée.

— Vous perdez!... qu'entends-je!... expliquez-vous.

— Je ne puis... vous saurez tout... plus tard. Pour le moment, contentez-vous de cette déclaration que je perds 25,000 livres, si miss Lucy quitte cette maison avant l'époque fixée.

— Mais, en vérité, expliquez-vous, expliquez-vous. 25,000 livres! c'est là une somme trop importante pour qu'on néglige de la conserver.

— Ne m'interrogez pas davantage. Il m'est impossible de parler encore; mais si vous êtes mon ami, et je n'en doute pas, vous redoublerez d'efforts pour triompher de la résistance de votre protégée.

— Je vous l'ai promis, et, bien que la confidence que vous venez de me faire me surprenne beaucoup, je tiendrai ma parole. Toutefois, vous êtes plus intéressé que moi au résultat de cette démarche, et je suis étonné que vous hésitiez à l'accomplir vous-même.

— Hélas! il m'est avéré qu'on n'est jamais bon avocat dans sa propre cause.

— Oui; quand il s'agit de plaider devant des juges graves et sérieux; mais non, et croyez-en ma vieille expérience, dès que la composition du tribunal se réduit à une jeune fille qui se sait adorée sans partage. La passion a des momens irrésistibles, mon cher Griffith; l'éloquence qui part du cœur est rarement dépensée en pure perte, et une parole dite d'une certaine façon, avec un certain accent, produit souvent un effet plus assuré, que proférée avec un ton et un air tout différens.

— J'ai échoué hier cependant, et je ne dois pas espérer de réussir davantage aujourd'hui, murmura Griffith d'une voix dolente.

— Allons! avouez qu'un reste de fausse honte vous retient. *L'espoir est l'huile de la passion*, avez-vous répondu, et avec juste raison, à mon avis, tout à l'heure. Vous n'êtes pas sans nourrir la pensée de réparer tôt ou tard l'échec essuyé hier. Le refus cruel de miss Lucy ne vous trouverait pas sans force et sans courage, si ce maudit Tom ne s'était pas rencontré malencontreusement sur votre passage.

— J'avoue que le ridicule qui a rejailli sur moi est l'unique motif de mon hésitation.

— Allons, décidez-vous... Miss Lucy possède un caractère trop élevé pour vous retirer l'estime qu'elle vous porte, à cause d'un incident bouffon.

— Vous croyez?

— J'en suis sûr.

— Eh bien! je vous suis! s'écria le vieux garçon.

Le notaire s'éloigna.

Renonçant à mordre davantage dans le savoureux beefteak-pie, M. Walker s'empressa de dépouiller sa robe de chambre, ses pantoufles, et toutes les pièces de son négligé du matin. Une demi-heure s'écoula, consacrée à revêtir une tenue plus convenable. Sa toilette terminée, Griffith franchissait déjà le seuil de sa chambre, lorsque mistress Puddingham s'offrit à ses regards.

—Monsieur, dit la vieille gouvernante qui paraissait plus intriguée que jamais, le Monsieur de hier est revenu; il désire vous parler.

— Le Monsieur de hier! que voulez-vous dire? demanda le vieux garçon.

— Ah! c'est juste, Monsieur ignore cette circonstance... Monsieur était si affecté, hier au soir, en revenant de la promenade, que je n'ai pas cru devoir lui parler de cette visite.

— Expliquez-vous donc, mistress Puddingham, vous m'impatientez... Quel est cet homme? de quelle visite me parlez-vous?

— Mon Dieu! monsieur, ne vous impatientez pas; voilà ce dont il s'agit : hier, un étranger empaqueté dans un vaste manteau s'est présenté ici un moment après que vous y êtes rentré; il a demandé à vous entretenir sur-le-champ. La consigne sévère que vous m'aviez donnée m'a empêché de me rendre à son désir.

— Un monsieur empaqueté dans un vaste manteau, répéta Griffih, en éprouvant malgré lui un sentiment de frayeur, car il se rappelait le promeneur silencieux de Hyde-Park.

— Un monsieur empaqueté dans un vaste manteau, reprit la vieille gouvernante, et qui a refusé, malgré mes plus vives instances, de me dire son nom.

— Ah! il a refusé de vous dire son nom! répéta Griffith, qui n'était pas rassuré du tout; et quel homme est-ce? ajouta-t-il.

— C'est un magnifique brun, avec des moustaches noires et épaisses, et des yeux!... oh! des yeux comme je n'en ai vu nulle part, pas même chez feu mon mari, Jack Puddingham, qui les avait aussi brillans qu'une escarboucle.

— Vous ne m'avez pas compris. Je vous demande quel homme c'est : c'est-à-dire s'il a un air distingué, des manières convenables, un air et une tenue de gentleman enfin?

— Oh! pour cela, je puis vous en répondre. Quoique ses yeux aient une expression hardie, résolue, hautaine peut-être, son air, ses manières, sa tenue sont tout ce qu'il y a de plus gentleman, ou je ne m'y connais pas.

— Et que veut-il ?

—Vous parler à l'instant; c'est tout ce que j'ai pu en tirer. Cet homme est d'une discrétion... surprenante pour un brun, ajouta-t-elle en forme d'*à-parte*.

— Faites entrer, dit M. Walker, après s'être consulté un moment.

Sur l'invitation de mistress Puddingham, le visiteur mystérieux franchit le seuil du salon. Griffith s'y était rendu par une issue intérieure. Après avoir poussé la porte derrière lui, l'étranger jeta son manteau sur une chaise, et la tête haute, il s'avança vers le vieux garçon, en s'écriant d'une voix fortement accentuée :

— Eh bien ! me reconnaissez-vous?

En apercevant le promeneur silencieux de Hyde-Park, Griffith poussa un cri perçant et tomba sur un fauteuil qui se trouvait derrière lui.

Pendant la visite de M. Shrewsbigh à Griffith, miss Lucy et la dame de compagnie, réunies dans la salle à manger, échangeaient à peine quelques rares paroles. L'embarras réciproque des deux femmes provenait de la conscience que chacune d'elles avait de sa dissimulation vis-à-vis de l'autre. L'orpheline nourrissait un secret depuis long-temps, et jamais une douce confidence, déposée dans le cœur de sa compagne, n'avait soulagé le sien. Mistress Sarah, à son tour, soupçonnait bien la nature du sentiment qui remplissait l'âme de la jeune fille; mais, ainsi que nous l'avons fait observer déjà, sa discrétion égalait celle de Lucy... La vieille dame ne s'en trouvait pas moins blessée du peu de confiance que l'orpheline lui témoignait, et si elle n'osait pas se plaindre de cette froideur imméritée, c'est qu'elle s'accusait elle-même de cacher quelque chose à miss Lucy.

La fausse position qu'elles s'étaient faite vis-à-vis l'une de l'autre, avait tenu éloignées jusque alors, mais par un point seulement, deux âmes éminemment sympathiques; toutefois, cette réserve outrageante devait avoir un terme. Les événemens de la veille, en agissant fortement sur les cordes sensibles de leur individu, les avaient également disposées à un épanchement cordial, mais la fatigue, l'abattement de miss Lucy, la rendaient incapable, au retour de la promenade, de soutenir un entretien intime.

— A demain, ma bonne Sarah! à demain! avait-elle dit, après le départ du notaire, en serrant dans ses bras celle dont le cœur lui appartenait, elle le savait bien, sans partage.

Les longues et silencieuses heures de la nuit s'écoulèrent, pour les deux amies, ainsi que pour M. Walker, sans repos et sans sommeil. Au réveil, chacune d'elle, émue et agitée, subissait plus que jamais l'influence de ce besoin irrésistible qu'on éprouve, dans les circonstances décisives, de se confier entièrement à un être sympathique. Cependant, M. Shrewsbigh ne se montrait pas encore. Le déjeuner se termina sans qu'il parût. Mistress Sarah triompha alors de son irrésolution, et, la première, entama l'entretien. Lucy répondit aux invitations affectueuses de sa compagne: une conversation intime s'établit alors entre les deux amies. L'orpheline instruisit la vieille dame des propositions que lui avait faites M. Walker et du refus dont elle les avait accueillies. La jeune fille se reprochait la répugnance instinctive qu'elle éprouvait pour un homme auquel elle devait tant! Le chagrin que ressentait Lucy, en pensant qu'elle serait taxée d'ingratitude, et à bon droit, par le notaire et M. Walker, arracha son secret à mistress Sarah. La vieille dame découvrit tout ce qu'elle avait appris dans la lettre de l'INCONNU. Cette révélation produisit l'effet d'un coup de foudre sur l'orpheline. La connaissance du but caché que se proposait d'atteindre le vieux garçon, en l'accueillant chez lui, de la protection mystérieuse qui l'entourait à son insu, de la passion petite et avilissante qui n'avait jamais cessé, pensait-elle, de ravager l'âme insensible de Griffith, pendant qu'elle la croyait remplie par les sentimens les plus distingués, paralysa, pour un instant, toutes les facultés de Lucy. La douleur, la honte, les regrets, mais aussi une espérance vague, incertaine encore, se partageaient son cœur.

La fierté native de l'orpheline, l'exquise délicatesse de son caractère nous expliquent la nature douloureuse des sensations que provoquèrent chez elle les paroles de mistress Sarah. Plus elle était douée d'une organisation noble, fière, indépendante, plus la jeune fille devait être affectée du bas et prosaïque calcul de M. Walker.

Et puis, car il faut dire la vérité tout entière, miss Lucy était femme, supérieure, il est vrai, mais pourtant sujette, sinon à toutes, du moins à certaines faiblesses inhérentes à sa nature. Bien qu'elle fût restée indifférente à la manifestation de ces sentimens, elle n'avait pu s'empêcher d'être flattée de l'empire qu'elle s'imaginait exercer sur le cœur de M. Walker. Quelle est la créature la plus accomplie, parmi les personnes du sexe, qui sache se garantir des insinuations, des influences de la vanité? Quelle est la femme qui se trouvera offensée de savoir qu'un homme, le dernier de tous, si l'on veut, lui garde dans son cœur un culte inaltérable et saint? Or, voilà que l'orpheline devait révoquer en doute, maintenant, la sincérité de celui qui s'était déclaré son esclave. Blessée dans sa fierté, d'abord, et dans son amour-propre ensuite; s'exagérant, avec toute la violence de son caractère altier, la fausseté de sa position et la culpabilité de M. Walker; se croyant humiliée par le rôle qu'elle avait accepté depuis un an, dans ses rapports avec le vieux garçon, par celui qu'il avait joué lui-même en feignant d'éprouver un sentiment irrésistible, Lucy ne trouvait pas de paroles pour exprimer ce qui se passait en elle.

C'est dans ce moment que M. Shrewsbigh entra dans la salle où se trouvaient les deux dames.

— Je sors de chez M. Walker, dit le notaire après avoir, suivant son habitude, déposé un baiser paternel sur le front de l'orpheline.

— Ah!... Et vous a-t-il donné l'explication de sa conduite singulière? demanda la jeune fille d'une voix sèche et sifflante, tant l'indignation la suffoquait encore.

— Mon Dieu! de quel ton vous me dites cela!... observa M. Shrewsbigh.

— C'est que M. Walker est une énigme bien difficile à deviner, et qu'il ne faut jamais s'en rapporter aux apparences pour le juger, répliqua la vieille dame avec cet air revêche et cet accent aigre-doux dont les femmes d'un certain âge possèdent exclusivement le secret.

— En vérité, je ne comprends rien à vos attaques combinées, s'exclama le notaire, en faisant voyager son regard de Lucy à mistress Sarah. M. Walker est un homme dont le caractère noble et distingué a longtemps été méconnu; mais sa conduite, depuis un an, révèle les sentimens les plus élevés.

— Les sentimens les plus mesquins! les plus petits! les plus grossiers! observa la jeune fille, qui laissait à peine passer les paroles entre ses lèvres et ses dents serrées.

— Les plus vils! les plus abjects! ajouta la vieille dame en levant les épaules.

— Est-ce vous que j'entends, miss, et vous aussi, mistress? s'écria le notaire d'un ton de reproche.

— Vous croyez qu'un mobile puissant et généreux guidait M. Walker, lorsqu'il vint chez mistress Winchetland nous offrir une magnifique hospitalité? reprit l'orpheline, toujours avec cet accent acerbe qui témoignait d'un dépit mal contenu.

— Mais, sans doute, répondit M. Shrewsbigh.

— Je l'ai cru jusqu'à ce jour, et jusqu'à ce jour M. Walker était pour moi un homme que j'entourais de toute mon estime, de tout mon respect, de toute mon affectueuse sollicitude. Depuis une heure, le piédestal que je lui avais élevé dans mon cœur s'est écroulé. — Mon admiration, mon dévoûment, ma reconnaissance, se sont changés en indifférence, je n'ose ajouter en mépris.

— Est-il possible? Ce ne peut être le rôle ridicule qu'il a joué hier à la porte de Hyde-Park, qui ait changé ainsi vos sentimens à son égard?

— Depuis une heure, monsieur Shrewsbigh, depuis une heure seulement, je suis édifiée sur le compte de celui que j'appelais mon bienfaiteur; car depuis une heure, grâce à mistress Sarah, je sais que M. Walker cédait à une impulsion étrangère en nous offrant un asile; depuis une heure, je sais que son cœur restait froid et glacé, pendant que ses lèvres nous murmuraient des paroles de sympathie; car il est de son essence d'être toujours égoïste, de ne poursuivre pour but dans toutes ses actions que sa satisfaction personnelle. — M. Walker traitait une affaire d'argent en nous introduisant chez lui, vous ignorez cette circonstance, n'est-il pas vrai? Il nous a ouvert la porte de sa maison par la crainte de perdre 25,000 livres, ajouta la jeune fille, en dépensant les plus grands efforts pour retenir les larmes amères qui gonflaient ses yeux.

La stupéfaction, le saisissement du notaire, en entendant ces paroles, ne sauraient se décrire... Toutefois, le langage diffus et saccadé de Lucy ne lui avait rien appris de positif; il interrogea la jeune fille; mais, après cette explosion douloureuse, l'orpheline ne trouvait plus la force de répéter à M. Shrewsbigh la confidence de la vieille dame. Heureusement, mistress Sarah était plus calme dans son indignation. Quelque embarras qu'elle ressentît de révéler au notaire le moyen employé pour pénétrer les intentions de M. Walker, elle se résolut à cet aveu. La scène du chien, le portefeuille traîné par le basset, les papiers qui s'en étaient échappés, la lettre de l'INCONNU, le trouble de Griffith en lui en montrant la suscription, dans le parloir de mistress Winchetland, elle dit tout à M. Shrewsbigh. L'étonnement de celui-ci était à son comble.

— L'INCONNU !... vingt-cinq mille livres !... une protection mystérieuse !... Que signifie?... comment interpréter?... murmurait-il pendant la déclaration de mistress Sarah.

Et lorsqu'elle eut terminé son récit :

— Quelle conduite tortueuse !... s'écria-t-il. Qui eût pensé trouver un calcul honteux, ou du moins prosaïque et grossier, au fond de ces procédés si nobles à l'extérieur ?

— Bassesse ! dissimulation ! hypocrisie ! proféra l'orpheline.

— Et alors, cette proposition de mariage ?...

— Un moyen de gagner du temps jusqu'à l'arrivée de l'INCONNU, répondit la vieille dame.

— C'est juste ; dans quinze jours il effectuera son paiement. Voilà pourquoi aussi il me suppliait tout à l'heure d'obtenir de miss Lucy qu'elle séjournât un mois encore dans sa maison.

— Il m'a adressé la même prière, hier, à Hyde-Park, dit l'orpheline.

— Et moi, qui dans cette demande croyais deviner le désir d'un cœur vivement épris !

—Oui, d'un cœur vivement épris... pour les banck-notes de l'INCONNU.

— Voilà pourquoi il a cherché à m'apitoyer en me déclarant que, si elle s'éloignait avant le terme fixé par lui, il devait se résoudre à perdre 25,000 livres!

— Il vous a dit cela? Alors plus de doute sur ses intentions, reprit la vieille.

— Je comprends tout maintenant : il s'agissait des 25,000 livres de l'INCONNU ! Mais, poursuivit le notaire, il est une chose qui me paraît bien difficile à expliquer. Comment M. Walker a-t-il pu se dessaisir d'une somme aussi considérable en faveur d'un homme qui n'a pas même de nom, qui, par conséquent, n'offre aucune garantie et qui est forcé de signer l'INCONNU?

— Le taux élevé du prêt a décidé, sans doute, M. Walker à courir toutes les chances de cette affaire, répondit la jeune fille.

— C'est cela ; je me rappelle maintenant que je lui ai remis, il y a un an bientôt, une somme de 12,500 livres, qui m'était adressée par un correspondant inconnu et que m'a remise le banquier Jonathas Elphingall. Une lettre sans signature, timbrée de Mexico, m'annonçait cet envoi singulier. Ces 12,500 livres provenaient de l'intérêt pour un an des 25,000 livres prêtées. Cinquante pour cent ! quelle infamie!

— Mais cet homme qui s'intéresse si fort à vous, miss Lucy, continua M. Shrewsbigh, qui vous entoure, quoique éloigné, d'une protection si grande, cet homme qui possède un empire si entier sur le cœur desséché de l'égoïste, vous est-il réellement inconnu, miss, comme il paraît l'être à M. Walker ?

— Tout à fait inconnu ! répondit en rougissant la jeune fille.

— C'est étrange ! vous n'avez aucune idée, aucuns souvenirs qui puissent aider votre mémoire à ce sujet ?

— C'est un nouveau mystère à ajouter aux mille mystères qui m'ont entourée depuis notre départ des Indes. Seule, isolée sur la terre, abandonnée de ceux qui me doivent secours et protection, aimée et défendue par vous seul, monsieur Shrewsbigh, je ne puis comprendre qu'il se trouve par le monde une âme qui me soit vraiment sympathique à ce point.

— Ni vous non plus, mistress ?

— Je vous ai déclaré, hier au soir, avant de nous séparer, monsieur, que j'avais, moi aussi, un secret à vous apprendre, répondit la vieille dame. Ce sont deux secrets que j'aurais dû dire. Vous en connaissez un ; reste à vous révéler le second, qui concerne celui qui se cache tout en veillant sur nous. Mais je ne sais si je dois, en présence de miss Lucy, vous exposer ma pensée tout entière ?

Un regard suppliant que lui adressa l'orpheline fut saisi au passage par le notaire.

— Y aurait-il, dans ce que vous allez dire, quelque chose qui forcerait miss Lucy à rougir? demanda M. Shrewsbigh d'un ton sévère.

— Dieu m'est témoin qu'il n'en est rien, et que mon hésitation...

— Parlez donc, parlez, c'est moi qui vous en prie, reprit le notaire en l'interrompant.

— Je crois avoir deviné le nom de ce protecteur mystérieux, proféra la vieille dame.

— Est-il possible !

— Depuis l'ouverture de la lettre dont je vous ai parlé, j'ai recueilli mes souvenirs, j'ai consulté les dates, et le résultat de mes réflexions a été qu'un homme, dont le triste sort nous a vivement touché autrefois, a pu seul écrire la lettre signée : l'Inconnu. Ce que vous venez de nous apprendre relativement aux 12.500 livres envoyées de Mexico par un client qui cache son nom, fortifie encore mon opinion à cet égard.

— Quel est donc cet homme? demanda le notaire.

— Cet homme, auquel miss Lucy a inspiré une passion violente, et si violente qu'elle lui a donné les forces nécessaires pour accomplir un projet magnanime... faut-il vous le nommer?

— Achevez, achevez.

— C'est Daniel de Carnavan, Daniel, le Pirate Noir.

— Daniel ! le Pirate Noir ! répéta M. Shrewsbigh.

— Daniel ! lui ! répéta à son tour la jeune fille, dont l'accent en prononçant ce nom, n'annonçait ni horreur, ni mépris.

— Un concours singulier de circonstances connues de moi seule, m'a amenée à asseoir mon opinion à cet égard, reprit mistress Sarah. La reconnaissance du cadavre de Williams, notre lâche persécuteur, la capture de Francis, son féroce complice, ont constaté la présence à Londres de plusieurs individus composant autrefois l'équipage de la goëlette noire. Les constables, les shérifs, M. Perthinross, entre autres, ont tiré de ce fait la conséquence que Daniel avait rejoint ses affreux compagnons, et que les pirates opéraient dans la ville sous les ordres de leur ancien chef. Leurs conjectures étaient fondées, mais sur un point seulement : celui de l'arrivée à Londres de Daniel ; ce fait, je puis le certifier véritable, car j'ai vu Daniel.

— Vous avez vu Daniel? répéta M. Shrewsbigh en faisant un geste d'effroi.

Lucy ne dit rien, mais son visage dénotait une anxiété cruelle. Un moment de silence suivit cette déclaration de mistress Sarah.

— Un soir que, renfermée dans le modeste appartement que nous occupions à Magdalen-Street, miss Lucy se livrait aux pénibles travaux qui assuraient notre subsistance, poursuivit la vieille dame en échangeant un coup d'œil significatif avec le notaire, j'étais descendue, moi, pour quelque achat indispensable. J'aperçus alors, caché dans l'angle obscur d'une maison voisine, un homme dont la figure était abritée sous un large chapeau, mais dont les regards restaient fixés dans la direction de nos fenêtres. Il n'était bruit dans Londres, à cette époque, que des crimes nombreux commis chaque nuit par une bande de malfaiteurs qui réussissaient à se soustraire à toutes les recherches de la police. Aussi je ne pus m'empêcher de ressentir une frayeur extrême à la vue de cet individu, dont l'immobilité, la tenue, les regards me paraissaient suspects. Obligée de passer devant la maison contre laquelle il était appuyé, je marchais avec précipitation, lorsque mon nom, prononcé à voix basse, me fit soudain tressaillir. Je m'arrêtai, n'ayant plus une goutte de sang dans les veines; cet homme s'approcha de moi. C'était Daniel !

Le respect qu'il nous avait toujours témoigné, pendant notre séjour à son bord, l'intérêt qu'il nous avait inspiré par le récit touchant de ses malheurs, par la peinture déchirante des remords qui le poursuivaient sans cesse, me rassurèrent sur ses intentions. Je lui marquai tout mon étonnement de le savoir dans une ville où sa présence ne pouvait manquer d'être bientôt signalée, où un jugement le condamnait à mort, où sa perte, une fois découvert, était certaine. Daniel me répondit qu'il ne s'abusait pas sur l'étendue des périls qu'il venait affronter, et que le bourreau lui rendrait un immense service en tranchant le cours d'une existence déshonorée. Il me découvrit alors tout ce qui s'était passé à bord, après notre débarquement sur le rivage du Cap; la révolte de l'équipage, le triomphe de Williams et de Francis, son exposition sur une barque fragile et délabrée. Mais ce qui l'avait le plus affecté dans son infortune, a-t-il ajouté, c'est la révélation que lui fit son féroce lieutenant avant de l'abandonner à la fureur des flots, du dépouillement odieux dont nous avions été victimes. Notre misérable position l'inquiétait vivement ; la pensée du sort affreux qui nous était réservé, à trois mille lieues de notre patrie, l'empêchait de ressentir les souffrances aiguës de sa blessure qui s'était rouverte, en se défendant contre l'équipage révolté. L'amour qui remplissait le cœur de Daniel vous explique cette abnégation absolue de lui-même, et la direction obstinée de ses pensées. Il erra ainsi quatre jours au milieu de l'Océan, n'ayant ni instrumens nautiques pour se diriger, ni alimens pour apaiser la faim cruelle qui le dévorait, s'attendant, à chaque vague qui soulevait sa frêle embarcation, à disparaître dans l'abîme. Dieu en avait décidé autrement, pour lui donner, sans doute, le temps de se repentir. Le matin du cinquième jour, il fut aperçu par un navire suédois que le destin amena dans ces parages. Sauvé et recueilli par les marins étrangers auxquels il cacha une partie de ses aventures, Daniel fut déposé par eux, sur sa demande, sur un point du littoral africain. Dénué de ressources comme il l'était, il lui fallut deux ans avant de pouvoir retourner en Angleterre. Une seule pensée le soutenait pendant ce temps d'épreuves, celle de tenir la parole qu'il nous avait donnée de racheter trois ans d'une existence criminelle. Un souvenir le consolait aussi, c'était celui de miss Lucy.

Le but de Daniel, une fois qu'il eut touché la terre de la patrie, était de se rendre à San-Iago de Cuba, où se trouvait le frère de sa mère. Ce parent, qui lui avait témoigné autrefois une vive affection, était puissamment riche; il armait des vaisseaux en course contre les Américains. Daniel espérait l'attendrir par le récit de ses malheurs et l'amener à ajouter foi en son amendement sincère. S'il réussissait à apitoyer son oncle, il lui demanderait la faveur de monter un de ses corsaires, et de verser glorieusement son sang pour la cause de la patrie. Si l'armateur repoussait sa prière, alors Daniel, sous un nom supposé, s'enrôlerait parmi les équipages d'un bâtiment anglais, et il chercherait la mort au milieu des rangs ennemis.

Voilà le plan qu'avait conçu l'ancien Pirate Noir, et que l'impossibilité de payer les frais de passage l'empêchait d'exécuter.

Touchée d'un repentir si profond, saisie d'admiration pour un si noble projet, j'aurais voulu pouvoir témoigner à Daniel, autrement que par des paroles d'encouragement, toute la reconnaissance que je lui gardais dans mon âme pour sa conduite à notre égard, lorsque nous étions à sa discrétion, toute la sympathie qu'il m'avait inspirée. Mais vous savez si notre position précaire me permettait de suivre le désir de mon cœur !

Je l'engageai à me suivre jusqu'à mon modeste logis pour s'y reposer un instant. Cette proposition amena des larmes dans ses yeux. C'est alors qu'il m'avoua toute l'impression que miss Lucy avait produite sur lui. Il refusa toutefois de profiter de mon invitation, et le motif qu'il allégua redoubla encore, si c'est possible, l'intérêt que je prenais à son sort.

— Je n'oserai jamais, dit-il d'une voix entrecoupée, paraître en présence de cet ange du ciel, tant que je n'aurai pas effacé la tache infamante qui couvre mon front.

Il me parla de vous, miss, en versant des pleurs en abondance, en déclarant qu'il voudrait pouvoir assurer votre bonheur au prix de tout son sang. Il m'interrogea aussi sur tout ce qui nous concernait, s'accusant amèrement d'être la cause unique de notre dénûment, et prenant Dieu à témoin qu'il saurait réparer ses torts à notre égard.

Cinq jours après, je l'aperçus de nouveau à la même place qu'il occupait lors de notre première rencontre. Il m'annonça que Williams avait trouvé le juste châtiment de ses forfaits; qu'il était lui-même en possession d'une somme d'argent considérable acquise, affirma-t-il, et je n'eus pas de peine à le croire, par des moyens que la probité la plus ombrageuse pourrait avouer hautement. Il ajouta qu'il s'apprêtait à partir le lendemain pour San-Iago, et qu'avant de me quitter, il serait heureux de me faire accepter une partie de la somme qu'il possédait. Vous devinez quelle fut ma réponse. Je refusai; ma résolution ne fut point ébranlée par tous les efforts qu'il employa pour la combattre; il se résigna alors à accepter l'expression de mes vœux.

Avant de nous séparer, il me prit la main, qu'il serra avec effusion dans les siennes.

— Ne parlez pas à miss Lucy de notre entretien, me dit-il avec toute l'exaltation d'un généreux sentiment; elle doit ignorer que le Pirate Noir existe encore, et surtout qu'il a osé l'aimer... Que ses prières, cependant, unies aux vôtres, mistress, implorent pour moi la miséricorde divine!

Et après un moment employé à maîtriser son émotion :

— Je jure de nouveau, reprit-il en levant la main et les yeux au ciel, de poursuivre ma réhabilitation jusqu'à mon dernier soupir... Si les hommes me la refusent, son cœur, à elle, me l'accordera, lorsqu'elle apprendra tout ce que j'ai tenté pour la mériter... Je jure aussi de reconquérir sur les ennemis de la patrie les 200,000 livres enlevées par Williams... Et je réussirai dans mon double projet, ajouta-t-il avec une expression radieuse dans le regard, ou je perdrai la vie dans son accomplissement.

Il s'éloigna... Le lendemain, nous recevions un pli remis à un commissionnaire par un INCONNU; il contenait des bank-notes pour une valeur de 2,000 livres. Or, l'INCONNU de la lettre écrite à M. Walker et celui du pli confié au commissionnaire me semblent, à moi, ne faire qu'une seule et même personne.

— Et cette personne serait Daniel? proféra M. Shrewsbigh.

— C'est mon avis. Voici mes raisons : n'oublions pas d'abord la manière dont a été signé le billet souscrit à M. Walker... l'INCONNU! C'est le seul nom que pouvait prendre Daniel, au milieu des circonstances dans lesquelles il était placé. Tout autre nom aurait éveillé les soupçons, et le Pirate Noir, une fois reconnu, n'aurait pu effectuer son embarquement. Ceci est déjà un indice puissant... Les dates sont plus éloquentes encore. Elles viennent corroborer l'opinion que j'ai émise. D'après la lettre que Tom a fait tomber entre mes mains, c'est le 29 janvier que le prêt de 25,000 livres aurait été consenti par M. Walker. Six jours auparavant, Daniel, dénué de ressources, n'avait pas de quoi payer son passage. Lors de notre seconde entrevue, c'est-à-dire le 30 janvier, c'est-à-dire, aussi, le lendemain du prêt, Daniel était riche. D'un côté, la somme considérable qu'il possède se rapporte parfaitement au chiffre élevé auquel se monte la créance Walker: de l'autre, l'engagement pris par lui, l'intérêt exorbitant dont parle la lettre, justifient ses paroles au sujet du moyen honorable dont il s'est servi pour se procurer cette somme. S'il y a eu un coupable dans la conduite de cette affaire, un homme immoral et vil, un infâme usurier enfin, c'est celui qui exploite indignement la misère d'autrui, et qui ne meurt pas de honte en portant à cinquante pour cent le taux de son argent. Or, le lendemain de notre conversation, c'est-à-dire le 31 janvier, un jour après le changement survenu dans sa position, et deux seulement après le prêt consenti par M. Walker, nous recevons l'envoi des 2,000 livres... Je conclus de toutes ces circonstances que Daniel est l'auteur de cet envoi, et j'ajoute que les bank-notes qu'il avait en sa possession n'ont pu lui être remises que par M. Walker. A quel titre? voilà ce que j'ignore, mais ce que nous saurons bientôt sans doute, dans quinze jours peut-être.

Le plus grand silence avait été observé pendant le récit de mistress Sarah; ce silence se prolongea de quelques instans encore, après qu'elle eut cessé de parler. Miss Lucy tenait ses yeux baissés vers la terre ; sa contenance embarrassée, son trouble, la pâleur qui envahissait ses joues dénotaient une grande agitation intérieure; on devinait au tremblement fébrile de ses lèvres, aux regards obliques qu'elle attachait par momens sur la vieille dame, qu'elle brûlait de l'interroger sur quelque circonstance de sa narration. La présence du notaire refoulait sans doute dans son gosier les paroles qui voulaient s'en exhaler. M. Shrewsbigh, lui, était plongé dans un recueillement profond; il pesait mûrement les raisons que venait de déduire mistress Sarah, la vraisemblance de ses allégations.

— Oui, oui, votre opinion est fondée, dit enfin le notaire, d'une voix lente et grave; oui, tout cela me paraît admissible; je me range entièrement de votre avis.

Ce Daniel, repoussé impitoyablement du sein de la société, poursuivit-il, est un homme dont les sentimens élevés m'étonnent au dernier point; je dirai presque qu'ils m'inspirent pour lui une admiration dont je ne cherche pas à me défendre. Il est avéré pour moi maintenant que l'INCONNU de M. Walker et celui qui vous a fait parvenir les 2,000 livres volées par Francis, ne représentent tous deux qu'une seule et même personne. Voilà trois fois que ce chef de pirates vient à votre secours d'une manière aussi délicate qu'ingénieuse. A bord de la goëlette, il sauve l'honneur à Lucy et la vie à toutes deux; ici, à Londres, ne pouvant vaincre vos scrupules, il s'y prend avec tant d'habileté, avec tant de précautions, que vous êtes forcées d'accepter le don qu'il vous adresse, sans pouvoir percer le mystère dont il s'entoure; et enfin, il se sert de l'empire qu'il a acquis, nous ne savons à quel titre, sur l'esprit d'un homme foncièrement égoïste, pour vous en faire un protecteur ardent et dévoué. Il faut un hasard singulier, un châtiment infligé à un animal vindicatif, pour nous amener à coudre ensemble tous ces indices épars, et à trouver le mot d'une énigme long-temps inexplicable. Oui, je l'avoue, je partage maintenant toutes les sympathies que vous a inspirées le Pirate Noir. Moi, homme sérieux et inflexible comme la loi jusqu'à présent! Quel malheur qu'une nature d'elite comme la sienne se soit un instant égarée!... Mais, vous ne l'avez pas revu une dernière fois?

— Le lendemain de notre second entretien, un navire anglais est parti de Londres pour les colonies espagnoles d'Amérique. Daniel a dû profiter de cette occasion pour se rendre à San-Iago, auprès de son oncle et mettre à exécution le projet qu'il caressait.

En entendant ces paroles, miss Lucy ne put se contraindre plus longtemps. Sa respiration haletante, les bonds désordonnés de son sein, l'animation extraordinaire de son regard, trahissaient la violence des sensations qui bouleversaient son âme.

— Ainsi donc, demanda l'orpheline d'une voix entrecoupée, il aurait réussi à s'embarquer pour l'Amérique?

— Je n'ai fait que le croire jusqu'à ce jour... répondit mistress Sarah. L'envoi d'argent qu'a reçu M. Shrewsbigh et la lettre qui accompagnait les douze mille cinq cents livres, lettre datée de Mexico, me donnent la certitude que Daniel est arrivé à sa destination.

— Ainsi donc, continua l'orpheline, soit par le moyen de son oncle de San-Iago, soit en employant la somme qu'il s'était procurée, Daniel, il est permis de le croire, sera parvenu à armer un navire en course et à combattre les ennemis de la patrie?

— Pourquoi pas? répondit la vieille dame.

M. Shrewsbigh, muet d'étonnement à ces questions réitérées de la jeune fille, avait les yeux fixés sur elle. Il cherchait à comprendre le but que se proposait Lucy en interrogeant ainsi mistress Sarah, mais sans y parvenir.

— Il se pourrait donc aussi, reprit l'orpheline, dont la voix acquérait plus de force et de sonorité, à mesure que la vraisemblance de ces hypothèses se consolidait, que le courageux corsaire dont les journaux ont relaté la victoire éclatante sur deux corvettes américaine, le 26 mai dernier, ne fût autre que celui de Daniel?

— Et que Daniel fût le capitaine intrépide qui commandait le brick? ajouta la vieille dame, qui comprenait, elle, l'intention de l'orpheline; mais, oui, reprit-elle; toutes ces suppositions sont admissibles. La pensée que vous manifestez est même la première qui ait traversé mon esprit, le jour où M. Walker nous lisait dans le *London Advertiser* le récit du combat de la *Miss-Lucy*.

— Oh! c'est lui! c'est lui! s'écria la jeune fille, dont les yeux brillaient, en prononçant cette affirmation, de tout l'éclat d'une noble exaltation.

Le notaire ne savait s'il devait en croire ses yeux et ses oreilles; il n'avait pas la force d'interroger Lucy sur le motif de cet enthousiasme extraordinaire que lui inspirait la conduite héroïque du capitaine du brick. Mistress Sarah, elle, n'avait rien à apprendre à ce sujet; les soupçons qu'elle nourrissait depuis long-temps, recevaient une confirmation nouvelle devant les transports de l'orpheline. La vieille dame, émue, attendrie par la manifestation involontaire de ce violent amour concentré depuis quatre ans; inquiète, tourmentée sur le résultat d'une passion romanesque, dont était l'objet un homme mis hors la loi, considérait avec une tendre sollicitude le visage animé de miss Lucy. Celle-ci devina ce qui se passait dans l'âme de mistress Sarah. La cruelle anxiété qui se peignait dans le regard de M. Shrewsbigh, lui révéla aussi qu'elle venait de trahir son secret. Ses traits perdirent tout à coup leur expression triomphante; elle se troubla aussitôt, éprouva une confusion extrême, et mit la main sur son cœur, qui battait à lui rompre la poitrine. Puis, laissant couler les larmes qui se pressaient derrière ses paupières, elle se précipita sur le sein de sa vieille amie.

— « La loi de Dieu n'est pas celle des hommes... Le repentir purifie, murmurait la jeune fille à travers ses sanglots. »

— Lucy! mon enfant! murmurait à son tour mistress Sarah, dont les pleurs se mêlaient à ceux de l'orpheline.

Le notaire, que l'émotion des deux femmes avait gagné, passait et repassait sans cesse son mouchoir sur sa figure, pour dissimuler, autant qu'il le pouvait, l'effet que cette scène produisait sur lui. Mais ses efforts restèrent vains. Lorsqu'il crut avoir reconquis tout le calme, toute la gravité qui distinguent les hommes de sa profession, M. Shrewsbigh voulut élever la voix... les paroles expirèrent sur ses lèvres. Lucy, remarquant la violence que se faisait le digne notaire, s'arracha alors des bras de sa vieille amie, pour tomber dans ceux de l'ami de son père, de celui qui l'appelait sa fille.

Ce premier moment une fois passé :

— J'avais deviné juste ! dit M. Shrewsbigh d'un ton de douce et intelligente compassion ; voilà le motif qui t'a fait repousser les offres de M. Walker, ces offres qui assuraient ton avenir ! Mais tu n'ignorais donc rien des sentimens que Daniel te gardait dans son âme ?

— Je savais qu'il m'aimait, répondit la jeune fille d'une voix faible, mais assurée.

— Il t'en avait donc fait l'aveu ?

— Jamais il ne m'a dit un mot à ce sujet... Moi, aussi, je l'avais deviné.

— Et tu l'aimes donc bien ?

— Depuis quatre ans... son souvenir est gravé là... dans mon cœur.

— Et cependant c'est un homme mis au ban de l'humanité.

— Plus il est malheureux, plus il a besoin de rencontrer un être sympathique pour lui prodiguer les consolations qui lui ont manqué jusqu'à ce jour.

— Un jugement le déclare infâme !

— Le jugement des hommes, répondit d'un ton pénétré la jeune fille, cesse, pour moi, de produire son effet, du jour où le repentir entre dans le cœur de celui qu'il a atteint. Rappelez-vous le texte du livre saint, poursuivit-elle d'une voix ferme et sonore : « Il y aura plus d'allégresse au ciel pour la conversion d'un pêcheur que pour la persévérance de dix justes. »

— Noble enfant ! murmura mistress Sarah.

— Tu comptes donc bien sur la conversion de Daniel ? reprit le notaire.

— Comme sur une vie éternelle, comme sur la miséricorde de Dieu !

— Et qui te donne cette conviction ?

— Oh ! une voix puissante et douce qui retentit dans mon âme.

— Mais, cette voix, c'est la voix de l'amour, et cet amour, tu ne peux pas l'avouer.

— Aussi, je le garde là, depuis quatre ans, caché à tous les yeux. Un entraînement irrésistible, auquel j'ai succombé, un mouvement d'exaltation qui m'a emporté malgré moi, ont pu seuls réussir à me faire trahir mon secret. Mais, quelque violent que soit le sentiment qui me possède, ne craignez pas que je fasse rien dont j'aurai à rougir. Si je m'élève au dessus des préjugés qui régissent les hommes faibles ou ignorans, si je trouve injustes, quelquefois, les arrêts irrévocables des humains, je m'incline toujours devant les lois immuables dont la révélation nous vient de Dieu. Ce n'est pas Daniel le pirate que j'aime ! L'individu souillé de crimes et bourrelé de remords peut bien m'inspirer une douce pitié, mais rien de plus. Toutes mes sympathies sont acquises, au contraire, à celui qui aura la force de lutter contre le destin qui l'accable. Voilà pourquoi je faisais des vœux pour la cause des Américains, qui vient enfin de triompher. Tout mon amour est réservé à l'homme courageux, patient, énergique, qui, ployé, mais non brisé par le sort, puisera dans la pensée de sa dégradation la puissance de volonté nécessaire pour reconquérir l'estime que ses semblables lui ont retirée. Le coupable doit être puni. Le châtiment est le prix de la faute. Comment donc se fait-il que l'expiation soit comptée pour rien, ici-bas ? Sa dette payée, le débiteur est quitte avec son créancier ! Pourquoi donc la société n'agit-elle pas en vertu de ce principe envers le malheureux qui l'a outragée, mais qui a payé sa dette ? Pourquoi le mépris survit-il à l'expiation ? Cela n'est ni juste, ni même logique. La conséquence de ce système inintelligent est de précipiter plus avant dans le gouffre de la perdition celui qui voudrait en sortir. Avouez donc qu'il faut à l'individu ainsi repoussé impitoyablement un caractère vraiment grand, vraiment généreux, vraiment noble, pour résister à la voix du désespoir ; avouez qu'il doit y avoir en lui des instincts magnifiques et puissans, pour que l'idée lui vienne de forcer à l'admiration ceux-là même qui l'ont déclaré infâme ! Avouez enfin que cette pensée d'une réhabilitation morale, poursuivie au péril de la vie et sans avoir la certitude de l'obtenir, ne pouvait germer que dans une âme restée pure au milieu d'une atmosphère corrompue, que dans une âme créée pour la vertu ; oh! oui, pour la vertu! répéta-t-elle en levant les yeux au ciel !

Cette audacieuse sortie contre notre état social surprit extrêmement M. Shrewsbigh ; il ne s'attendait pas à rencontrer des idées aussi hardies, aussi noblement indépendantes, aussi rigoureusement justes, cependant, chez une jeune personne de l'âge de Lucy. C'est que les épreuves cruelles qu'il lui avait fallu traverser avaient mûri de bonne heure l'intelligence précoce de l'orpheline. Cette logique serrée, féconde, généreuse, rationnelle, tout à la fois, était le fruit de l'expérience.... et de l'amour aussi.

— Je te ferai toutes les concessions que tu voudras, ma chère enfant, répondit le notaire ; je conviendrai avec toi que Daniel aurait pu faire un illustre, un éminent citoyen. Mais, dans l'état présent des choses, il n'en est pas moins vrai que son nom est flétri, déshonoré à tout jamais.

— Oui, à tout jamais, au point de vue étroit auquel se place la société. Au tribunal de Dieu cette flétrissure disparaîtra le jour où le repentir entrera dans son âme. A mes yeux la souillure qui le couvre tombera du moment où son dévoûment à la cause de la patrie aura payé la dette contractée envers elle. Si Daniel meurt à la tâche, l'expiation sera complète ; s'il survit à quelque action d'éclat qu'il aura accomplie avec courage, l'expiation sera complète encore. Si, enfin, la loi impitoyable le frappe avant ou après son but atteint, les tentatives honorables de Daniel, les preuves de repentir qu'il aura données, lui acquerront des droits à toutes mes sympathies. Je suis fière, monsieur Shrewsbigh, de lui avoir inspiré le projet de racheter un passé criminel.

— Une si haute raison, à un âge aussi tendre, a lieu de me surprendre, répondit une fois encore le notaire. Je t'écoute, Lucy, et ne puis que t'admirer. Mais recueille-toi un instant ; descends jusqu'au fond de ton âme. C'est un ami, que dis-je ! un père qui t'en prie. Ne t'abuses-tu pas sur la nature, sur la solidité du sentiment que tu éprouves ? L'état de ton cœur n'est-il pas entretenu par les conseils d'une imagination exaltée? Ce fier mépris pour des préjugés qui gouvernent le monde résisterait-il à une épreuve décisive.

— Je ne vous comprends pas.

— Cet homme, que toute seule tu défends contre la société tout entière, lui tendrais-tu une main secourable, s'il revenait à toi purifié par le repentir?

— En doutez-vous, mon Dieu !

— Et s'il t'offrait son nom?

— Je l'accepterais non seulement sans honte, sans regrets, mais avec empressement, avec joie, avec orgueil, s'écria Lucy, dont la prunelle brilla en prononçant ces mots d'un éclat extraordinaire.

— Esprit rebelle ! dont l'audace me subjugue malgré moi ! proféra M. Shwresbigh. Je courberai la tête, moi, homme qui raisonne, devant des préjugés stupides et révoltans, et je reste sans force pour combattre ton orgueilleuse rébellion contre des idées universellement admises, sans voix pour blâmer le fier mépris que tu déverses sur elles, en présence de la passion immense et sainte qui remplit ton cœur. Non, tant d'amour n'a pu être inspiré par un être dégradé et vil ! Pour nourrir une foi si vive en son repentir, il faut que l'âme de Daniel soit telle que tu nous la représentes, ajouta-t-il en essuyant une larme qui venait de rouler sur sa joue.

— Oh! merci, merci, pour cette dernière parole! s'écria la jeune fille avec un accent radieux.

— Attendons les événemens pour voir ce qui nous restera à faire, reprit M. Shrewsbigh. Dans quinze jours l'INCONNU doit se présenter chez M. Walker; dans quinze jours nous saurons si Daniel a tenu son serment.

Mais descendons maintenant, continua le notaire avec un doux sourire, des régions éthérées dans lesquelles il nous a fallu te suivre, sublime et naïve enfant! Occupons-nous de détails qui n'offrent pas un intérêt moins puissant, bien qu'ils soient plus prosaïques.

M. Shrewsbigh parla alors aux deux dames du projet qu'il avait conçu avant son voyage à Edimbourg, projet dont l'amour qu'il supposait à Griffith avait retardé la réalisation. Lucy était bien décidée à s'affranchir au plutôt des obligations que lui imposait l'hospitalité du vieux garçon; mais, sa fierté, cruellement éprouvée par l'avilissant calcul de M. Walker, la fit hésiter à accepter les propositions toutes paternelles du notaire. L'orpheline voulait retourner auprès de mistress Wincheiland, ou bien se retirer dans un modeste logement, semblable à celui qu'elle occupait à Magdalen-Street, demandant au travail, dans l'un et l'autre cas, des moyens honorables d'existence. Mistress Sarah révéla alors à la jeune fille, en dépit des signes multipliés de M. Shrewsbigh, les généreux et délicats procédés du notaire. — Sans lui, sans les secours qu'il me remettait à votre insu, pour ménager votre susceptibilité, jamais notre position n'aurait été tenable, déclara la vieille dame.

Cet aveu arracha de nouvelles larmes à l'orpheline. Son émotion seule l'empêcha de témoigner au notaire toute l'étendue de la reconnaissance qu'elle lui gardait. M. Shrewsbigh gronda doucement mistress Sarah de son indiscrétion, il détruisit les scrupules de l'orpheline et obtint d'elle son adhésion au plan qu'il caressait, depuis la mort de sa femme.

Cependant M. Walker ne se montrait pas encore. L'intention du notaire était d'attendre la visite du vieux garçon qui aurait dû, depuis longtemps déjà, être rendu chez ces dames; mais une heure pour le moins s'était écoulée depuis qu'il l'avait quitté. M. Shrewsbigh pensa alors que peut-être un reste de fausse honte retenait Griffith dans son appartement. L'idée du ridicule dont il se croyait couvert aux yeux de miss Lucy, par suite de l'algarade de Tom, expliquait se le au notaire ce retard apporté par M. Walker dans sa visite projetée. Il était nécessaire pourtant qu'en recevant les remerciemens et les adieux de son hôtesse, Griffith n'ignorât pas qu'on avait pénétré une partie du mystère de sa conduite. Une explication devait avoir lieu, sinon entre les deux dames et M. Walker, du moins entre celui-ci et le notaire; M. Shrewsbigh ne renonça pas à l'obtenir. Le plus pressé, toutefois, était de donner des ordres afin que le soir même, miss Lucy et sa compagne pussent quitter la maison de Griffith. Cette combinaison ayant été définitivement arrêtée, le notaire prit sa canne et son chapeau.

—Dans une petite demi-heure, je serai de retour, dit-il en s'éloignant.

Et, tout bas, il murmura, après avoir tiré la porte derrière lui :

— Il faudra bien, tout à l'heure, que l'égoïste nous donne le dernier mot de cette singulière énigme!

Les lecteurs connaissent la cause du retard que mettait le vieux garçon à se transporter auprès de miss Lucy. Le visiteur mystérieux que mistress Puddingham avait introduit le retenait forcément chez lui, pendant qu'il était attendu chez les dames.

En reconnaissant, dans celui que la vielle gouvernante appelait un *magnifique brun*, le silencieux promeneur de Hyde-Park, Griffith n'avait pu retenir un geste et un cri d'effroi; mais il avait bientôt surmonté cette première impression, en osant contempler de nouveau les traits de l'étranger. Il ne se trompait pas! c'était bien lui! lui! son débiteur! Le meurtrier de Williams! L'INCONNU, enfin, qu'il avait devant les yeux!

— Vous! c'est vous! monsieur... Comment dirai-je? s'écria M. Walker en témoignant autant d'allégresse qu'il venait de montrer de frayeur.

— L'INCONNU! toujours l'INCONNU! répondit froidement le singulier personnage, jusqu'à demain du moins.

— Monsieur l'INCONNU donc, c'est vous que j'ai l'honneur de recevoir chez moi! aujourd'hui! quinze jours avant le temps fixé par vous! Oh! soyez le bien-venu! Vous ne pouviez arriver plus à propos.

— Que signifient cette joie, ces transports? Ce n'est pas ainsi, si j'ai bonne mémoire, que vous m'aviez accueilli autrefois, lorsque je vous proposai un emprunt de 25.000 livres.

— C'est que je n'avais pas l'honneur de vous connaître alors, balbutia Griffith.

— Me connaissez-vous davantage aujourd'hui?

— Mais, sans doute.

— Je venais de vous sauver, cependant, à cette époque, le double de la somme que je vous demandais à emprunter. Tout autre que vous, monsieur Walker, après le combat soutenu pour défendre votre caisse, aurait pensé qu'une liaison commencée dans des circonstances semblables vieillissait de dix ans en une heure.

— Oui, oui, assurément. Mais aujourd'hui je suis édifié sur votre haute moralité.

— Tandis qu'alors... je passais dans votre esprit, peut-être, pour le complice de Williams?

— Je ne dis pas cela, mais... mais l'envoi des 12.500 livres.

— Vous a préparé à compter sûrement sur le remboursement de la somme entière. Je comprends ; le jour de l'échéance n'est pas arrivé encore ; mais une ou deux semaines de moins m'importent peu, et je suis en mesure de me libérer envers vous.

A cette déclaration, Griffith ne put s'empêcher de laisser éclater toute sa joie. La transition était si brusque entre ses craintes du matin et l'assurance qu'il nourrissait maintenant! Son malheur ne sera donc pas complet! Certes, la perte de miss Lucy est grande pour son cœur; mais, du moins, l'éloignement de la jeune fille n'entraînera pas la ruine de Griffith. Si quelque chose pouvait consoler le vieux garçon, c'était la nouvelle de la rentrée de ses 25,000 livres.

— Vous avez appris sans doute, dit-il d'un ton satisfait et obséquieux tout à la fois, que j'avais suivi à la lettre les injonctions que vous m'aviez fait parvenir, par votre missive du 29 janvier, datée de Mexico.

Ah ça, mais vous arrivez donc d'Amérique? continua-t-il d'un ton plus dégagé. Et si j'en juge par les apparences, vous n'avez pas à vous plaindre du résultat de vos opérations?

— Mais oui, les affaires que j'ai entreprises ont réussi au delà de mes espérances; mais revenons à ce qui nous intéresse plus particulièrement. Vous me disiez que....

— Que je m'étais conformé aux instructions contenues dans la lettre du 29 janvier. Depuis cette époque miss Lucy et mistress Sarah habitent ma maison, et je n'ai rien négligé, je vous jure, pour leur en rendre le séjour agréable.

— Je sais cela. La crainte de perdre le montant de votre créance vous a fait accepter sans hésiter les conditions que je vous imposais. Vous avez été même au delà de mes instructions.

— Au delà? que voulez-vous dire?

— Vous le savez fort bien : je vous avais prié d'offrir à ces dames un asile chez vous, de mettre votre fortune à leur disposition ; mais je ne vous avais pas imposé l'obligation, je suppose, d'entretenir miss Lucy de votre amour.

— Comment ! on vous a dit...

— Et de la forcer par là à abandonner votre demeure, acheva l'INCONNU.

— Ah ! mon Dieu ! vous savez cela ! s'écria Griffith, qui reprenait toutes ses inquiétudes.

— Qu'en pensez-vous ? suis-je bien informé ?..... N'est-il pas vrai qu'hier, à Hyde-Park, vous soupiriez des phrases amoureuses aux oreilles de miss Lucy et que vous lui offriez de partager votre fortune, en acceptant le titre de votre femme ?... Je n'ai rien laissé échappé, j'ai tout entendu.

— Vous nous suiviez donc pour écouter notre conversation ?

— Mais, sans doute... Je ne m'en cache pas.

— Oh ! monsieur l'INCONNU, vous me permettrez de vous déclarer que cette manière d'agir n'est pas celle d'un véritable gentleman, et que votre conduite cadre bien mal avec les sentimens distingués dont vous faites preuve, en vous reconnaissant prêt à remplir les obligations contractées il y a deux ans

— Ah ! vous trouvez, monsieur Walker ?

— Et moi qui vous prenais hier, à cause des déviations fréquentes de votre démarche, pour un marin nouvellement débarqué !...

— Ah !

— Ou bien, pour un grand amateur de wisky et de genièvre.

— Ah !

— Ou bien encore, il me faut bien en convenir, et miss Lucy partageait cette dernière opinion, pour un homme... un homme...

— Suspect ?

— C'est cela même ; pour un homme suspect, un complice de Francis, qui affectait une faiblesse extrême dans les jambes, afin de ne pas exciter nos craintes sur ses intentions.

— Eh bien ! vous ne vous trompiez pas, monsieur Walker.

— Comment ! vous seriez un des complices de Francis ?... demanda le vieux garçon, lequel (nous en avons eu plus d'une preuve) s'alarmait facilement.

— Les complices de Francis et Francis lui-même sont, à l'heure qu'il est renfermés à Newgate, attendant, les uns le navire qui doit les transporter à Botany-Bay, les autres le bonnet de laine qu'on doit leur enfoncer sur les yeux, pendant qu'une bonne corde de chanvre sera roulée autour de leur cou. Vous avez deviné juste, cependant, car votre première supposition est vraie ; je suis, en effet, un marin débarqué depuis deux jours seulement, et l'habitude du roulis a rendu ma démarche incertaine sur la terre ferme.

— Mais quel était donc votre projet, en nous suivant ?

— Je vous l'ai déjà révélé ; d'écouter ce que vous disiez à miss Lucy, et aussi ce qu'elle vous répondait.

— Quel intérêt aviez-vous donc à connaître le sujet de notre conversation ?

— Un grand, monsieur Walker, un bien grand, celui de savoir si vous étiez aimé.

— En vérité !

— Arrivé depuis hier à Londres, je me suis empressé de me rendre chez vous, afin de régler les comptes que nous avions ensemble. Je débouchais dans la rue qui longe Hyde-Park, lorsque je vous ai aperçu, donnant le bras à miss Lucy et prenant la direction du jardin. Le hasard seul, vous le voyez, m'a guidé en cette circonstance. En franchissant la grille du parc, les deux personnes qui vous accompagnaient à la promenade, ont précipité le pas, afin, je l'ai ainsi compris, de vous laisser plus libre de communiquer à miss Lucy ce que vous aviez à lui dire. Du moment que j'eus remarqué la manœuvre accomplie pour vous isoler, je soupçonnai la nature des révélations que vous aviez à faire, et une force irrésistible m'a poussé sur vos pas.

— Mais, encore une fois, que vous importait, monsieur l'Inconnu, ce que j'avais à déclarer à miss Lucy ?

— Il m'importait beaucoup, monsieur Walker, puisque, si votre proposition avait été favorablement écoutée, je n'aurais jamais osé me présenter devant elle ; puisque si votre projet de mariage avait été accueilli par celle que vous entreteniez, je serais mort de douleur, de honte, de désespoir. Car je l'aime ! moi aussi ; je l'aime, entendez-vous ?

—Vous l'aimez, elle ? miss Lucy ? s'écria Griffith au comble de l'étonnement.

— Elle, miss Lucy !

— Mais, en effet, cette protection mystérieuse dont vous l'entourez et dont je ne suis, moi, que l'instrument ; ces recommandations pressantes de ne rien négliger pour assurer la tranquillité de la jeune fille, indiquaient un motif puissant qui vous déterminait à agir ainsi.

— Je l'aime ! vous dis-je, répéta l'Inconnu avec un geste et un accent intraduisibles.

— Et... répond-elle au sentiment qu'elle vous a inspiré ?

— Plût à Dieu ! si cela était, je m'estimerais être le plus heureux des hommes.

— Ah ! elle ne vous aime pas ?

— Elle ignore même que mon cœur est rempli de son image. Plus timide, plus respectueux, mais plus épris que vous, aussi, je n'ai jamais osé lui découvrir mon secret. Il est vrai que cela m'était impossible, ajouta-t-il avec accablement.

— Plus épris que moi ? répéta Griffith, en accompagnant cette exclamation d'un soupir retentissant.

— Cela est-il difficile ? répondit l'Inconnu avec un sourire amer. Pouvez-vous aimer véritablement, vous dont le cœur n'est rempli que de la pensée absorbante d'assurer votre satisfaction personnelle ! vous, qui ne savez vivre que pour vous seul.

— Autrefois, oui ; aujourd'hui, je donnerais volontiers, et sans regret, les 25,000 livres que vous m'apportez, pour pouvoir attendrir cette céleste créature, aussi cruelle, hélas ! qu'elle est belle : miss Lucy ne possède rien, et je suis riche, moi. Il ne lui reste plus un shelling de la fortune que son père lui a laissée, et pourtant je lui offre d'unir son sort au mien, de partager l'aisance dont je jouis, d'être ma femme, enfin. Ne voilà-t-il pas la preuve convaincante que mon être tout entier a subi une transformation complète ? que l'égoïsme s'est retiré de moi ? que l'insensibilité de mon âme s'est fondue devant le limpide regard de ses yeux bleus ?

— En effet, je vous avais entendu l'entretenir de vos sentimens, et cependant je doutais encore. Votre accent, vos paroles, votre douleur, m'annoncent que, vous aussi, vous avez cédé au charme qui l'accompagne partout. Vous l'aimez ! mais elle reste indifférente à votre tendresse. Remerciez le ciel de ses dédains ; si elle vous eût payé de retour...

— Eh bien ?

— Je ne sais à quelle extrémité m'aurait entraîné le désespoir.

— Vous m'effrayez ! s'écria Griffith.

— Je n'ai pas de droits sur son cœur, reprit l'Inconnu ; je me reconnais indigne d'attirer sur moi l'attention de cet ange des cieux. Aussi je pourrai supporter son mépris, mais avec la persuasion que nul n'est préféré par elle. Malheur s'il se rencontre quelqu'un qui réussisse à obtenir de cette pudique créature un tendre retour ! Oh ! je mourrai... mais avant de succomber à ma douleur, je craindrais qu'une rage jalouse ne me poussât à quelque terrible vengeance.

La passion est exclusive. Celui qui est dominé par elle ne voit sur la terre que lui et celle qui en est l'objet. Chose étrange! l'amour, le plus fécond, le plus généreux, le plus noble de tous les sentimens; l'amour, qui dispose l'âme à la pitié pour tous, l'endurcit dans certains cas, dans certaines circonstances. Pour obtenir celle qui l'a captivé, l'homme se résoudrait aux sacrifices les plus difficiles; il répandrait à pleines mains les trésors, à plein cœur les consolations, sur ceux qui ont besoin des unes et des autres. Mais cette sensibilité exquise s'émoussera en présence d'un rival, ce rival aurait-il été repoussé. On ne porte pas l'abnégation jusqu'à compatir à ses peines. Bien loin de là, pour lui on est cruel jusqu'au raffinement; non seulement on ne peut se résoudre à le plaindre, mais souvent on se sent disposé à le railler, mais on ressent toujours une joie barbare de le savoir souffrant, méprisé, malheureux. Si le mal des autres ne guérit pas celui qui nous afflige, du moins il rend nos souffrances plus tolérables.

Tel fut l'effet que produisit sur M. Walker la déclaration de l'INCONNU. Le vieux garçon aurait sacrifié 25,000 livres, plus encore, sur l'ordre de Lucy, pour secourir des personnes qu'il n'aurait jamais vues; il se serait attendri sur des infortunes qui ne le touchaient en rien. Son cœur, ramolli par l'amour, lui aurait inspiré des résolutions efficaces et salutaires, pour cicatriser des blessures invétérées; on est bon quand on aime,— on est méchant aussi. il faut bien le croire, puisque chaque soupir, chaque exclamation désolée de l'INCONNU résonnait, comme une harmonie suave, à l'oreille de Griffith.

Cependant, pendant le silence qui suivit l'exclamation de ce personnage singulier, le vieux garçon s'en vint à s'avouer que l'adorateur mystyrieux de l'orpheline conservait sur lui un avantage réel. La jeune fille s'était formellement prononcée, hier, lorsqu'il lui avait avoué le sentiment qu'elle lui avait inspiré; l'INCONNU n'avait rien dit encore, partant, on n'avait pas pu le repousser. L'espoir lui était donc permis... A force de creuser cette idée, M. Walker finit par se demander si miss Lucy n'avait pas deviné qu'elle était l'objet d'un culte fervent? si cette découverte n'entrait pas pour quelque chose dans le refus dont elle avait accueilli sa proposition à Hyde-Park? Quelle révélation affreuse! M. Shrewsbigh ne lui avait pas caché, tout à l'heure, qu'il soupçonnait fort l'orpheline de s'être laissé éblouir par l'auréole éclatante qui couronnait le front d'un hardi malfaiteur, d'un maudit, du Pirate Noir... Cet homme qui s'obstine à ne point dire son nom, serait-il?...

Tout ce qu'il avait appris de mistress Sarah, l'exclamation de Williams avant de mourir, exclamation qu'il avait cru jusqu'à présent ne pas avoir entendue; la rage qui possédait ces deux hommes, en se précipitant l'un sur l'autre; le mystère dont l'INCONNU ne cessait de s'entourer, toutes ses anciennes suppositions enfin se présentèrent en foule dans ce moment à l'esprit de Griffith, avec l'espoir de se venger de celui que miss Lucy lui préférerait peut-être.

Pendant ce temps, l'INCONNU, lui, sortait de sa poche un portefeuille; il en tira plusieurs bank-notes, qu'il remit au vieux garçon; celui-ci les vérifia, les examina avec soin, et les renferma aussitôt dans son secrétaire; mais la joie qu'il éprouvait alors ne le conduisit pas à repousser les soupçons qu'il avait conçus sur l'individualité de son débiteur.

— Je suis un homme de parole, je pense, disait l'INCONNU en effectuant ce paiement, et mon empressement à éteindre les dettes que j'ai contractées, vous prouve que ma signature, quelque singulière qu'elle puisse vous paraître, n'offre pas une garantie illusoire; voilà une somme de 37,500 liv. que je vous remets; 25,000 formant le montant de l'obligation que je vous ai souscrite il y a deux ans, et 12,500 représentant l'intérêt de cette somme pendant l'année qui vient de s'écouler... vous plairait-il, maintenant, de me rendre le billet signé l'INCONNU?

Cette restitution une fois opérée, Griffith plongea un regard de convoitise dans les compartimens du portefeuille qui regorgeaient de bank-notes.

— Toutes ces valeurs vous appartiennent? demanda-t-il à l'INCONNU.

— Toutes! Il y en a bon nombre, cependant, dont je dois me dessaisir, et cela, afin de tranquilliser ma conscience. Miss Lucy a droit à 200,000 livres que je vais lui remettre.

— Deux cent mille livres! répéta M. Walker, en se levant tout à coup.

Le vieux garçon venait de se rappeler que le montant de l'héritage de l'orpheline, soustrait par Williams autrefois, s'élevait précisément au chiffre indiqué par l'INCONNU.

— Deux cent mille livres! répéta celui-ci.

— Mais qui êtes-vous donc? qui êtes-vous? au nom du ciel, répondez! s'écria Griffith d'une voix altérée.

— Je vous l'ai dit tout à l'heure; aujourd'hui encore, je me nomme l'INCONNU.

— Mais votre nom, votre véritable nom, n'est-ce pas?...

— N'est-ce pas?...

La force manqua au vieux garçon pour achever.

Il s'était levé, avons-nous dit; maintenant il parcourait le salon à grands pas, se tenant toujours à une distance respectueuse de ce personnage mystérieux, jetant sur lui à chaque instant des regards effarés, donnant enfin tous les signes extérieurs d'une frayeur extrême. Indifférent à ce qui se passait devant lui, son interlocuteur remettait tranquillement dans son portefeuille le billet que M. Walker venait de lui rendre. Cette opération terminée, il quitta son siége.

Griffith, lui, se recula jusqu'à l'extrémité de l'appartement.

— L'intérêt exorbitant de votre argent, dit l'INCONNU, sans remarquer la manœuvre du vieux garçon, vous a mis à même de subvenir amplement aux charges que vous ont imposées, par leur présence dans votre maison, les deux dames que je vous ai recommandées. Cependant cet intérêt a été consenti par moi; j'en aurais accepté un plus élevé encore, s'il l'avait fallu, dans cette occasion; aussi je ne prétends pas me soustraire aux obligations que j'ai contractées. Demain, votre compte une fois établi, vous rentrerez intégralement dans les dépenses occasionnées par le séjour de miss Lucy et de mistress Sarah. Présentement, ayez l'obligeance de me présenter à ces dames, ajouta-t-il d'une voix émue.

Griffith s'inclina en signe d'assentiment, et il exécuta une nouvelle manœuvre qui lui permit de gagner la porte de l'appartement, sans s'approcher de l'INCONNU.

Celui-ci, absorbé par la pensée qu'il allait se trouver en présence de miss Lucy, ne remarqua ni l'évolution du vieux garçon, ni l'expression de terreur que reflétait sa figure. Il le suivit silencieusement. M. Walker avait toujours soin de conserver une avance rassurante. En arrivant dans l'antichambre, Griffith, dont la mine piteuse aurait déridé un croque-mort dans l'exercice de ses fonctions, se tourna vers l'INCONNU.

— Mais, qui présenterai-je? demanda-t-il, en s'efforçant de sourire.

Avant que son interlocuteur eût répondu, la porte du salon s'était ouverte, laissant apercevoir mistress Sarah et la jeune fille, qui se disposaient à passer dans la pièce voisine.

Un double cri, dans lequel il y avait tout à la fois de l'étonnement et de l'effroi, de la surprise et de l'amour, retentit alors, et un seul nom s'échappa en même temps des lèvres des deux femmes.

— Daniel! s'étaient écriées miss Lucy et mistress Sarah.

— Daniel! répéta M. Walker en se reculant avec effroi, comme s'il eût marché sur une bête venimeuse. Daniel de Carnavan ! Daniel, le Pirate Noir ! s'écria-t-il avec un accent altéré, en rétrogradant jusqu'à l'angle opposé du salon.

— Monsieur Walker... dit l'INCONNU, que nous appellerons Daniel désormais.

— N'approchez pas... n'approchez pas... murmura le vieux garçon, qui sentait ses jambes se dérober sous lui, et que la peur condamnait à l'immobilité.

— Monsieur Walker, le secret.... reprit Daniel en faisant un pas vers lui.

— Au nom du ciel ! n'approchez pas ! répéta Griffith, dont le regard avait pris une expression étrange ; le secret , je le garderai, je vous le promets !

Après avoir dit ces mots d'une voix rauque et étranglée, M. Walker poussa un soupir bruyant qu'il arracha du fond de ses entrailles. Puis, comme Daniel continuait à s'avancer vers lui, il puisa des forces dans la pensée du danger qu'il s'imaginait courir. D'un bond désespéré il s'élance vers la porte d'entrée et la tire avec violence derrière lui.

— Monsieur Walker ! monsieur Walker ! s'écrie mistress Sarah, qui redoute une indiscrétion qui serait funeste à Daniel, et en se précipitant sur les traces de Griffith.

Mais la vieille dame, dont la légèreté était devenue depuis quelque vingt ans de plus en plus problématique, perdait son temps et sa peine en voulant atteindre M. Walker. La peur donne des ailes, comme chacun sait, et Griffith, mu par un sentiment de frayeur, était aussi ingambe qu'un courrier mexicain. Sourd aux fréquens appels de la vieille dame , il descendait les escaliers quatre à quatre, comme s'il eût eu à ses trousses le tigre affamé que Williams avait laissé dans l'entrepont en abandonnant la goëlette. Il traversa la cour , sans céder au sentiment de curiosité qui avait perdu Loth. Arrivé dans la rue, il recommença la course fantastique dont la veille , après l'équipée de Tom , il avait donné un si plaisant échantillon. Je doute que le cheval noir de la ballade allemande eût pu rivaliser avec lui, en ce moment, d'ardeur et de vitesse. Les mots de coroner, de policeman, de constable, étaient les seuls qui s'échappassent de ses lèvres. Le vieux garçon était en nage lorsqu'il atteignit la maison habitée par le shérif Perthinross. Sans se donner le temps de réfléchir sur les résultats qu'obtiendrait sa démarche , M. Walker franchit aussitôt le seuil de l'officier ministériel.

Cependant Lucy et Daniel étaient restés dans le salon. L'émotion qu'ils ressentaient tous deux , en se trouvant ainsi en présence l'un de l'autre, seuls, sans témoins, au milieu de circonstances si étranges, était si forte, qu'elle refoulait au fond de leur âme les paroles qui voulaient s'en exhaler.

Pâle, tremblante, agitée, l'orpheline, dont le front brûlant était inondé des gouttes d'une sueur glacée, avait été obligée de se faire un appui du marbre de la cheminée. Une main sur son cœur, l'autre pendant à côté d'elle, le regard à demi voilé, Lucy était en proie à un trouble indéfinissable.

Debout, en face d'elle, à quelques pas de distance seulement, Daniel, les bras croisés sur la poitrine , considérait avec un attendrissement profond cette blanche et ravissante créature, dont le souvenir ne l'avait jamais quitté depuis quatre ans. Soit timidité, soit respect, soit honte , soit toutes ces causes réunies, il n'osait franchir l'intervalle qui le séparait de Lucy. Il restait à sa place, à l'entrée du salon, conservant une attitude à la fois digne et embarrassée, ne pouvant se résoudre ni à élever la voix, ni à changer la direction de ses regards, qui étaient fixés sur la noble figure de l'orpheline.

Lucy fut la première à prendre la parole. La conscience du danger qui menaçait Daniel put seule réussir à délier la langue de la jeune fille.

— Fuyez, fuyez, malheureux! s'écria-t-elle en s'avançant vers Daniel. Dans une heure, dans un instant, peut-être, il sera trop tard.

— Que cette touchante sollicitude m'est douce! répondit le Pirate Noir, dont la voix était tremblante, mais sans faire un pas pour s'éloigner.

— Mais fuyez donc! fuyez au plus tôt!... Les constables vont être avertis par M. Walker, et alors votre perte est certaine! s'écria de nouveau l'orpheline avec un accent déchirant.

— On braverait mille fois la mort, miss, pour entendre tomber des lèvres d'un ange du ciel de semblables paroles de pitié... Mais tranquillisez-vous... Puisque mon sort vous touche, apprenez que je n'ai rien à craindre, que le glaive de la justice a cessé d'être suspendu sur ma tête.

— Qu'entends-je?

— Aurais-je osé souiller de ma présence les lieux que vous habitez, ô vous! la pureté, l'innocence, la vertu même, s'il en était autrement, si la flétrissure, qui entachait mon nom, n'avait pas disparu?

— Est-il possible! s'écria Lucy. Vous seriez...

— J'ai tenu le serment que je vous ai fait, proféra Daniel avec une voix et un geste solennels.

En disant ces mots, il s'approcha de l'orpheline et lui prit la main. Lucy ne songea pas à la retirer. Daniel la porta à ses lèvres.

Après un moment employé à maîtriser son émotion :

J'ai bien des choses à vous apprendre, dit Daniel; mais l'intérêt que vous m'avez témoigné autrefois, et dont vous venez de me donner une nouvelle preuve, en m'engageant à fuir, me garantit d'avance que la fin des épreuves nombreuses qu'il m'a fallu essuyer, sera accueillie par vous avec la même faveur que le commencement.

— Parlez! parlez! murmura la jeune fille d'une voix à peine accentuée.

Daniel reprit alors le récit de ses aventures, depuis le débarquement des deux dames sur le rivage du Cap. Sa déclaration se rapporta en tous points à celle de mistress Sarah. Nous ne la répèterons pas. Lucy écoutait, les yeux baissés vers la terre, retenant sa respiration, pour ne pas perdre un mot de ce que disait Daniel.

Arrivé à son séjour à Londres :

— Je réussis enfin, poursuit-il, à me procurer une somme d'argent considérable qui me permettait de réaliser le plan que j'avais conçu.

— Laquelle somme vous avait été remise par M. Walker, dit l'orpheline, en l'interrompant.

— Comment! vous savez, miss? M. Walker vous a donc découvert?...

M. Walker s'est bien gardé de rien nous apprendre à cet égard. Vous saurez, tout à l'heure, par quel moyen nous avons été renseignées.

— Possesseur de cette somme, reprit Daniel, je monte à bord d'un navire en destination pour Mexico.

— Après nous avoir fait parvenir un billet renfermant pour 2,000 livres de valeur, interrompit une seconde fois la jeune fille.

— Comment, vous avez deviné?....

— Que vous seul pouviez être l'auteur de cet envoi? Oui, notre conviction est profonde à ce sujet: vos dénégations seraient dépensées en pure perte; je dois vous en avertir.

— Je ne chercherai pas à nier. — Oh! pardon, miss, pardon, d'avoir osé venir à votre secours. Cet argent, dont vous connaissez l'origine, devait servir à améliorer votre triste position. C'était un devoir pour moi d'agir ainsi que je l'ai fait en cette circonstance. La faible somme que je vous ai adressée n'était qu'une minime partie de celle qui vous a été soustraite par Williams. Votre ruine a été consommée pendant que je commandais encore la goëlette; je me regarde comme votre débiteur, et cet envoi n'était qu'un commencement de restitution.

A peine arrivé à Mexico, continua Daniel, je monte à bord d'un vaisseau qui faisait voile pour l'île de Cuba. Je me rends à San-Yago, où je retrouve le frère de ma mère. Ce parent me reçoit avec une tendre sollicitude. Mes larmes, mes remords produisent sur lui l'effet que je désirais obtenir. Instruit du projet que j'avais formé de verser mon sang pour la patrie, il me confie le commandement d'un des navires qu'il armait en course. Me voilà au comble de mes vœux. Je cherche avec ardeur les occasions de servir mon pays.... Les occasions ne me manquent pas. J'avais bien des actions criminelles à me reprocher, miss; l'expiation, pour qu'elle fût réelle et complète, devait être profitable à la cause de l'Angleterre. Pendant un an, dix-sept rencontres, dans lesquelles je n'épargnai pas ma vie, et dont je me tirai avec bonheur, me signalèrent à l'attention du gouvernement. J'ai oublié de vous dire que je passais pour un parent éloigné de l'armateur de Cuba. Des offres de service dans la marine royale ne tardèrent pas à m'être faites. Je refusai constamment les récompenses qu'on voulait m'accorder. Il n'en était qu'une, une seule que je brûlais d'obtenir. Pour le moment, je me contentai de rechercher les périls les plus grands, soutenu par la pensée d'être utile à ma patrie, et ranimé, aux heures d'inaction forcée, par un puissant souvenir, le vôtre miss. Toutes les sommes, et elles étaient considérables, qui me revenaient pour ma part de prise, je les confiais à mon oncle. Ne croyez pas que je nourrissais dans mon âme un vil sentiment de cupidité; oh! non; Dieu m'est témoin de la pureté de mes intentions! Une réhabilitation était l'unique but que je poursuivais, en sacrifiant les jours qui me restaient à vivre; mais j'avais des obligations de plus d'une nature à remplir, et j'étais fermement résolu à n'en répudier aucune. C'est à cette époque que je fis parvenir à M. Walker l'intérêt de l'argent qu'il m'avait avancé.

— Oui, c'est à cette époque aussi que vous avez déterminé cet homme égoïste et sans pitié, à nous offrir un asile chez lui.

— Vous savez aussi?....

— Nous savons que c'est vous, monsieur Daniel, vous seul qu'il nous faut remercier des procédés généreux de M. Walker à notre égard. Mais, poursuivez votre récit.

— Une circonstance que je ne puis révéler sans l'aveu de M. Walker, m'avait mis en rapport avec lui. C'est grâce à cette circonstance que je l'ai amené à consentir le prêt de 25,000 livres. Dès que cet argent a été entre mes mains, j'ai cherché le moyen de l'employer, à votre insu, pour changer votre position. Le secret de mes démarches n'en est plus un pour vous; pardon, miss, pardon encore une fois, d'avoir voulu, moi homme flétri et déshonoré, vous soustraire au sort affreux qui devenait votre partage. Je savais combien la seule parente qui vous restait s'était montrée cruelle envers vous; vous étiez abandonnée de tous, livrée, à vingt ans, à toutes les horreurs de la misère, et je n'ai pu résister au désir puissant d'employer dans votre intérêt l'influence que j'avais acquise sur l'esprit intéressé de M. Walker. Le mystère de ma conduite ne devait jamais vous être révélé. La certitude que vous étiez au dessus du besoin suffisait pour diminuer à mes yeux une partie des torts que j'avais eus à votre égard. Hélas! j'ignorais, alors que ma lettre parvenait à M. Walker, qu'un misérable connaissait votre demeure, qu'un autre vous avait complétement dépouillée.

L'émotion de Daniel était à son comble en parlant ainsi. Celle de l'orpheline était extrême aussi.

Après une courte interruption, le Pirate Noir reprit en ces termes :

— Une fois certain que vous receviez une splendide hospitalité dans la maison de M. Walker, je poursuivis avec une nouvelle ardeur le but que je voulais atteindre. Le hasard me servit à souhait. Un matin que la brume nous enveloppait de toutes parts, je me trouvai engagé au milieu d'un convoi ennemi, escorté par deux corvettes, armées chacune de 20 canons. Le brick que je montais n'en portait que dix.

Ici l'attention de Lucy redoubla.

— L'occasion était favorable, continua Daniel. L'équipage que je commandais, et que tant de fois déjà j'avais conduit à la victoire, nourrissait en moi une confiance sans bornes. Les vaisseaux convoyés possédaient une riche cargaison. L'espoir d'un butin considérable animait mes compagnons d'une nouvelle ardeur. Ils me sollicitent tous de courir les chances d'un combat inégal. Ils comblaient mes vœux les plus chers. J'ordonne le branle-bas. La *Miss Lucy*...

— Eh quoi! le brick que vous montiez s'appelait la *Miss Lucy?* s'écria la jeune fille, en interrompant Daniel.

— Je l'avais ainsi baptisé, en souvenir de vous, miss. Ce nom donné à mon navire, et répété plusieurs fois par jour, me rappelait le serment que je vous avais fait jadis, de racheter trois ans d'une existence criminelle, ou de mourir.

—Et ce combat glorieux fut livré à la hauteur de l'île de Cuba... reprit la jeune fille.

— Précisément.

— Le 26 mai?

— Le 26 mai.

—C'est donc vous le capitaine intrépide qui, ce jour-là, remporta une victoire signalée? s'écria l'orpheline qui ne pouvait plus modérer son enthousiasme; c'est vous qui avez triomphé des efforts réunis des corvettes américaines! c'est vous qui les avez réduites à amener leur pavillon, à se déclarer vaincues, à vous suivre, honteuses, humiliées, dans le port de Cuba! Oh! cela est beau! cela est glorieux! cela est sublime! et cet exploit couronne dignement le cours de vos triomphes! s'écria-t-elle en attachant sur Daniel ses yeux qui rayonnaient un éclat indicible.

—J'avais des crimes nombreux à expier! miss, ne l'oubliez pas. Je n'ai fait que mon devoir en cette circonstance, comme dans les autres rencontres qui ont précédé le combat du 26 mai.— Une action courageuse pour une atteinte au droit des gens; un service rendu au pays pour chaque méfait accompli contre lui! Ce n'est qu'une compensation.

— C'est vous! oh! c'est vous! je l'avais deviné! proféra Lucy avec le même entraînement; oui, je l'avais deviné, en entendant lire par M. Walker dans le *London Advertiser* le récit de cette lutte acharnée et mémorable.

— Vous comptiez donc sur une ferme volonté de forcer à l'oubli du passé par un dévoûment de tous les jours, de toutes les heures, de tous les instans?

— Si j'y comptais!... Ne me l'aviez-vous pas promis, en me remettant la bague de votre mère, cette bague que nous avons dû vendre au Cap, pour payer les frais de notre passage!

— Oh! merci! miss, merci pour ces paroles... elles font du bien! elles consolent! elles raniment!

— Oui, j'avais foi en votre repentir... plus, mon Dieu! qu'en la justice des hommes!

— Et cependant, miss, cette justice ne m'a pas manqué, reprit Daniel, d'une voix sonore et radieuse. Le combat du 26 mai a eu pour moi les résultats les plus ardemment désirés. Le retentissement de cette victoire a été, je puis l'avouer avec une juste fierté, immense, européenne, universelle; l'île de Cuba tout entière s'en est émue.Le gouverneur a manifesté le désir de me voir. Je lui ai été présenté par mon oncle. C'est dans cette entrevue que, après avoir reçu les éloges qu'il me prodiguait, je ne lui ai rien caché de mes antécédens. — Il connaissait et les offres avantageuses que m'avait faites notre gouvernement, et le refus dont j'avais accueilli ces avances. Cette abnégation apparente l'avait étonné. Ainsi que bien d'autres, il ne se l'expliquait qu'en supposant chez moi un mobile vulgaire et avilissant, une préférence honteuse pour une moisson d'or, sur un butin plus noble de gloire et de renommée.— En apprenant le motif qui me poussait, sans marchander ma vie, au milieu des rangs ennemis, il éprouva une surprise extrême.—A l'étonnement succéda une vive émotion. Il avait peine à croire qu'une idée fixe, persévérante, obstinée et généreuse en même temps, pût germer dans le cœur d'un homme mis au ban de l'humanité. Il se rendit pourtant, lorsque mes réponses. mon air, les larmes que je versais en abondance, l'eurent entièrement convaincu de la vérité de mes assertions. — Il me tendit la main alors, m'offrit son amitié, et s'engagea à solliciter de notre gouvernement une grâce complète.

— Si vos ministres se refusent à admettre la demande que je vais leur faire parvenir, ajouta-t-il en nous reconduisant jusqu'à la porte de son salon, je vous proposerai d'entrer au service de Sa Majesté Catholique. Votre noble conduite depuis le commencement de la campagne m'est une garantie suffisante de votre repentir sincère. L'expiation est complète; le présent doit faire oublier le passé et répondre de l'avenir.

Que vous dirai-je, miss?

Le gouverneur de Cuba a réussi dans les négociations qu'il a entamées à mon sujet. Le roi George s'est ému, et l'ordre m'a été donné de me rendre en Angleterre. Hier, en arrivant à Londres, j'ai été admis en audience auprès de notre premier ministre. Il m'a remis les lettres-patentes signées par le roi, et qui justifient de ma réhabilitation. Demain, l'ordonnance royale paraîtra dans le journal officiel.

Ainsi, vous le voyez, miss; l'ancien Pirate Noir a cessé d'être un fléau pour l'humanité. A la place de cette goëlette maudite que les crimes de Williams, les miens aussi, ont rendu trop célèbre; à la place de cette goëlette maudite, la terreur des paisibles négocians qui revenaient des pays lointains avec une fortune laborieusement acquise, il monte un brick qui n'a jamais été redoutable qu'aux ennemis de l'Angleterre, un brick dont notre souverain a accepté l'hommage, en m'en continuant le commandement. Les couleurs nationales flottent au plus haut de ses mâts, et le fatal drapeau noir ne porte plus l'effroi sur l'immensité des mers. C'est à vous, miss, à vous seule qu'est dû ce résultat. Je vous avais juré de poursuivre ma réhabilitation ou de mourir. Me voici plein de vie; mais j'ai tenu mon serment.

Pendant le récit de Daniel, Lucy, en proie à un trouble rempli de charmes, avait tenu ses yeux constamment baissés vers la terre. Plus d'une fois une larme furtive, débordant de ses paupières et roulant sur sa joue, avait révélé la nature des sensations qui traversaient son âme; mais, au moment où elle avait appris que le courageux capitaine qui commandait la *Miss Lucy*, le 26 mai, n'était autre que celui dont le souvenir régnait sur son cœur, sans partage, elle n'avait pu s'empêcher de témoigner, par une interruption touchante, toute l'admiration que ce fait d'armes venait de lui inspirer.

Son imagination, éprise du merveilleux, avait toujours prêté des proportions héroïques à l'intrépide commandant du brick. Un pressentiment vague, indécis, obstiné pourtant. à défaut d'indices certains, lui représentait, depuis un an, le capitaine de la *Miss Lucy* sous les traits de Daniel; aussi, en acquérant la certitude qu'elle ne s'était pas trompée, il lui avait été impossible de contenir ses transports. Oh! c'était bien ainsi que Daniel devait lui apparaître, le front environné d'une auréole glorieuse, ou bien la tête ceinte d'une couronne funèbre.

Le capitaine du brick avait cessé de parler. La jeune fille le regardait en silence; mais un sourire ineffable s'épanouissait sur ses lèvres, mais ses yeux reflétaient une délicieuse émotion.

— Il me reste maintenant un dernier devoir à remplir, reprit Daniel ; je suis votre débiteur, je vous l'ai déclaré, pour les 200,000 livres qui vous ont été enlevées à mon bord. Cette fortune que vous aviez recueillie après la mort de votre père, en voilà le montant, dit-il en tirant des bank-notes de son portefeuille ; cet argent est à vous, permettez-moi de vous le restituer.

— Moi, accepter une somme, fruit de votre valeur, conquise, au péril de votre vie, sur les ennemis de l'Angleterre !... Oh ! non, n'y comptez pas. Je ne vous dois que trop déjà, par suite de la protection constante que vous avez étendue sur nous, depuis notre rencontre dans l'océan Indien, s'écria Lucy d'une voix attendrie.

— Faut-il que je vous rappelle, miss, dans quelles circonstances ces deux cent mille livres vous furent enlevées ? reprit Daniel d'un ton suppliant. Vous êtes mon créancier, miss, pensez-y bien ; et il y aurait de la cruauté, de l'injustice, du mépris peut-être, à ne pas me permettre de me libérer envers vous.

— Oui, mistress Sarah m'a bien prévenue que tel était votre raisonnement.

— Mistress Sarah ?... s'écria Daniel.

— Sans doute... Elle nous a révélé, à moi et à M. Shrewsbigh, ce qui s'est passé entre vous, lors des deux entretiens que vous eûtes ensemble.

— Mistress Sarah ?... répéta Daniel. Elle m'avait promis, cependant, de garder le silence à ce sujet.

— Un concours de circonstances l'a forcée de se parjurer envers vous. Elle ne nous a rien laissé ignorer de ce que vous lui aviez confié : elle nous a *tout dit*, acheva-t-elle en appuyant avec intention sur ces derniers mots.

— Elle vous a *tout dit* ? répéta Daniel d'une voix altérée.

— *Tout*, répéta à son tour la jeune fille avec le même accent, accompagné d'un coup d'œil perfide.

Un silence de quelques secondes suivit la réponse de Lucy. Daniel, dont le cœur battait avec force, voulait poursuivre jusqu'au bout cet interrogatoire, qui devait décider de son sort. L'accueil que lui avait fait l'orpheline était rassurant autant que flatteur, et cependant le courage lui manquait au moment décisif. Cet homme, qui avait cent fois affronté la mort, et que la mort avait cent fois respecté, tremblait en présence d'une frêle jeune fille. Mais ce silence, rempli d'anxiété, ne pouvait pas se prolonger plus long-temps... Daniel leva sur l'orpheline ses yeux remplis de larmes, et, d'une voix étouffée :

— Vous a-t-elle dit que j'avais eu l'audace...

L'émotion le força de s'arrêter.

— Mais puisqu'elle nous a *tout* dit ! s'écria Lucy, dont l'air engageant, l'accentuation harmonieuse, le sourire enchanteur, tendaient à provoquer un aveu complet.

— ... L'audace... reprit Daniel ; mon Dieu ! je ne sais comment vous déclarer... l'audace... enfin l'audace de vous aimer, acheva-t-il en tombant aux genoux de Lucy, et en appuyant le front dans ses mains, pour ne pas rencontrer les regards de l'orpheline.

— Mais, sans doute, répondit celle-ci en rougissant.

En entendant ces paroles, prononcées d'une voix faible, mais assurée, Daniel leva la tête.

— Et votre juste courroux, et votre noble indignation n'ont pas poursuivi le téméraire dont les vœux insensés se sont élevés jusqu'à vous ?

— Ai-je l'air courroucé ou indigné ? répondit-elle en souriant, à travers un pudique embarras.

— Est-il possible ? ai-je bien compris ? votre cœur... miss... avait répondu aux battemens du mien ? oh ! cette pensée me rend fou. Dites ? dites ? de grâce ! Une femme qui entend, sans se croire offensée, mais en rougissant, l'aveu d'un amour si profond... cette femme... je n'ose achever... cette femme...

— Le partage! murmura doucement la jeune fille.

Nous ne chercherons pas à dépeindre la scène touchante qui suivit cette déclaration de l'orpheline. Emue et radieuse, triomphante et troublée, Lucy considérait avec bonheur cet homme prosterné à ses pieds.

La certitude d'être aimé, en entrant dans le cœur de Daniel, venait de produire une pertubation momentanée dans les organes de son individu. Son cerveau avait cessé de fonctionner; il ne pensait plus... Il ne raisonnait plus... il sentait. Muet, attendri, en proie à une ivresse qui touchait au délire, Daniel, la respiration haletante, les yeux attachés sur ceux de la jeune fille, serrait dans les siennes et appuyait sur sa poitrine soulevée, une des mains que Lucy lui avait abandonnée.

Pendant cette contemplation silencieuse, les deux amans, ravis, transportés, anéantis, oubliaient leur nature mortelle, perdus qu'ils étaient dans une même pensée,—pensée généreuse, ineffable, absorbante, qui leur venait du cœur.

— Oh! c'est le ciel! c'est le ciel qui me sourit! s'écria enfin Daniel en donnant un libre cours aux larmes qu'il retenait avec peine, depuis quelques instans. Et c'est moi! moi! l'ancien Pirate Noir, qui suis aimé d'un ange égaré sur la terre!

— L'ancien pirate a expié ses fautes; le passé est racheté pour lui! proféra Lucy avec un accent et un geste triomphant.

— Oh! merci! merci! mais quelle était féconde, Lucy, la parole que vous avez prononcée autrefois, à bord de la goëlette : *Le repentir purifie*! Oui, le repentir purifie... Mais l'amour aussi, ai-je ajouté.

— Je l'ai bien entendu.

— Vous l'avez entendu!..... C'est l'amour qui a fait naître en moi le repentir, et c'est par le repentir que j'arrive au bonheur.

Cet entretien intime se prolongea encore. Les deux amans, tout en se jurant une foi éternelle, s'initiaient l'un l'autre aux sensations délicieuses ou tristes qui, depuis leur séparation, avaient traversé leur âme. Lucy racontait à Daniel tout ce qu'elle avait souffert, alors que le bruit de sa capture s'était répandu par la ville, et l'obstination qu'elle mettait à renfermer dans son cœur le secret qui le remplissait, et sa confiance en l'avenir, et son anxiété cruelle, lorsque M. Walker lui avait déclaré ses intentions matrimoniales.

Daniel, à son tour, retraçait un tableau fidèle des souffrances qu'il lui avait fallu endurer, des craintes, des espérances qu'il nourrissait, pendant qu'il recherchait avec ardeur les occasions de signaler son courage. Il ne cacha rien du rôle qu'il avait joué, la veille, à Hyde-Park, ni de sa ferme résolution de mettre un terme aux jours que le roi George lui laissait, si le tendre aveu que M. Walker demandait avec instance, était sorti des lèvres de la jeune fille.

Pendant qu'ils échangeaient ainsi d'intéressantes confidences, avec cette voix basse, sur ce ton sourd, concentré, presque éteint, que prennent toujours les victimes d'une passion violente, les deux amans n'entendaient pas un bruit de voix qui se rapprochait davantage à chaque instant. Bientôt ce bruit grossit et devint plus distinct encore; il s'y mêlait un cliquetis d'armes, qui frappa enfin les oreilles de Lucy. — Un cortége nombreux venait de s'arrêter devant la maison de M. Walker.

Dans ce moment, mistress Sarah, les yeux hagards, le front baigné d'une sueur froide, poussa la porte du salon. Des pas précipités retentissaient déjà à l'étage supérieur.

— Les voilà! ils sont ici! fuyez! M. Walker vous a trahi! s'écria la vieille dame, d'une voix entrecoupée.

Mais elle avait à peine proféré ces paroles, qu'une troupe formidable pénétra derrière elle dans l'appartement; cette troupe se composait de policemen, de constables et de plusieurs soldats armés. Le respectable, mais fort peu belliqueux shérif de Perthinross, la dirigeait.

Derrière ce fonctionnaire, on apercevait en première ligne M. Walker, dont la figure n'avait rien conservé de l'expression effarée qu'elle reflétait naguère. Le vieux garçon, avec son air narquois et triomphant, ressemblait en tous points dans ce moment à un véritable traître de mélodrame qui vient enfin jouir de sa vengeance.

A côte de Griffith, se tenait M. Shrewsbigh, dont la physionomie était toute décomposée.

Le digne notaire revenait de chez lui, pour rejoindre les deux dames qu'il allait y introduire, lorsqu'il avait rencontré, se dirigeant vers la maison de M. Walker, cette foule compacte. M. Perthinross, son ami, n'avait pas fait difficulté de lui découvrir le motif de la démarche qu'il se préparait à accomplir. L'étonnement, l'effroi, l'indignation aussi, de M. Shrewsbigh, avaient été portés à leur comble, en apprenant le nom du délateur. Pendant le trajet, il ne cessa de reprocher à M. Walker l'odieux du rôle qu'il jouait en cet instant ; il lui déclara, en outre, que la lettre de l'INCONNU les avait mis sur la voie pour pénétrer le mystère de sa conduite depuis un an. — C'est en vain que Griffith chercha à s'excuser; qu'il argua, pour pallier l'indignité de cette délation, de l'amour qu'il nourrissait pour l'orpheline, de sa haine contre un rival préféré.

— Votre amour ! avait répondu le notaire avec mépris... il déshonore !

En ce moment, M. Shrewsbigh s'intéressait vivement au sort de Daniel, et en raison du sentiment qu'il avait inspiré à l'orpheline, et en raison aussi de l'imminence du danger qu'il voyait planer sur sa tête. — Le notaire, homme placide et inoffensif entre tous, ne pouvait se défendre d'une profonde horreur pour celui qui le livrait à la justice. — A défaut de paroles, son regard maintenant reflétait tout le dégoût qu'il ressentait pour M. Walker ; mais celui-ci ne remarquait rien, absorbé qu'il était par la pensée de perdre un rival abhorré.

A la droite du notaire, on distinguait la figure fleurie de John Clawfort et le minois futé de la jolie Betzy. La curiosité l'avait emporté sur la prudence, et le couple fortuné, laissant là les pots d'ale et de porter qui attendaient les pratiques, avait suivi le flot sans cesse grossissant qui passait devant leur cabaret.

Puis, répandue dans l'appartement, et se pressant sur les talons des agens de police, on voyait la cohue serrée, bruyante, animée, que l'espoir d'assister à l'arrestation d'un malfaiteur redoutable avait fait déserter ses demeures.

A l'entrée de mistress Sarah dans le salon, Daniel s'était levé. Calme, le front serein, les bras croisés sur sa poitrine, il regardait maintenant cette foule hostile, qui vociférait contre lui des menaces et des imprécations.

Miss Lucy, debout aussi, sur la même ligne que lui, une main appuyée contre son cœur, l'autre tombant naturellement à son côté, conservait, au milieu du tumulte, une majestueuse attitude, que rehaussait encore la noble expression de sa physionomie.

Le calme des deux amans contrastait singulièrement avec l'agitation qui régnait parmi les assistans.

— Le voilà ! c'est lui ! s'écria Griffith, qui ne cessait de gesticuler derrière le rempart que lui formaient les baïonnettes des soldats, et en désignant Daniel.

— Au nom de la loi, emparez-vous de cet homme ! proféra le shérif, sans oser faire un pas en avant, mais en tendant sa baguette d'ivoire dans la direction de Daniel.

Chacun des spectateurs attendait avec anxiété l'issue de cette capture importante. Les badauds et les commères, les agens de la force publique eux-mêmes, s'étaient attendus à une résistance désespérée, pareille à celle qu'avaient opposée Francis et ses farouches compagnons. L'impassibilité de Daniel déroutait tous les calculs. Les policemen soupçonnaient quelque piége caché, sous le calme, qu'ils jugeaient affecté, de celui qui avait nécessité un si grand déploiement de force. Aussi, aucun d'eux ne se pressait pour obéir aux ordres du shérif.

Mais, en entendant les paroles sacramentelles, Daniel s'était tourné vers M. Perthinross, qui restait toujours abrité, ainsi que M. Walker, derrière les baïonnettes des soldats.

— C'est le Pirate Noir que vous venez arrêter? demanda-t-il d'une voix ferme et assurée.

— Non, c'est moi, répliqua Griffith en ricanant.

— Je vous apprendrai alors, poursuivit Daniel, que le Pirate Noir est à l'abri de vos atteintes... Il est mort...

— Mensonge! mensonge! s'écria M. Walker en l'interrompant; c'est lui, c'est lui qui est le Pirate Noir, et je désigne de nouveau à la justice ce grand criminel.

Sur un signe énergique du shérif, les policemen firent deux pas en avant. Un geste de Daniel suffit pour les faire brusquement rétrograder.

— Le Pirate Noir est mort, vous dis-je, reprit-il sans s'émouvoir; il est mort le 26 mai 1785. Votre Honneur voit devant elle Daniel Wicklow, commandant le brick de Sa Majesté britannique, la *Miss Lucy;* voilà, ajouta-t-il, en déployant un parchemin sous les yeux du shérif, des lettres-patentes signées du roi George, qui justifieront auprès de Votre Honneur de mes allégations.

Dès que Daniel avait ouvert la bouche pour parler, le plus grand silence s'était opéré, comme par enchantement, parmi cette foule tumultueuse. Présentement, l'attention et la curiosité ont redoublé; chacun retient son souffle pour ne pas perdre un mot de la réponse de M. Perthinross.

Celui-ci considérait avec défiance la feuille qui lui était présentée. — Après un examen soutenu, il tira gravement ses lunettes de leur étui, et les plaça, en hochant la tête, sur son nez magistral; puis il se découvrit, et lut ce qui suit d'une voix solennelle :

« Nous, George, troisième du nom, roi d'Angleterre, d'Ecosse et d'Irlande, à ceux qui ces présentes verront, salut :

» Usant du droit souverain qui découle de la prérogative royale, relevons le nommé Daniel Wicklow, natif du comté de Carnavan, et connu sous le nom du *Pirate Noir*, de la peine capitale qu'il a encourue par jugement du 17 mars 1779.

» Ordonnons aussi que le susdit Daniel Wicklow ne soit nullement poursuivi, à raison de sa conduite postérieure aux faits qui ont nécessité le prononcé de ce même jugement, rendu le 17 mars 1779.

» De plus, voulant que le passé de Daniel Wicklow ne puisse jamais lui être imputé à crime, déclarons, dans ces lettres, que le susdit Daniel Wicklow a rendu des services signalés à la cause de l'Angleterre, pendant la guerre soutenue par nous contre les Américains; que, le 26 mai 1785 principalement, il a rehaussé l'éclat du drapeau des royaumes-unis, en s'emparant, après un combat acharné, de deux corvettes armées chacune de 20 canons, le brick qu'il montait n'en portant que dix seulement. Ses nombreux exploits, le dernier surtout si glorieux pour lui et pour l'Angleterre, recommandant Daniel Wicklow, natif de Carnavan, à notre inépuisable bonté, nous lui octroyons, par ces présentes, des lettres de réhabilitation; acceptons le don du brick la *Miss Lucy*, qu'il montait le 26 mai 1785, et lui en continuons le commandement, nous plaisant à le reconnaître dès aujourd'hui pour un de nos féaux et amés sujets.

» Signé, George. »

Cette lecture, écoutée dans un recueillement profond, fut suivie d'un houra prolongé, que poussèrent tous ensemble les nombreux auditeurs qui encombraient l'appartement.

Pour qui connaît la vénération dont les Anglais de toutes les classes entourent leurs princes, cet accueil fait à un ordre émané du roi George, n'aura rien de surprenant ni d'étrange. Une minute avait suffi pour changer la nature des sentimens qui remplissaient l'âme des témoins de cette scène. Chacun d'eux était accouru, avide d'émotions fortes, dans l'espoir d'assister à l'arrestation du Pirate Noir. — Des menaces de mort avaient été proférées par cette foule aux instincts féroces, et voilà qu'elle applaudit maintenant à la haute faveur dont Daniel est l'objet. Tous s'élèvent sur leurs pieds pour mieux connaître cet homme, dont le nom, fatalement célèbre dans les Trois-Royaumes, a long-temps servi de texte à des récits exagérés.—La curiosité, une curiosité bienveillante, est le seul sentiment qu'inspire le valeureux capitaine de la *Miss Lucy*. — Réhabilité par lettres-patentes de leur souverain, Daniel, malgré la terreur involontaire dont quelques uns ne peuvent se défendre à son aspect, est devenu pour ces loyaux Anglais un marin intrépide, un sujet dévoué, un honnête citoyen.

M. Perthinross, en rendant le papier à celui qu'il venait arrêter, lui témoigna tous ses regrets de n'avoir pas été informé par ses chefs de la décision royale qui le concernait. Puis il se retira. Le cortége qui l'avait suivi vida les lieux à son tour.

Pendant que les soldats faisaient évacuer la salle, Daniel recevait les félicitations de M. Shrewsbigh et de mistress Sarah. Lucy, effacée derrière celui qu'elle aimait, écoutait, avec des larmes dans les yeux, les paroles de sympathie qui lui étaient adressées. Le jour du triomphe était arrivé enfin!

Bientôt, il ne resta plus dans le salon que mistress Sarah et Puddingham, M. Walker, le notaire, John, Betzy et les deux amans.

Daniel avisa alors le vieux garçon, lequel, adossé contre le chambranle de la porte, les bras ballans, les yeux ternes, paraissait plongé dans une stupeur profonde. Il s'avança vers lui :

—Monsieur Walker, dit le commandant de la *Miss Lucy*, je vous pardonne volontiers la délation dont je devais être la victime. Demain seulement, l'ordonnance royale qui me concerne sera publiée par le journal officiel; jusque-là, je désirais garder le secret de mon individualité. Votre démarche m'a mis dans la nécessité de révéler moi-même, aujourd'hui, la grâce spéciale dont je suis l'objet. Dans tout cela, vous le voyez, le mal n'est pas grand.

Maintenant, vous connaissez le nom du personnage mystérieux qui vous a emprunté, il y a deux ans, 25,000 livres sterling. Cette dette est éteinte. Recevez donc mes remercîemens pour les procédés délicats dont vous avez usé envers les dames que je vous avais recommandées.

— Procédés qui ne l'ont pas ruiné! murmura le notaire.

— Cotés à cinquante pour cent! ajouta la vieille dame.

— Je n'en suis pas moins l'obligé de M. Walker, reprit Daniel; l'accueil fait par lui à miss Lucy, accueil dont vous connaissez tous, aujourd'hui, les motifs secrets, a produit les résultats qu'il redoutait de ne pas obtenir. Nous avons tous les deux gagné à cette affaire; M. Walker 25,000 livres... moi, un aveu qui me rend le plus heureux des hommes.

Monsieur Walker, et vous tous, messieurs, permettez-moi de vous présenter la femme du lieutenant de corvette commandant le brick la *Miss Lucy*, Daniel Wicklow, dit-il en prenant l'orpheline par la main.

—Sa femme! répétèrent tous les assistans, les uns avec joie, les autres avec surprise, Griffith avec accablement.

— Oui, sa femme! et je suis fière de ce titre! proféra Lucy d'une voix sonore, avec un geste radieux. La femme d'un homme purifié par le repentir, d'un homme que le roi George, suprême dispensateur des grâces, a relevé aux yeux de la nation, d'un homme qui a fait briller d'un éclat universel le pavillon de l'Angleterre, et qui est prêt à verser jusqu'à la dernière goutte de son sang pour la cause de la patrie.

— Oh ! je le jure ! je le jure ! s'écria Daniel.

. . . .

. . . .

. . . .

Et il tint son serment.

A la mémorable bataille de Trafalgar, le capitaine de pavillon du vaisseau amiral fut emporté par le même boulet qui frappa le malheureux Nelson. Ce capitaine, dont les annales maritimes d'Angleterre retracent les glorieux faits d'armes, n'était autre que Daniel Wicklow.

Heureux époux, citoyen distingué, marin intelligent, Daniel avait justifié la parole du gouverneur de San Yago ; sa conduite, pendant la dernière période de la guerre contre les Américains, était une noble garantie pour l'avenir.

Que serait-il arrivé, cependant, si la loi était restée inflexible pour lui ?

Si le roi George n'avait pas étendu sur la tête du coupable sa royale protection ?

La société aurait-elle retiré un immense bénéfice, en lui appliquant le châtiment qu'il avait autrefois mérité ?

Trente ans d'une vie irréprochable, glorieuse, utile au pays ont résolu cette question.

Par le supplice du hardi contrebandier, par la mort du Pirate Noir, l'Angleterre aurait compté un enfant de moins.

Elle l'a laissé vivre..., et aujourd'hui elle prononce avec un juste orgueil, comme Lucy jadis, le nom du vainqueur du 26 mai, de l'officier intrépide qu'animait l'ardent amour de la patrie, du compagnon de Nelson, mort avec lui au sein de la victoire.

Vous respecterez la mémoire de l'ancien Pirate Noir, vous tous dont le cœur bat au récit d'une action méritoire, éclatante, courageuse ; et vous aussi, législateurs philanthropes, qui pensez que l'âme déchue, égarée, ne doit point être brisée impitoyablement, parce qu'un jour, traversée par un rayon d'en haut, elle peut noblement se relever ; et vous, philosophes chrétiens, qui nourrissez, sur la foi de l'Ecriture, cette douce, cette féconde croyance, que l'expiation est possible ici bas ; vous tous qu'un généreux et noble dévoûment ne trouvera jamais insensibles, vous répéterez avez Lucy :

— Le repentir est comme le feu, il purifie.

. . . .

. . . .

Deux mots encore : après 75 ans d'une existence honorable et laborieusement occupée, M. Shrewsbigh s'éteignit doucement, comme une lampe qui n'a plus d'huile ; il s'endormit dans la paix de sa conscience et partit pour un monde meilleur, constituant Lucy pour son héritière.

Mais que devint M. Walker ?

M. Walker était dangereusement blessé ; il resta trois ans enfermé dans sa demeure, s'isolant du monde entier et ne pouvant se distraire un seul instant de la pensée obstinée qui le poursuivait.

L'amour est comme l'oiseau de Prométhée : il dévore sans cesse les entrailles de sa victime. Le souvenir de miss Lucy assiégeait jour et nuit l'esprit exalté du vieux garçon. Il résulta de cet état continuel de surexcitation une maladie grave qui fit craindre pour la vie de M. Walker. Il se rétablit enfin, grâce aux soins que lui prodiguait l'excellente mistress Puddingham, et, avec la santé du corps, revint aussi le calme dans les facultés intellectuelles.

Cependant ce n'était pas là l'oubli encore.

A cette époque, le rubicond et pansu John Clawfort passa de vie à trépas, par suite de son intempérance. Un soir qu'il avait fêté plus largement que d'habitude le d eu du logis, le plus jovial, le plus amoureux, le plus joufflu, mais le plus ivre aussi de tous les cabaretiers de Londres manqua le parapet et se laissa choir dans la Tamise. Le courant était fort rapide en cet endroit ; méprisant le danger, l'intrépide Tom, qui accompagnait John, se précipite aussitôt dans la rivière à la recherche de son maître. Cette action, qui nous réconcilie avec l'animal vindicatif, nous démontre en même temps qu'il y a du bon aussi, en dépit de l'opinion de M. Walker, sous la robe d'un basset. Le dévoûment de Tom, toutefois, fut fatal pour lui-même, sans être d'aucune utilité pour l'intempérant cabaretier. La nuit était obscure ; nul ne répondit aux jappemens désolés du fidèle animal, et, après des efforts inouis de leur part, le courant entraîna deux victimes au lieu d'une seule qui lui était destinée.

Le lendemain, des débardeurs, en déchargeant un train, amenèrent sur la berge deux cadavres, celui d'un homme et celui d'un chien. Le premier fut recueilli par eux avec soin ; ils rejetèrent le second avec dégoût, sans se douter que le pauvre Tom avait péri en accomplissant un dévoûment sublime.

Quant à Betzy, lorsqu'on lui rapporta les restes défigurés de son cher époux, elle se meurtrit le sein et fit retentir l'air de ses cris de désespoir. Pendant huit jours, et même pendant quinze, elle resta inconsolable, répétant à chaque instant que la vie lui était odieuse, et qu'elle voulait aller rejoindre son bien-aimé John ; mais comme dit le poète :

> Le soir, quand on est deux, on trouve encor des charmes
> A pleurer ses malheurs !

Le hasard voulut que M. Walker eût connaissance de cet événement qui plongeait la jeune veuve dans la désolation ; le même hasard fit passer le vieux garçon devant la demeure de Betzy, et Griffith se prit à remarquer que le deuil lui allait encore mieux que sa toilette de noces. Assurément il ne pensait guère à Lucy en faisant cette remarque.

Que vous dirai-je ?

L'année expirée, la gentille Betzy entrait comme dame et maîtresse dans la même maison qui l'avait vue autrefois remplissant les devoirs d'une humble gouvernante.

Et nous vous affirmons qu'elle n'était pas plus embarrassée, la fine mouche, au milieu de la soie, des bijoux et du velours, qu'elle ne le paraissait naguère en se prélassant dans un comptoir en noyer, parmi les pots de bière et les cruches de genièvre. On aurait dit qu'elle avait toujours possédé cent mille livres sterling, fréquenté des pairs du royaume, et que depuis son enfance elle n'était jamais allée qu'en carrosse. Il y a des individus qui ne sont déplacés nulle part. Betzy était de ce nombre.

Et le poète avait raison une fois encore.

Betzy et Griffith trouvèrent tant de charmes à pleurer leurs malheurs, qu'ils oublièrent tout à fait, la première son John bien-aimé, le second l'altière et enthousiaste Lucy ; ce qui prouve une fois encore que rien n'est éternel en ce monde, pas même la passion, et que le temps est un grand consolateur.

Quelques années après la mort glorieuse de Daniel, son ancien rival était étendu à son tour sur un lit de d uleur. Autour de lui se trouvaient réunis Betzy, encore une fois inconsolable ; ses trois enfans, qui fondaient en larmes, et quelques amis qui venaient l'assister dans ses derniers momens.

Rappelant ses forces qui l'abandonnaient, M. Walker se tourna vers eux, et d'une voix faible mais distincte :

— Mes enfans, leur dit-il, j'ai passé trente-huit ans sur la terre, ne pensant qu'à moi, ne vivant que pour moi, ne recherchant, dans toutes mes actions, que ma satisfaction personnelle. Ce sont trente-huit belles années de perdues... Je marchais, je me nourrissais, je dormais ; mais je ne vivais pas.

Pendant vingt-sept ans, au contraire, époux amoureux et jaloux, père attristé et orgueilleux, ami dévoué et trahi, j'ai éprouvé toutes les souffrances, toutes les joies de l'intimité et de la famille. Ces vingt-sept ans ont été pleins, pour moi, d'émotions ineffables, douces, énergiques, puissantes. Je vivais... j'étais heureux. Le bonheur, ici bas, on le puise moins chez soi que chez les autres ; on le reçoit en même temps qu'on le donne. Je n'ai été heureux, je n'ai commencé à vivre que du jour où mon cœur a commencé à battre.

Prenez exemple sur moi, qui, parvenu à l'âge de soixante-neuf ans, n'en ai véritablement et réellement vécu que vingt-sept. Gardez-vous d'un lâche égoïsme ; associez une existence à la vôtre ; aimez, souffrez, et vous serez heureux.

Cela dit, il expira.

CHARLES EXPILLY.

FIN.

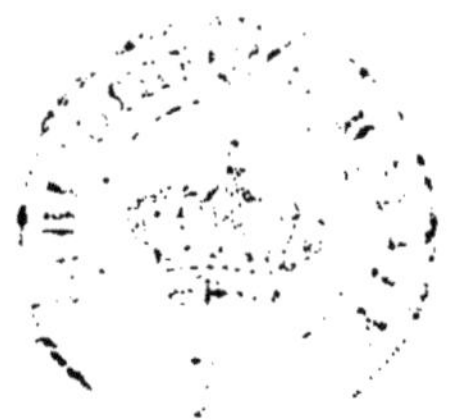

www.ingramcontent.com/pod-product-compliance
Ingram Content Group UK Ltd.
Pitfield, Milton Keynes, MK11 3LW, UK
UKHW021309190726
13839UKWH00007B/566